오버 더 센츄리

Over The Century

오버 더 센츄리 1

이영호 판타지 장편 소설

초판 1쇄 찍은 날 § 2002년 11월 16일
초판 1쇄 펴낸 날 § 2002년 11월 26일

지은이 § 이영호
펴낸이 § 서경석

편집장 § 문혜영
편집 § 장상수 · 박영주 · 김희정 · 권민정 · 이종민
마케팅 § 정필 · 강양원 · 김규진

펴낸곳 § 도서출판 청어람
등록번호 § 제1081-1-89호
등록일자 § 1999. 5. 31
어람번호 § 제1-0315호

주소 § 경기도 부천시 원미구 심곡1동 350-1 남성B/D 3F (우) 420-011
전화 § 032-656-4452 팩스 § 032-656-4453
http://www.chungeoram.com
E-mail § eoram99@chol.net

값 7,500원

ISBN 89-5505-535-8 (SET)
ISBN 89-5505-536-6 04810

※ 파본은 본사나 구입하신 서점에서 교환하여 드립니다.
※ 저자와 협의하여 인지를 붙이지 않습니다.

이영호 판타지 장편 소설

오버 더 센츄리
Over The Century

1
이후의 세상

도서출판
청어람

머리글

어떻게 글을 썼는지도 모르겠네요.

매일매일이 두통과 함께 지낸 일 년이었습니다.

그렇다고 다시 읽어봐도 그다지 잘 쓴 글은 아닌, 아니, 솔직히 말하자면 부끄러운 생각이 드는 글이지만 말이죠.

그래도 책이 나온다니 겉으로는 안 그런 척하면서도 속으로는 은근히 기쁨이 샘솟아 오르는 중입니다.

모니터 앞에 처음 앉던 날…

농사짓던 굵은 손마디가 과연 자판과 어우러질 수 있을까?

내가 과연 한 권이라도 제대로 마칠 수 있을까?

단순한 내 머리 속에서 그렇게 많은 단어들이 과연 튀어나올 수 있을까?

내 글이 과연 남들에게 읽혔을 때 재미와 감동을 자아낼 수 있을까?

무수한 의문 부호들, 그리고 두려움이 들었던 것이 사실입니다.

지금 되돌아보면 창작 집단 '매미의 숲'을 만나지 못했더라면 어려웠을지도 모른다는 생각이 듭니다.

작년 이맘때 함께한 술자리에서 나의 결심을 듣고 '매미의 숲'까지 인도해 준 창인 군이 없었더라면, 또 변변찮은 녀석을 후배라고 잘 이끌어주신 '숲지기' 김욱 형님이 없었더라면 힘들었을지도 모를 일입니다.

그 밖의 '매미의 숲' 멤버들, 구성훈 형님, 이원님, 신정성님, 안현일님, 정덕현님, 그리고 느닷없이 사라져 버린 몇몇 동료 작가님들께도 감사하다는 말을 하고 싶습니다. 아직 얼굴은 한 번도 대하지 못했지만 말씀은 겁나게 많이 들은 멍군님도요. 모두 조만간 뵙고 소주 한잔하고 싶군요.

그리고 시답지 않은 글을 책으로 엮느라 고생하셨을 청어람 편집부 여러분께도 고개 숙여 감사드립니다.

아, 마지막으로 내가 필사적으로 글을 쓸 수 있도록 물심양면으로 압박(?)을 가한 아내와 옆에서 늘 독전해 준 딸아이에게도 사랑한다는 말과 감사하는 마음을 바치고 싶습니다(사실은 이 말을 제일 앞에 넣고 싶었는데^^).

처음 펜을 잡았을 때는 이 글을 읽는 모든 분들이 진한 감동으로 눈물을 쏙 빼도록 하겠다는 다부진 각오가 있었는데, 어쩐지 내가 읽어도 별로 그런 구석이 없군요.

다음에는 좀 더 완숙한 작품으로 여러분과 만날 것을 약속드립니다.

2002년 11월 어느 날.

작가 拜上.

서장 잠에서 깨어난 아이들

　어두운 굴 속으로 한줄기 빛이 깃들고 있었다. 그 가는 빛줄기가 비추는 곳에는 몇 개의 관이 비스듬히 세워져 있고 그중 하나의 관 속에 한 소녀가 누워 있었다.

　열다섯 살이나 되었을까? 죽어 관에 들어가기에는 너무나 어린 나이로 보였다. 그러나 죽은 것이 아니라 자고 있는 듯 누워 있는 소녀의 얼굴에 문득 미소가 번져 나갔다. 기분 좋은 꿈이라도 꾸고 있는 모양이었다.

　그 옆 또 하나의 관에는 비슷한 또래로 보이는 소년이 누워 있었다. 소년 역시 잠에 빠져 있는 듯했다. 그러나 소녀와는 달리 소년의 표정은 그리 밝지 못했다. 고통스러운 표정으로 식은땀을 흘리는 것으로 보아 악몽을 꾸는 모양이었다.

　매우 괴로운 듯 인상을 찌푸리던 소년이 갑자기 비명을 지르며 눈을 떴다. 그리고는 꼼짝 않고 한참을 그대로 누워 있었다. 굉장한 악몽이었던 듯 소년의 눈에는 눈물이 어려 있었다. 하지만 눈물은 곧 말라 버렸고 그 대신 어리둥절한 표정이 되어 커다란 눈망울을 두리번거리기 시작했다.

소년은 파란 눈에 금발 머리의 백인종이었고 옆에 잠들어 있는 소녀는 검은 머릿결을 지닌 황인종이었다. 검은 머리에 검은 털… 털?

소년이 부스스 몸을 일으켰다. 그러다가 어디가 편치 않은 듯 눈살을 찌푸렸다. 목덜미를 손으로 만지며 목을 이리저리 돌려보기도 하고 팔다리를 주물러 보기도 했다. 한기가 느껴졌다. 소년은 제 몸이 얼음장처럼 차가운 것을 알았다. 아마 몸 여기저기 근육이라도 뭉친 모양이었다. 얼마나 오래 잤는지 소년이 누웠던 자리는 물기가 흘러내리고 있었다.

땀이라도 엄청나게 흘린 것일까?

소년은 바닥의 물을 가만히 바라보았다.

'땀은 아닌 것 같고… 몸이 이렇게 찬데 땀을 흘릴 리가……'

하는 생각이 들었다. 물이 아직도 흐르고 있는 관의 바닥은 흥건했다. 소년의 등에도 아직 물기가 흘러내리고 있었다.

소년은 고개를 돌리다가 옆에 누워 있는 소녀를 발견하더니 물끄러미 소녀를 바라보았다. 아무 표정도 없이… 소년의 고개가 살짝 갸우뚱했다. 모르는 사람을 바라보는 것처럼.

다시 주위를 두리번거리다 소녀를 바라보다가 소년은 조심스레 걸어나와서 소녀에게 다가갔다. 그리고는 소녀의 얼굴을 들여다보았다. 소년의 시선이 서서히 아래로 향하며 소녀의 몸을 훑어 내려갔다.

그러는 동안 소년의 얼굴은 홍당무처럼 빨갛게 물들어갔다. 소녀의 몸은 실오라기 하나 걸치지 않은 알몸이었다. 이윽고 소년의 시선이 소녀의 거뭇거뭇한 음모(陰毛)에 다다르자 소년의 눈은 더 움직이지 못하고 고정되었다. 그러다 문득 빨개진 얼굴로 자신의 아랫도리를 바라보았다. 자신 역시 알몸이었다.

소년은 가만히 소녀에게 손을 뻗었다. 봉긋한 가슴을 살짝 건드려보았다. 촉촉히 물기에 젖어 있는 소녀의 몸 역시 소년과 마찬가지로 서늘하게 차가워져 있었다.

누군가의 손길이 닿자 그제야 소녀는 꿈틀 몸을 움직였다. 소년은 소스라치게 놀라며 급히 뒤로 물러났다. 순식간에 서너 발자국이나 떨어져서 소년은 재빨리 자신이 누웠던 관 뒤로 몸을 숨겼다.

이윽고 소녀의 눈이 떠졌다. 소녀 역시 눈을 뜬 채로 한참이나 그대로 누워 있었다. 한동안 적막이 흐르고, 소년은 숨은 채로 소녀를 바라보고 있었다.

얼마나 시간이 흘렀을까.

소녀가 몸을 일으켰다. 그러다가 얼굴을 찡그렸다. 어렵사리 몸을 일으킨 소녀는 하품을 하며 기지개를 켰다. 소녀가 누웠던 자리 역시 물이 흥건히 고여 있었다. 소녀는 두리번두리번 주위를 둘러보다 제 몸 여기저기를 주무르며 일어섰다. 한기를 느끼는 듯 소녀는 부르르 떨며 제 몸을 안았다. 그러다가 뭔가 허전한 느낌을 받은 듯 자신의 몸을 가만히 내려다보았다.

화들짝!

얼굴이 금방 빨갛게 물든 소녀는 다리를 얼른 오므리며 두 손으로 가슴을 가렸다.

소년은 숨을 죽인 채로 꼼짝도 못하고 소녀를 바라보았다.

소녀는 한참을 그러고 섰다가 조심스럽게 걸음을 떼었다. 아직도 차가운 소녀의 몸에서는 물기가 흘러내리고 있었다. 무엇인가를 찾는 듯 소녀는 동굴 안 여기저기를 뒤적거렸다. 아마도 옷을 찾는 모양이었다.

그러다가 소년이 숨어 있는 곳까지 왔을 때 둘의 눈이 마주쳤다. 잠깐 멈추어 섰던 소녀가 외마디 비명을 질렀다.

"꺄악!"

소녀가 뒤로 물러섰다.

"으아악!"

소년은 더 크게 소릴 지르며 후다닥 뒤로 물러섰다. 얼마나 놀랐는지 두 손을 휘적거리며 뒷걸음질치던 소년은 다리가 꼬이며 벌렁 넘어지고 말았다. 곧 다시 일어나려고 허둥댔지만 생각처럼 몸이 말을 들어주지 않는지 두 다리만 허공에 대고 버둥거릴 뿐이었다.

고슴도치처럼 몸을 웅크린 채 그 모양을 바라보던 소녀는 얼른 뒤로 돌아 자신이 걸어나온 관의 뒤로 몸을 숨겼다.

그제야 소년은 중심을 잡고 엉거주춤 제 앞을 손으로 가린 채 일어났다. 이미 소녀의 모습은 보이지 않았다. 두리번거리는 소년을 이번에는 소녀가 숨어서 지켜보고 있었다.

소년은 한참이나 머뭇머뭇 두리번거리다가는 섭먹은 목소리로 입을 열었다.

"저… 여보세요? 저기요, 저는 나쁜 사람이 아니에요. 제가 그런 게 아니거든요. 저… 당신 말인데요. 저는 지금 당신을 처음 보았거든요?"

소녀는 숨은 채로 소년에게서 눈을 떼지 않으면서 생각했다.

'여기가 어디지? 내가 왜 여기에……? 왜 저 사람과 알몸으로 있는 거지? 그리고 저 사람은… 누구지……?'

소년은 좀 더 큰 목소리를 냈다.

"저기요, 저도 영문을 모르고 있어요, 어떻게 된 일인지. 좀 나와보세요. 해치지 않을 거거든요. 약속할게요. 말할 줄 알아요?"

소녀는 잠깐 고민이 되었다.

'나가야 되나 말아야 되나? 어차피 여긴 우리밖에 없는 것 같은데……'

소녀는 두리번거리다가 바닥에서 커다란 돌멩이를 하나 찾아 들었다. 그리고는 소리쳤다.

"가까이 오지 말아요. 가까이 오면 혼내줄 거예요."

"그건 제가 하고 싶은 말인데. 저도 지금 당신이 무섭거든요."

소녀는 픽 웃음이 나왔다. 그 말을 듣자 조금 안심이 됐다.

'뭐야? 저 녀석 어린애잖아? 나도 그렇지만. 뭐, 별일은 없겠지.'

소녀가 이번에는 제법 위압적인 목소리를 흉내 내며 반말로 다시 말했다.

"앞쪽으로 걸어나와! 천천히. 두 손을 높이 들고."

소년은 손을 들다가 갑자기 얼굴이 빨개져서는 말했다.

"하지만 손을 들기가 좀 곤란해요. 저기… 저도 발가벗고 있어서……"

"잔말 말고 손 들라면 들어. 안 그러면 혼내준다!"

소년은 무언가 억울한 듯한 표정을 지으며 엉거주춤한 자세로 손을 들었다.

그러자 소년의 손에 가려져 있던 고추가 모습을 드러냈다. 소년은 아직 어린아이인지라 솜털도 나지 않았다. 하지만 고추는 어린 녀석인데도 불구하고 고개를 빳빳이 들고 있었다. 그걸 본 소녀는 기겁해 더욱 몸이 웅크러들었다.

'뭐야! 저 녀석 왜 저래? 좀 이상한 녀석 아냐? 조심해야겠군.'

여자로서의 본능적인 경계심이랄까, 발기해 있는 소년의 고추를 보고는 두려움에 몸이 부르르 떨렸다. 하지만 이미 자신의 알몸을 보았고 하니 어쩔 수 없겠지 하는 생각이 들었다. 왜 자신이 알몸으로 있을까 원망스러운 의문이 들었다.

드디어 소년이 소녀가 숨어 있는 곳 바로 앞까지 걸어왔다.

소녀는 돌멩이를 치켜들고는 조심스레 얼굴을 내밀었다. 한 손에는 돌멩이를 들고 다른 한 손은 가슴을 가리고 있었다.

마주 보고 있는 두 아이의 사이로 한줄기 희미한 빛이 비춰들고 있었다.

소녀는 무척 경계하고 있는 듯 따가운 눈초리로 물었다.

"너는 누구지? 왜 이곳에 있는 거지?"

"나도 영문을 모르겠거든요. 나도 당신이 깨어나기 조금 전에 정신을 차렸어요."

"그래? 거짓말하는 거 아니지?"

"정말입니다. 저… 그런데 당신도 기억이 나지 않나요?"

"기억……?"

소녀는 잠시 무엇인가 생각해 내려는 듯 눈을 깜짝거렸다. 하지만 아무것도 생각나지 않았다. 자기가 왜 여기 있는지, 아니, 자신이 누구인지도 생각나지 않았다.

그제야 소녀는 반문했다.

"너도 기억이 나지 않니? 아무것도?"

"……."

소년은 아무 말 없이 고개를 끄덕였다.

"저기… 너, 나쁜 사람은 아니지… 요?"

소녀가 문득 존댓말을 했다.

"저는 나쁜 사람이 아닐 거예요. 왜냐하면 나쁜 생각을 하고 있지 않거든요."

"나쁜 생각? 무슨……?"

"그냥 뭔지 모르지만 나쁜 생각은 않고 있어요. 당신은 어때요?"

"나도 나쁜 생각은 않는데요."

소녀는 반말을 했다가 존댓말을 했다가 갈팡질팡하고 있었다. 그제야 쳐들었던 돌멩이를 던져 버렸다. 손으로 가슴을 가리고 몸을 수그린 채 소녀가 엉거주춤 일어섰다. 어딘지 모르게 낯이 익었다. 서로 그런 생각들을 하며 열심히 기억을 더듬어보려고 했지만 아무것도 잡히는 것이 없었다.

"우리 서로 본 적 없었나?"

"글쎄… 어디서 본 것 같기도 하고……."

어디서라니. 도대체 자기가 누군지도 모르는데 어디서가 생각날 리 없는 것이다. 게다가 자신도 모르면서 남을 알 리는 더 더욱 없지 않은가.

"이제 그만 손 내리세요."

"당신, 누구지요?"

두 아이는 한마디씩 주고받고는 서로 마주 보며 아무 말 없이 서서 상대를 살폈다. 둘 다 나이 열대여섯쯤 되었다.

금발 머리의 소년은 키가 160㎝쯤 되었고 호리호리하고 약간의 근육이 붙어 있었다. 소녀는 검은 머리에 키는 150㎝쯤 되었고 비쩍 마른 체격에 봉곳 솟아오른 가슴과 이제 막 자라나기 시작한 듯 거뭇거뭇한 음모가 약간 나 있었다.

그렇게 서로를 살펴보던 두 아이는 비로소 경계심이 풀린 듯 표정을 풀었다. 소녀가 먼저 손을 내밀었다.

"반가워, 누군지는 모르지만."

"나도."

둘은 악수를 하고는 갑자기 얼굴이 빨개져서 각자 자신의 몸을 손으로 가렸다.

"도대체 여기가 어디지?"

"글쎄……."

할 말이 없었다. 무엇인가 아는 것이 하나라도 있어야 말을 하겠는데 머리 속이 텅 비어 있는 것처럼 아무 생각도 나지 않았다. 소녀가 다시 관 뒤로 가서 몸을 숨기고 주저앉았다. 소년도 소녀가 앉은 관의 맞은편에 털썩 앉았다.

"뭔가 몸을 가릴 만한 것이 있었으면 좋겠는데……."

소녀의 말에 소년이 대답했다.

"좀 찾아볼까? 너무 어두워서 잘 보이지는 않지만……."

두 아이는 각자 최대한 몸을 가리고서 동굴 여기저기를 뒤지고 다녔다. 굴 속은 몇 줄기의 빛이 닿고 있는 관 주위만이 겨우 보이고 있었다. 갑자기 소년이 소녀의 팔을 턱 잡았다.

"조심해."

"까악! 뭐 하는 거야?"

소녀가 비명을 지르며 손을 뿌리쳤다. 소년이 민망한 듯 쭈뼛거리며 말했다.

"저, 저기 네 앞에 구멍이 있어서… 떨어지면 큰일이잖아."

소녀가 더듬더듬 앞을 만져 보니 정말 사람이 떨어질 만큼 큰 구멍이 나 있었다.

"정말이네. 고마워. 아, 그리고 소리 질러서 미안해."

동굴 벽에는 이끼같이 차가운 것들이 잔뜩 붙어 있고 나무 뿌리 같아 보이는 것들이 군데군데 얽혀 있었다. 소년이 말했다.

"빛이 들어오고 있는 쪽에 출구가 있을 것 같은데……."

한참 동안 빛의 주위를 더듬거리다가 무엇을 만졌는데 끼이익 길게 끌리는 소리가 나며 문이 조금 열렸다.

"이쪽으로 와."

두 아이는 열려진 틈새로 나갔다. 아직도 동굴은 이어지고 있었고 문밖으로는 굴의 폭이 한 사람이 겨우 통과할 정도로 좁았다. 저만치 동굴의 입구가 밖으로 열려 있는 것이 보였고 거기서 밝은 빛이 쏟아져 들어오고 있었다.

두 아이는 조심히 밖으로 걸어나갔다. 갑자기 밝은 빛을 보자 눈이 부셔서 잠시 두 아이는 얼굴을 가리고 서 있다가 고개를 내밀었다. 아래로 급하게 경사가 져 있는 산의 중턱이었다.

깜짝 놀란 소년이 말했다.

"와, 떨어지면 큰일 나겠다. 이런 산속이었다니……."

두 아이는 놀라서 입이 벌어졌다.

"어째서 우리가 이런 산속에 있는 거지?"

동굴 밖으로 아슬아슬하게 좁은 벼랑길이 나 있었고 그 벼랑길은 울창한 숲으로 연결되어 있었다. 두 아이의 머리 위로는 태양이 뜨겁게 내리쬐고 있었고 동굴 안의 찬 기운과는 달리 밖은 무척 따뜻했다. 소녀가 멀리 보이는 숲을 가리키며 말했다.

"저기 가서 널찍한 나뭇잎을 좀 뜯어서 몸을 가려야겠어."

"잠깐만 기다려 줄래? 우선 동굴을 조금 더 살펴보고 나서 나가는 게 좋을 것 같아."

좀 더 침착하게 생각한 소년이 안으로 다시 들어갔다. 문이 열려 있어 동굴 안은 아까보다 훨씬 밝아져 있었다. 안으로 들어간 소년이 아직 밖을 내다보고 있는 소녀를 불렀다.

"좀 들어와 봐."

소녀가 안으로 들어가자 소년은 자신이 나온 관을 살펴보고 있었다.

"뭐라도 있니?"

"글쎄, 아직 모르겠다."

두 아이는 조심스레 동굴 안을 살폈다. 자신이 나온 관 두 개가 비스듬히 세워져 있고 아까는 어두워서 몰랐는데 그 옆으로 이끼가 잔뜩 끼어 있는 관이 몇 개 더 있었다. 갑자기 아이들은 소름이 쫙 돋았다. 소년이 떨리는 음성으로 말했다.

"관이 몇 개 더 있어……."

"사람은?"

"글쎄… 아직 모르겠어."

두 아이는 천천히 다른 관을 살피기 시작했다.

두 아이가 나온 관의 바로 옆에 있는 두 개의 관은 비어 있었다. 관은 모두 금속으로 만들어져 있었는데 다른 것들은 많이 낡아 있었다. 두 아이의 관이 거의 멀쩡한 새것인 데 비해서 옆에 있는 두 개의 관들은 녹이 많이 슬어 있는 채 이끼가 전체에 덮여 있었고 그 옆에 또 그보다 훨씬 더 낡은 관이 두 개 더 있었다. 마지막에 살펴본 관은 거의 삭아서 반 이상이 내려앉아 있었다. 겨우 밑바닥의 형태만 유지하고 있을 정도였다. 하지만 바닥의 형태를 보면 분명히 똑같은 모양으로 만들어진 것이었다.

소년이 낮은 목소리로 말했다.

"우리 말고 여기 잠들어 있던 사람이 더 있었던 게 틀림없어."

"그럴까? 그런데 그들은 어디로 갔지?"

"확실히는 모르겠지만 우리보다 훨씬 먼저 이곳을 빠져나간 듯한데… 관이 삭아 있는 정도에 차이가 있는 것을 보니……."

소년은 관이 두 개씩 같은 수준으로 삭아 있는 정도를 보고 추리했다. 이 정도로 삭으려면 적어도 몇십 년, 아니, 몇백 년은 걸려야 할 것 같았다.

그때 소녀가 소년을 불렀다.

"애, 이쪽으로 와봐."

"뭔가 발견했니?"

소녀가 가리키는 곳은 아까 자신이 빠질 뻔했던 구멍이었다. 구멍은 자신의 관 옆으로 정확한 간격으로 두 개가 나 있었다. 가만히 보니 세워져 있는 관들의 밑 부분도 구멍에 빠져 있어서 모든 관들이 그 구멍에서 솟아오른 것 같아 보였다.

소년이 조그만 돌멩이를 주워 구멍 안으로 던졌다. 얼마나 깊은지 알아보고자 한 것이었다. 떨어뜨리면서 하나, 둘, 셋, 넷… 맘속으로

초를 재었다. 소리가 일 초에 약 340m를 이동한다는 것을 이용해 깊이를 재려고 했던 것이다. 그런데 60을 세도록 아무 소리도 들리지 않았다. 몇 분이 더 지났는데도 소리는 들리지 않았다. 소년이 갸우뚱하며 중얼거렸다.

"뭐야? 이거 도대체 얼마나 깊은 거야?"

소녀가 어두운 구멍 안을 내려다보며 물었다.

"글쎄, 이 안에 과연 무엇이 들어 있을까?"

"나란히 구멍이 나 있고 차례대로 두 개씩 관이 나온 것 같아. 그렇다면 언젠가 남아 있는 두 개의 구멍에서도 똑같은 관이 두 개 더 나오게 되지 않을까?"

"여기는 관 말고는 아무것도 없는 것 같아. 이젠 어떡할 거지?"

소녀가 묻자 소년이 대답했다.

"일단 나가보자. 나가서 먹을 거라도 좀 찾아봐야지."

두 아이는 다시 밖으로 나갔다. 나가기 전에 철문을 굳게 닫았다. 혹시 언제 다시 오게 될지도 모르는 일이었고 나머지 구멍에서 또 자신들 같은 아이들이 튀어나올지도 몰랐다. 적어도 그 아이들이 나오기도 전에 산짐승 같은 것에게 물려 죽게 할 수는 없기 때문이다.

두 아이는 좁은 굴의 입구를 조심조심 나가기 시작했다. 폭이 너무 좁았기 때문에 벽에 살갗이 닿아 생채기를 내며 걷던 소녀가 갑자기 삭은 비명을 질렀다.

"아! 아파~"

"왜? 다쳤니?"

"응, 뭐가 발에 채였어. 이게 뭐지? 돌은 아닌 것 같은데."

소녀의 발에 채였다는 것은 둥그런 모양의 딱딱한 것이었는데 저만치 앞에 데굴데굴 굴러가고 있었다. 소년이 주워 들다가는 펄쩍 뛰며 던져 버렸다. 소년의 눈이 휘둥그레졌다.

"뭔데? 왜 그러는데?"

"해, 해골이야."

"꺄악~ 정말?"

소녀가 비명을 질렀다. 저만치 던져 버린 그 물체는 사람의 두개골이었다. 두 아이는 무의식적으로 서로 붙어 안고서는 바닥을 두리번거리며 살폈다. 아까보다 눈이 많이 밝아져 있었기 때문에 바닥을 분간할 수 있었다. 바닥에는 방금 걷어차여 굴러간 두개골의 것으로 보이는 뼈가 흐트러지지 않은 사람의 모양대로 놓여 있었고 바로 옆에 비슷한 크기의 인골이 한 구 더 나란히 누워 있었다. 두 사람이 죽어 있었던 것이다. 두 아이는 슬금슬금 뼈를 밟지 않도록 조심하면서 굴의 입구까지 나왔다.

소녀가 물었다.

"뭐지? 왜 저기에 해골이 있는 거야?"

소년은 좀 진정이 된 듯 가만가만 추리를 시작했다.

"내 생각인데 저 해골들도 저 안의 관에서 나온 것이 분명해. 저 관은 한 번에 두 개씩 나왔어. 그래서 두 개씩 같은 정도로 삭아 있는 것이고 우리는 마지막에 나온 거야. 우리보다 전에 나온 네 사람 중 두 사람은 여기를 빠져나간 것 같고 저 둘은 빠져나가지 못하고 죽은 것 같아. 무슨 이유에선지……. 아무튼 빨리 여길 빠져나가야만 할 것 같아. 저 해골처럼 되지 않으려면."

"어서 나가자."

소녀는 두려운 듯 소년의 팔을 꼭 잡고 떨리는 목소리로 말했다. 지금은 알몸이고 부끄럽고를 생각할 정신이 없었다. 어서 빠져나가고 싶은 심정뿐이었다. 두 아이가 더듬거리며 절벽을 기어나가기 시작했다.

제1장 에덴 동산

두 아이는 벽에 바짝 붙어서 숲을 향해 걸음을 옮겼다. 발 밑으로 돌이 굴러 떨어졌다. 얼마나 높은 곳인지 돌은 끝없이 떨어져 내리고 있었다. 쳐다보기도 아찔한 광경이었다.

얼마나 시간이 지났는지 몰랐다. 다리에 쥐가 날 지경이었다. 겨우 굴러 떨어지지 않을 만한 곳에 도달했을 때에야 두 아이는 겨우 숨을 돌리고 바닥에 주저앉았다.

그곳은 작은 관목들과 풀이 우거진 비탈길이었다. 동굴로부터 몇백 미터는 걸어온 것 같았다. 굴 입구가 아득히 멀어 작은 점같이 보였다. 아래를 내려다보니 아득했다. 저 길을 어떻게 걸어왔나 믿어지지 않을 정도였다. 한참 동안 맨발로 좁은 돌길을 걸어왔기 때문에 발바닥이 아파오자 소년이 말했다.

"너, 발 아프지 않니?"

"아파. 하지만 어떡해, 신발이 없는데."

"어디 봐."

소년이 소녀의 발을 들어서 발바닥을 살폈다. 빨갛게 부어올라 있었다. 그러는 동안 소녀는 한 다리를 들었기 때문에 살짝 벌어진 자신의 사타구니를 손으로 가리느라 또 얼굴이 빨개졌다. 소년은 등을 돌려 댔다.

"업혀. 내가 업고 갈게."

"괜찮아. 너도 아플 텐데……."

말은 그렇게 했지만 소녀는 정말 발이 아팠다. 그러나 알몸으로 그 역시 알몸인 남자 아이에게 업힌다는 것이 부끄러워 한 말이었다. 경계심은 풀었지만 부끄러운 것은 어쩔 수가 없었다. 하지만 업혀가면 정말 편하긴 할 것 같다는 생각이 들었다.

"어서 업혀. 저기 가면 내가 신을 만한 것을 만들어줄게."

소년이 고집을 부리자 소녀는 못 이기는 척 업혔다. 그러면서 덧붙였다.

"너, 이상한 생각하면 절대 안 돼. 그러면 혼내줄 거야."

"이상한 생각 너나 하지 마라."

소년이 조금 퉁명스럽게 툭 던졌다. 그러면서 소년도 얼굴을 붉혔다.

불의 몸은 이제 완전히 한기를 벗어나 있었다. 닐씨도 닐씨러니와 제 몸이랑 거의 맞먹는 소녀를 업은 소년의 몸에서 땀과 열이 물씬 배어 나오고 있었고 소녀 역시 그런 소년의 열기와 등 뒤로 내리쬐는 햇살을 받아 열이 오르고 있었다.

소년은 낑낑거리면서도 끝까지 소녀를 업고 갔다. 숲의 가장자리에 도달하자 소년은 소녀를 내려놓고는 다시 주저앉아 버렸다. 온몸이 땀으로 번들번들했다. 그렇게 씩씩거리는 소년에게 소녀가 조그만 손바닥으로 부채질을 해주었다.

"미안해. 많이 힘들었지?"

"헤헤, 아니야. 괜찮아."

둘은 이제 완전히 경계심을 잃어버리고 있었다. 그뿐만 아니라 어느 정도 수치심도 가라앉은 것 같았다. 별로 부끄러운 생각이 들지 않았다.

한참을 그리고 앉았다가 소년이 말했다.

"숲은 위험해. 짐승이랑 독충이 있을 거야."

"왜, 겁나니? 내 생각에 위험하긴 여기도 마찬가지일 것 같은데……."

소녀는 주위를 한 번 둘러보더니 소년에게 말했다. 소년은 좀 더 주위를 살펴보고 들어갈 생각이었지만 막상 소녀가 저렇게 나오니 부끄러운 생각이 들어 일단 들어가 보기로 했다. 여자 아이에게 겁쟁이 소리를 듣긴 싫었던 것이다. 소년이 적당한 나뭇가지를 꺾어 몽둥이를 만들어서 소녀에게 주고는 자신도 하나 쥐고서 조심스레 숲으로 발을 옮겼다.

숲은 울창했다. 처음 보는 나무들이 빽빽이 들어차 있었다. 바닥은 흑갈색 낙엽으로 발목까지 푹푹 빠져들었고 발가락 사이에서 무엇인가 돌아다니는 듯한 기분이 들었다. 잔뜩 긴장이 되어 등에 식은땀이 줄줄 흐르고 있었다.

"도저히 못 들어가겠다. 뱀이 나올 것 같아."

몇 발자국 들어가지도 못하고 소년이 이마에 흐르는 식은땀을 닦으며 되돌아왔다. 소녀가 그 모습을 보다가 결심한 듯 말했다.

"내가 한번 들어가 볼게."

"얘, 위험할지 몰라. 잠깐만 기다려 봐."

"그럼 여기서 이렇게 발가벗고 굶어 죽을 거니? 너, 나한테 신발 만 들어준다고 했잖아 아까."

소녀는 좀 화난 목소리로 쏘아붙이고는 성큼성큼 숲으로 들어갔다. 그 뒤를 옆에서 보기에 좀 안된 표정으로 바라보던 소년이 결심한 듯 몽둥이를 거머쥔 손에 힘을 주고는 따라 들어갔다.

숲의 바닥은 좀 전의 느낌보다는 덜 끔찍했다. 가만히 생각하니 푹 신하니 발이 편한 것도 같았다. 소녀는 재빨리 낙엽을 가르며 움직이고 있었고 소년의 경우는 조심스레 주위를 살피며 전진하다 보니 자꾸 둘의 거리가 멀어졌다. 소년은 소녀가 아무 생각 없이 가는 것이 걱정되었다.

"야, 좀 천천히 가."

"얼른 와. 아무것도 없어. 나무밖에."

소녀가 멀찍이서 외쳤다. 그리고는 한참의 시간이 지나서,

"애, 빨리 와봐. 좋은 게 있어."

하는 것이었다. 소년이 허둥지둥 소리나는 쪽으로 뛰어갔다. 나무들 사이로 한참을 가다 보니 소녀의 하얀 모습이 눈에 띄었다. 소녀는 몸을 구부리고 무언가 만지고 있었다.

소년은 잠깐 혼자 남았다가 소녀가 시야에 들어오자 너무 반가웠다. 혹, 소녀를 잃어버릴까 봐 두려웠던 것이다. 혼자 남겨진다는 것은 두 아이 모두에게 끔찍한 일이었다. 소녀가 발견한 것은 물이었다.

"시냇물이야, 시냇물. 너무 시원해."

소녀는 손으로 물을 떠서는 다가오는 소년에게 뿌려대며 좋아라 하는 것이었다. 소년의 눈에는 그런 소녀가 너무 예뻤다. 마치 목욕하는 선녀를 훔쳐보는 나무꾼의 심정이 이랬을 것이다. 소녀는 신이 나서 몸을 가리는 것도 잊고 있는 듯했다. 소년은 소녀가 영원히 옷을 해 입지 않았으면 하는 생각을 문득 했다.

'본능이야, 본능. 수컷의……'

"야, 이리 와. 너, 거기서 뭘 쳐다보고 있는 거야? 흉물스러운 눈으로."

소녀가 몸을 움츠리면서 톡 쏘자 소년은 나쁜 짓 하다 들킨 아이처럼 깜짝 놀라며 얼른 시선을 돌렸다. 그런 소년에게 소녀가 깔깔거리며 물을 끼얹었다. 그 모습을 보고 소년은 생각했다.

'이 상황에서 어떻게 저런 웃음이 나오지? 언제 야생 동물이 튀어나올지 모르는데……'

소년은 여전히 두리번거리며 주위를 경계하고 있었고 소녀는 이제 무릎까지 오는 시냇물 속에 들어앉아 아예 목욕을 하고 있었다.

"아유, 시원해. 애, 너도 와서 좀 씻으렴. 땀 많이 흘렸잖아."

그 모습을 보며 소년은 어쩌면 저럴까 생각하며 주변을 둘러보았다.

'어서 여기서 빠져나가야겠어. 무엇인가 우릴 지켜보고 있을지도 몰라. 여긴 물가니까 들짐승도 가까이에 있을 거야.'

목욕을 마친 소녀가 주변의 나무에서 넓은 나뭇잎을 골라내고 있었다. 생전 처음 보는 나무들이 온통 주변을 뒤덮고 있었는데 이런 숲 속에 모기가 없는 것이 이상했다. 나무들도 야자나무같이 생겨먹은 게 이상했고 키를 넘어 보이는 고사리 같은 식물도 잔뜩 널려 있었다.

"여기가 어디일까?"

소년은 불안해서 견딜 수가 없었다.

"어서 여길 빠져나가자."

소년의 말에 소녀가 물끄러미 바라보다가는 침착한 어조로 대답했다.

"나도 불안하긴 마찬가지야. 하지만 어디로 갈 건데? 여기가 어딘지도 모르는데 무작정 갈 수는 없잖아. 좀 침착하자, 우리."

그러면서 소녀가 여러 개의 커다란 나뭇잎을 뜯어 왔다. 사방에 널려 있는 나무 덩굴도 뜯어 왔다. 그리고는 물에 적셔서 돌로 박박 씻어 냈다. 덩굴의 가시를 다 벗겨내고는 커다란 잎사귀에 꿰어서 대충 옷 비슷하게 만들어서 걸쳤다.

그러자 소년도 비슷한 옷을 만들어 몸에 걸치니 이건 타잔도 아니고 뭐 이상하긴 했으나 어쨌든 몸의 주요 부분은 가릴 수가 있었다.

그러고 있는 두 사람의 뒤로 무엇인가 가만히 웅크리고 지켜보는 것이 있었다. 두 아이는 아직 눈치 채지 못하고 있었지만 그것은 숲의 가장자리에서부터 둘을 따라온 것이었다.

아이들은 아무것도 모른 채 옷 만들기에 여념이 없었다. 옷이 되어 몸에 걸려 있는 나뭇잎은 상당히 두껍고 무거웠다. 크기는 한 개가 사람 머리만 하고 두꺼운 배춧잎 정도의 두께에 고무 나뭇잎처럼 생겼다. 두 사람은 어기적거리며 숲을 수색하기 시작했다.

일마나 시났을까. 소녀가 땀을 뻘뻘 흘리며 말했다.

"이 옷 너무 무겁다."

"글쎄, 그런 것 같아."

소년은 아랫도리만 가렸기 때문에 좀 덜했지만 소녀는 얼굴과 팔다리만 빼고는 온몸을 온통 나뭇잎으로 도배를 해놓았기 때문에 무게가

장난이 아니었다.

"야, 좀 걷어내라. 그렇게 잔뜩 달고 다니니 안 무거울 리가 있어?"

"싫어. 누구 좋으라고, 엉큼한 것 같으니."

소녀가 눈을 흘겼다. 소년은 맘대로 해라 생각하고 걸음을 옮겼다. 기껏 생각해 주었더니 한다는 소리가 얄미웠다.

"어디 쉴 만한 곳 없을까?"

한참을 걸어다녀 피곤한 두 사람은 안전하게 쉴 곳이 필요하다는 생각에 동의했다.

"동굴 같은 곳이 있으면 좋겠는데."

"배도 고파. 먹을 수 있는 것 없나?"

소녀가 소년을 바라보았다. 뭔가 바라는 듯한 눈빛으로……. 소년은 난감했다. 자신도 이 숲에서 무엇을 먹어야 할지 알 수가 없었던 것이다. 사정은 마찬가지 아닌가. 하지만 어째서 여자는 이런 상황에서 남자에게 저런 눈빛을 보내는 것인지…….

"우선 쉴 곳부터 찾아보고 그 담에 먹을 것을 찾자."

소년이 주변을 살피며 말했다.

아무리 돌아다녀도 적당한 곳이 없었다. 하지만 아까 잠에서 깬 동굴로 돌아갈 생각은 나지 않았다. 생각만 해도 아슬아슬하고 소름이 끼치는 벼랑이었다. 게다가 그 안에 굴러다니던 해골들을 생각하면 등골이 오싹한 것이 낭떠러지가 아니라도 들어가고 싶지는 않았던 것이다. 그에 비해서 이 숲은 천국은 아니어도 훨씬 나았다. 물도 있고 따뜻한 햇빛도 있었고, 게다가 먹을 것을 찾을 수 있을지도 몰랐다.

두 아이는 한참을 더 돌아다닌 끝에 결국 굴을 파기로 결정했다. 우선 연장이 없으니 곤란했다. 가지고 다니던 몽둥이 끝으로 언덕의 밑

부분을 찔러보았다. 푹 들어가는 게 그다지 단단한 것 같진 않았다. 하지만 단단하지 못하면 무너지기도 잘하는 법이었다.

소년은 좀 고민을 하다가 커다란 나무의 뿌리 밑을 파기 시작했다. 나무 밑둥에 굴을 파면 그 뿌리가 기둥 역할을 해서 잘 무너지지는 않을 것이란 계산이었다. 손과 몽둥이를 사용해서 어느 정도 파 내려가자 두 사람이 몸을 숨길 만큼 깊은 굴을 만들 수 있었다. 예상대로 나무 뿌리가 흙벽을 잘 지탱해 주고 있었다. 손톱 밑에 흙이 잔뜩 끼고 손바닥이 얼얼하도록 파낸 뒤였다.

"어머! 너무 멋지다. 너, 대단해. 보기보다 괜찮은 애구나, 너."

소녀는 뛸 듯이 기뻐했다. 자기는 단 한 줌의 흙도 파내지 않으면서……. 하지만 소년은 괜히 우쭐해지고 뿌듯했다. 아까 겁쟁이 취급을 받았던 창피를 만회하고도 남을 것 같았다.

이제 먹을 것을 찾을 차례였다. 하지만 몸이 너무 지쳐서 당장은 좀 쉬고 싶었다. 온몸으로 땀이 줄줄 흘렀다. 소녀가 소년의 손을 잡아끌었다.

"애, 이리 와봐."

"저기, 좀 쉬었다가…… 안 될까?"

소년이 이끌려 간 곳은 아까의 시냇물 줄기였다. 계속 물을 따라 다니며 헤맸기 때문에 가까이에 물이 있었다. 소녀는 소년을 시냇물 가운데 앉혀놓고 손으로 물을 끼얹어가며 흐른 땀을 씻어주었다. 수고했다고 연방 칭찬을 해대며. 좀 얄미운 그녀였지만 이러니까 꼭 신혼부부 같은 게 기분이 썩 괜찮았다. 게다가 소녀는 정말 예쁘게 생겼던 것이다. 진짜로 부부가 되면 좋겠다… 라든가 그런 생각을 하니 소년은 다시 얼굴이 벌겋게 물들며 아랫도리에 힘이 들어갔다. 소년은 애써 그 생각을 지우려 먹을 것 걱정을 하려고 노력하는 중이었다. 하지만 자연의 섭리란 거스르기가 참 어렵다는 것을 비로소 깨닫고 있는 중이었다.

"고마워."

소년은 어색하게 웃으며 소녀로부터 좀 떨어져 섰다. 계속 그 상태로 있고 싶긴 했지만 이상한 생각을 지우려면 소녀와 살이 맞닿는 것을 피하는 도리밖에 없었다.

"앗!"

소녀가 갑자기 화들짝 놀라며 한곳을 바라보았다.

"뭔데?"

소년도 소녀가 가리키는 곳을 바라보았다. 그러자 10m쯤 떨어진 나무 뒤에서 뭔가 하얀 것이 휙 지나가는 게 눈에 띄었다. 두 아이는 동시에 얼어붙은 듯 그곳을 바라보고 서 있었다. 크지는 않은데 무척 재빠른 것이었다.

"늑대?"

"토끼다!"

두 아이가 동시에 외쳤다.

"……?"

소년은 늑대를, 소녀는 토끼를 각자 외치고는 한참을 서로 마주 보았다. 소년이 순간 공포에 떨었던 반면 소녀는 먹을 것을 생각하고 있었던 것이다. 소년은 그걸 보고서 잠시 동안,

'참, 어쩌면 저렇게도 낙천적일 수 있을까? 모든 걸 자기 좋은 쪽으로만……'

하고 생각했다. 그래서 소녀에게 조심스레 경고를 해줄 생각으로 말

했다.

"애, 저것이 토끼면 좋겠지만 혹시 위험한 늑대나 다른 짐승일 수도 있어."

"무슨 소리야! 늑대라도 잡아먹어야지!"

소녀는 지지 않고 받아쳤다. 소녀의 마음은 지금 늑대가 아니라 호랑이라도 잡아먹어야 한다고 생각하고 있었다. 하지만 그렇게 말은 하고 나섰지만 소녀 역시 무서운 것이 사실이었다. 두 아이는 누가 먼저랄 것도 없이 토굴로 뛰어와서 몽둥이를 챙겨 들었다.

"아까 그것 덩치가 작지 않았니?"

"그래, 좀 작은 것 같았어. 작은 개 정도 되는 것 같았지?"

"그래, 역시 늑대는 아닐 거야."

둘은 속닥속닥 의논을 했다. 말로는 호랑이가 아니라 공룡이라도 잡아먹을 수 있었지만 역시 상대가 육식 동물이라면 되려 잡아먹히지 않으면 다행이었다. 더구나 아이들이 나무 막대기 하나 들고서 뭘 어쩌랴 싶었다.

"불을 피워야겠어. 산짐승은 불을 무서워하니까."

소년이 말했다. 소년은 어리기는 했지만 침착하고 생각하는 것이 현실적이었다.

"어떻게? 너, 뭐 가지고 있는 거라도 있니? 라이터라든가……."

소녀는 통 불을 피울 방법이 생각나지 않았다. 라이터나 성냥이 있다면 모를까…….

"야, 너나 나나 홀딱 벗고 만났는데 라이터가 어떻게 있겠냐?"

"왜 신경질이야?"

소녀는 되려 화를 내었다. 자기가 말도 안 되는 소리를 해놓고서는…….

"어, 미안. 신경질 낸 거 아니야. 화내지 마."

오히려 소년이 사과를 하고는 마른 나뭇잎과 나뭇가지를 줍기 시작했다. 그런 모습을 물끄러미 바라보던 소녀도 재빨리 따라 나가 나뭇가지를 모았다. 소년이 흘깃 보더니 빙긋 웃었다. 저렇게 열심히 줍는 것을 보면 아주 생각 없는 아이는 아닌데…….

모을 것도 없이 주변은 낙엽이랑 잔가지 천지였다. 약간 습기에 눅눅해져 있는 것이 흠이었지만 양은 충분했다. 어느 정도 모이자 소년이 토굴 안에 일부를 넣어두고 입구 주위에도 잔뜩 쌓아놓았다. 그리고는 토굴의 주변을 몇 미터나 되게 빙 둘러서 청소를 하기 시작했다.

"뭐 하는 거야?"

"응, 괜히 잘못 불을 피웠다가 우리까지 홀랑 타 죽지 않으려면 주변에 탈 만한 것들을 다 치워야 해."

그러자 소녀도 열심히 청소를 하기 시작했다. 어느 정도 시간이 지나자 토굴은 숲 속에 무슨 섬처럼 동떨어진 모습으로 남게 되었다. 소년은 쌓아놓은 나무 사이에서 잘 마른 가지를 몇 개 골라냈다. 좀 굵은 나무와 가는 나무 막대기였다.

"너, 그거 하려는 거지? 손으로 막 비비는 거."

소녀가 아는 체를 하며 달려들었다. 자기도 해보겠다고 나무를 골라 들고는 한참을 비벼대었으나 불은 좀처럼 붙지를 않았다. 두 아이는 땀을 흘려가며 열심히 손을 비벼대었다.

한 시간이 지났는지 두 시간이 지났는지 알 수 없었다. 어느덧 해가 기울어 주위가 어둑어둑해졌다. 그리고 소녀는 손을 털었다.

"얘, 안 돼. 손 아파서 더 못하겠어."

그러나 소년은 아무 말도 없이 계속 막대기를 비벼대고 있었다. 결국 소년의 손에서 물집이 터지고 나뭇가지에 핏물이 묻어 나오기 시작했을 때 나무에서도 연기가 나기 시작했다.

"됐다! 얼른 마른 풀을 갖다 대!"

소년은 손을 멈추지 않은 채로 소리쳤다. 소녀는 신이 나서 마른풀을 한 아름 껴안고 와서는 연기가 나는 곳에 조심스레 한 개씩 갖다 대었다. 잠시 후 연기가 더 심하게 나기 시작하더니 빨간 불꽃이 피어올라 왔다. 두 사람은 꺼질세라 조심하면서 마른 풀 더미에 불을 옮겨 붙였다. 금세 불꽃이 춤을 추듯이 번져 올라와 환하게 아이들의 얼굴을 비추었다.

"성공이야!"

소녀가 환호성을 지르며 소년을 덥석 안았다. 그 바람에 소년은 뒤로 벌렁 자빠졌고 소년은 소녀의 밑에 깔리게 되었다.

"어억, 이거 좀 놔줘."

소년이 소녀를 밀쳐 내며 후닥닥 일어섰다. 소년의 반응에 소녀는 금방 낯빛이 변해 뾰로통해져 가지고는 마주 일어섰다.

"애는, 그런 식으로 말하면 나는 좀 민망하다는 걸 알아주었으면 해."

자존심이 상한 듯 톡 쏘아붙이고는 불을 사이에 둔 건너편으로 가서 앉았다. 소년은 머리를 긁적거리면서 나뭇가지를 불 속에 집어넣고 있을 뿐 아무 말이 없었다. 하지만 소년은 그럴 수밖에 없었다고 생각하고 있었다. 소녀와 접촉을 하면 너무 가슴이 두근거리고 그랬던 것이다.

"어? 너, 옷이 망가졌다."

소년이 소녀를 가리키며 말했다. 좀 전에 넘어지는 바람에 소녀의 나뭇잎 치마 일부가 부러져 있었다. 두꺼운 나뭇잎이 마치 알로에 줄기 부러진 모양으로 꺾여 있었다.

"흥, 뭔 상관이람. 정말이네."

부러진 제 옷을 만지는 소녀의 손으로 말간 액체가 천천히 흘러내리고 있었다. 그걸 가만히 냄새를 맡아보더니 말했다.

"얘, 이거 냄새 좋은데? 달짝지근한 냄새가 나."

"그래? 어디……."

소년이 그것을 받아서 냄새를 맡아보고는 살짝 혀를 갖다 대었다.

"맛있는데! 너도 먹어봐."

"정말?"

아닌 게 아니라 소녀는 지금 배가 고파 환장할 지경이었다. 덥석 한 입 깨물었다. 가만히 씹어보았다.

"어, 맛있다. 이거 먹을 수 있는 건가 봐."

"에이, 이럴 줄 알았으면 많이 따올 걸 그랬다."

소녀가 거보라는 듯 거만한 표정을 지으며 허리춤에서 나뭇잎을 한 덩어리 떼어 소년에게 주었다. 불이 붙고 먹을 것도 생기자 아이들은 갑자기 너무나 행복해졌다.

"고마워."

"고마울 거다. 넌 네 거 떼어서 먹으면 다시 알몸이 되니까."

소녀가 생색을 내며 웃는 얼굴로 말했다. 금방 기분이 좋아졌나 보다.

"야, 굴도 나 혼자 팠고 불도 나 혼자 붙였는데 그거 가지고 그렇게 비싸게 구냐?"

"알았어. 너 혼자 잘했으니까 먹기나 해. 밴댕이 소갈머리 같아서는…… 쯧쯧."

소녀가 자꾸 까불자 이번에는 소년도 지지 않고 대꾸했다.

"자기가 더 잘 삐치더라. 아까 보니까."

"됐네, 이 사람아. 신발도 안 만들어주고서는…… 헹, 거짓말쟁이."

소녀가 계속 장난을 치며 놀렸다.

이제 둘은 기분이 좋아져 열심히 나뭇잎을 먹으며 웃고 떠들고 있었다.

아직 아이들은 자신들이 누구인지, 왜 이렇게 버려졌는지 그런 걱정은 하나도 하지 않고 있었다. 아니, 그럴 겨를이 없었다. 그러기엔 너무 배가 고팠고 무서웠다. 단지 지금은 먹을 것이 있고, 따뜻한 잠자리가 있고, 혼자가 아니라 누군가 같이 있다는 것만으로도 아이들은 기쁘고 든든했던 것이다.

그렇게 두 아이가 웃고 떠드는 사이에 숲의 어둠은 짙어져 가고 있었다. 하늘의 달빛도 나뭇잎에 가려 숲의 바닥을 비추어주지 못하고 불빛이란 그저 토굴 앞에 피워놓은 모닥불과 서로를 믿는 마음속의 불빛뿐이었다.

그 불빛 너머로 두 개의 눈이 자신들을 지켜보고 있다는 것도 모른 채……

제2장 새 친구를 만나다

울창한 나뭇잎 사이로 몇 줄기 햇살이 스며들고 어디선가 새 소리인 듯 맑게 지저귀는 소리가 들리고 있었다. 나뭇가지를 잔뜩 쌓아놓았던 모닥불은 몇 개의 까만 숯덩이만 남긴 채 재가 되어 한 가닥 하얀 연기만 피어오르고 있었다. 그 앞에 몽둥이를 끌어안은 채 소년이 쓰러져 자고 있을 뿐 소녀의 모습은 보이지 않았다.

토굴 속에서 부시럭거리는 소리가 들렸다.

"우웅~"

소녀가 기지개를 켜는 소리가 들리는가 싶더니,

"까아악!"

비명 소리에 소년이 벌떡 일어났다. 그 바람에 나무 위에서 지저귀던 것들이 푸드덕 날아올랐다.

"뭐야? 무슨 일이야?"

소년이 토굴로 달려들어 가고 그와 동시에 동굴 속에서 하얀 것이 후닥닥 뛰어나왔다. 그 바람에 소년이 깜짝 놀라 넘어졌다.

"뭐지, 저건?"

소년이 방금 하얀 것이 뛰어나간 쪽을 바라보았다. 그 하얀 것은 벌써 사라지고 없었다. 곧 이어 우는 소리가 들렸다.

"에엥에엥~ 나 무서워~"

소년은 그제야 달려들어 가서 소녀를 바라보았다. 소녀가 울면서 소년에게 달려들더니 다짜고짜 품 안으로 들어왔다.

"뭐야? 저건 뭐였어? 어제 보았던 그거 아니었어?"

"몰라몰라. 흑흑~ 자다가아… 일어나 보니까아… 옆에 있었단 말이야아."

소녀가 훌쩍거리며 더듬더듬 말했다. 지금은 둘 다 너무 놀라서 부끄럽고 내외(內外)고를 따질 겨를이 없었다. 소년이 소녀를 감싼 채 토굴 밖으로 나왔다. 주위를 다시 둘러보았지만 하얀 것은 보이지 않았다.

"어디 다친 데는 없니? 물렸다든지……."

"아니, 훌쩍, 그런 것은 없는 것 같은데……."

소녀가 그제야 울음을 그치며 자기 몸을 둘러보았다. 간밤에 뜯어먹었기 때문에 허리 부분의 나뭇잎이 뻥 뚫려서 배꼽이 나와 있는 것 말고는 어제와 비교해서 변한 것이 별로 없는 것 같았다. 그리고 배꼽 주변에 아까 그놈의 것인 듯한 길고 하얀 털이 몇 가닥 묻어 있었다.

"괜찮으면 됐어. 놀랐겠구나, 많이."

"응. 어떻게 된 거지? 불을 피워놓았는데. 불 피우면 동물이 안 들어온다고 그랬잖아, 네가?"

"글쎄, 불이 꺼져 버렸네."

"야, 너 뭐 한 거야? 망을 본다더니."

소녀가 원망하듯 말했다. 자기는 망을 볼 생각조차 안 한 주제에……. 소년이 미안한 듯 머리를 긁적거렸다. 그렇게 소년은 자기가 잘못한 것인지 아닌지도 따지지 않고 자꾸 미안해했다.

"가만있어 봐. 불꽃을 살려야겠다."

그러면서 소년은 모닥불 옆에 구덩이를 파기 시작했다.

"뭐야? 뭐 하는 거니?"

소녀는 금세 울었던 것을 잊어버리고는 다시 호기심을 냈다.

'저 애는 참 잘도 바뀌는구나.'

소년은 구덩이에 아직 꺼지지 않은 숯덩이를 골라 넣었다. 그리고는 그 위로 낙엽들을 쌓고 또 나뭇가지들을 쌓고 몇 번을 그런 다음에 마지막으로 낙엽을 쌓고는 그 위로 흙을 덮었다.

"그게 뭐 하는 건데?"

"응, 산소가 모자라야 불이 천천히 오래 타거든. 이렇게 해두면 저녁까지 불씨가 꺼지지 않고 남아 있을 거야, 아마도……."

"아마도?"

"응, 아마도."

소년의 대답이 미심쩍었는지 소녀는 말을 되풀이했다. 소년도 자신이 없었다. 이론으로는 그렇게 되어야 하는데 실제로 해본 적이 없어서……. 다만 그렇게 되기를 바랄 뿐이었다. 하지만 더 이상 나뭇가지 비비기는 하기 싫었다. 어제의 일로 이미 손바닥이 다 터져 있었다.

소녀가 고개를 끄덕끄덕이며 바라보고 있었다.

비록 투정도 부리고 말을 막 하기는 하였어도 소녀의 눈에는 소년이 참 믿음직해 보였다. 자신이 할 수 없는 일을 소년은 참 잘도 해내고 있었다. 아는 것도 많고. 흠이라면 겁이 좀 많은 것인데…….

"엇! 저기! 아침에 그놈이야."

소녀가 갑자기 손가락을 가리켰다. 소년이 바라보니 멀리 나무 뒤에서 하얀 것이 고개를 살짝 내밀고 바라보고 있었다. 아이들과 하얀 것은 서로 바라보고 있었다. 소년은 몽둥이를 든 채 가만히 생각했다.

"저게 뭐지? 처음 보는 동물인데… 토끼는 아닌 것 같고…….."

하얀 것은 생전 듣도 보도 못하던 모양으로 생겨 있었다. 온통 하얀 털로 복슬복슬 덮여 있었고 옆으로 누운 하얀 귀는 끝 부분만 갈색이었다. 눈은 동그랗고 커다랗는데 입은 보이지 않았다. 더욱 이상한 것은 그것이 두 발로 서 있다는 것이다. 아니, 두 발로 서 있는 것인지 어쩐지 다리가 하도 짧아서 정확히 알 수가 없었다. 아무튼 그것은 서 있었다. 다리만큼 짧은 팔로 나무를 잡고 고개를 빼죽 내밀고 있었다. 그렇게 한참을 보고 섰는데 갑자기 그것이 씩 웃었다.

"어? 웃었어. 봤지? 너도 지금 봤지? 분명히 웃었어."

소녀가 흥분해서 소리쳤다. 소년도 보았다. 분명히 ●● 이렇게 동그랗던 눈이 ∩∩ 이런 모양으로 바뀌고 보이지 않던 입이 ▽ 이 모양으로 나타났던 것이다.

"어머, 너무 귀여워."

소녀는 흥분해서 박수를 치며 팔짝팔짝 뛰어댔다.

그것뿐이 아니었다. 그것이 손을 흔들고 있었다. 손인지 앞발인지 모르겠지만 분명히 흔들고 있었다.

"어머! 웬일이니? 하하하!"

소녀는 발을 동동 굴렀다.

'뭐 이런 애가 다 있지? 저것보다 니가 더 이상하다.'

소년은 그런 생각을 하며 소녀를 멍하니 쳐다보았다. 무섭다고 울고 불고하던 것은 언제고……. 하지만 그런 소녀가 자꾸만 귀여워 보이는 것은 또 어떻게 된 것인지 자신도 잘 알 수가 없는 일이었다.

"얘, 저 애 좀 봐. 손을 흔들고 있어."

소녀는 그 하얀 것을 저 애라고 부르더니 이제는 아예 마주 손을 흔들고 있었다. 이윽고 그 하얀 것이 나무 뒤로 사라졌다. 소녀는 한참을 쳐다보며 그것을 찾고 있다가 한동안 시간이 지난 다음에야 결국 포기하고 돌아섰다.

"아, 글쎄 저 애가 내 품 안에서 자고 있었는데 얼마나 포근하고 푹신푹신했는지 모르지, 너? 오늘 밤에 또 왔으면 좋겠다. 안고 자게."

"나나 좀 그렇게 안고 자줘라."

소년은 기가 막히다는 듯이 대꾸하고는 시냇가로 걸어갔다. 더 이상 소녀의 옷을 뜯어 먹을 수는 없고 냇가로 가서 나뭇잎을 더 가져올 생각이었다. 그 뒤를 소녀가 졸졸 따라오며 종알거렸다.

"어머, 내가 왜 너를 안고 자니? 너, 별 이상한 소리를 다 한다. 말도 안 돼."

괜한 소리를 했구나 싶었지만 소녀는 썩 기분이 나쁘거나 하지는 않은 것 같았다. 그나마 안심이 되었다. 그녀가 화를 내지는 않았으니까. 소년이 넉넉하게 나뭇잎을 뜯어가지고 돌아서는데 소녀가 물속을 들여다보다가는 말했다.

"얘, 물속에 먹을 만한 게 없을까?"

그럴듯한 생각이었다. 작은 물고기나 새우 따위가 있을 것도 같았

다. 소년이 넓은 나뭇잎을 구부려 그릇이 될 수 있도록 모양을 만들고
는 소녀에게 건네주었다. 소녀가 그것을 받아 가슴에 안고 기다리는
동안 소년은 시냇물 속을 뒤졌다. 큼직한 돌멩이 아래에는 무엇인가
숨어 있기 마련이었다.

　생각만큼 쉽게 움직이는 것을 찾을 수는 없었다. 물고기나 새우는
보이지 않았고 이상하게 생긴 벌레만 몇 마리 기어다닐 뿐이었다. 한
참을 뒤적이던 소년이 막대기 끝으로 무엇인가 하나 건져 올렸는데 크
기가 손바닥만하고 모양이 달팽이 비슷한 물컹물컹한 동물이었다. 그
런데 껍데기가 없었다. 피부가 반투명한 하얀색으로 무척 징그럽게 생
겼다. 달팽이도 아니고 벌레도 아닌 것이 꾸물꾸물 움직이고 있었다.
그리고 물이 뚝뚝 떨어지는데 그것이 뭔지 찐득한 타액같이 축축 늘어
져 상당히 징그러웠다.

　"엑! 그게 뭐야?"

　소녀가 인상을 찌푸리며 뒤로 물러섰다. 소년이 소녀에게 그것을 내
밀어 받으라는 시늉을 했다.

　"싫어, 징그럽게. 그거 무는 거 아냐?"

　"일단 받아봐. 먹을 수 있는 건지 구워봐야겠어."

　"싫어. 네가 들고 가. 난 못 만지겠어."

　소녀는 벌써 몇 발작이나 도망가 있었다.

　"지~ 아까는 그 괴불이랑 껴안고 잤으면서. 자ㅑ 그러면 있다가 나
혼자 먹을 거다."

　"맘대로 해. 나 그거 안 먹을 거야."

　소년은 참 기가 막혔지만 저 애 성질 건드려 봐야 좋을 것도 없을 것
같아서 아무 말 하지 않았다. 꾸물거리며 기어가려는 것을 넓은 나뭇

잎에 올려놓고 다시 한 마리 더 잡아서 나뭇잎으로 꽁꽁 싸매고는 불가로 돌아왔다.

숯을 넣어놓은 구덩이에서 연기가 솔솔 피어오르고 있었다. 불씨를 꺼내 마른 풀에 옮겨 붙이고는 후후 불어가면서 불을 살렸다. 잠시 후 불꽃이 살아났다. 잔가지를 몇 개 올려놓아 모닥불을 피우고는 뾰족한 막대기에 한 마리를 꽂았다. 벌레는 괴로운 듯 몸을 수축시키더니 막대 끝으로 말간 액체를 흘려내었다. 아마도 그 벌레의 피는 투명한 색인 듯했다. 막대기를 이리저리 돌려가며 타지 않도록 벌레를 구웠다. 옆에서 나뭇잎을 씹어 먹으며 소녀가 들여다보고 있었다.

벌레는 금방 하얗고 불투명하게 색이 변하며 굳었다. 잠시 부풀어 오른다 싶더니 물집이 터지듯 군데군데서 툭툭 하고 공기가 빠져나왔다. 좀 노릇노릇하게 구워지자 고소한 냄새가 번져 왔다. 이제 타액인지 피인지는 흘러내리지 않았다.

소년이 다 구워진 벌레를 반으로 잘라서—잘 잘라지지 않아서 뾰족한 돌멩이로 긁어 끊어야 했다—냄새를 맡아보았다. 아직도 지글지글 끓어 오르는 살덩이에서 김이 모락모락 솟고 있었고 고소한 고기 굽는 냄새에 저절로 입에 침이 고였다. 잠시 망설이던 소년이 이 끝으로 조금 떼어 물더니 살짝 씹어가면서 맛을 보았다. 생긴 것과는 달리 쫄깃한 게 맛이 괜찮았다. 꼭 우렁이나 달팽이의 맛이었다. 조개를 씹는 것 같기도 하고.

"야, 먹어봐. 맛있어."

소년이 반쪽을 소녀에게 건네주었다. 소녀는 아까 기겁하던 것도 아랑곳하지 않고 넙죽 받아서는 한입 떼어 물었다. 오물오물 씹는 소녀의 얼굴에 희색이 돌았다. 조금 전에 했던 말을 생각하면 웬만해서는 조금 민망해하기라도 했을 텐데 저 아이는 참 아무렇지도 않다는 듯이 잘도 먹는다. 예쁘지만 않았다면 참 뻔뻔하다고 말해 주고 싶은 아이 였다. 하지만 잘 먹는 것이 뿌듯해서 소년은 참아주기로 했다.

아닌 게 아니라 소녀도 민망한 중이었다. 민망하므로 더욱 말을 못 해서 그렇지. 하지만 소녀는 너무 허기가 져 있어서 그런 체면을 따질 정신도 없었다. 벌레 반쪽을 금세 먹어버리고는 마저 한 개를 구워달 라는 듯이 소년을 쳐다보고 있었다.

소년은 그 자신이 너무 배가 고팠기 때문에 소녀도 얼마나 배가 고 플까 안쓰럽기만 한 것이다. 마저 한 개를 구워 나누어 먹고는 두 아이 는 신이 나서 그 달팽이 벌레를 더 잡으러 나섰다. 물속을 뒤져 가면서 두 아이는 그것의 이름이 뭘까 하고 열심히 상의해 보았다. 언젠가 책 에서 본 적이 있던 것 같기도 했다. 그러나 자기 이름도 기억 못하는 아이들이 책에서 본 것을 생각해 낸다는 것은 무리였다. 소녀는 그것 을 집 나온 달팽이라고 부르기로 했다. 달팽이같이 생긴 게 껍데기가 없다고 그렇게 불러야 한다나…….

열심히 찾아다닌 끝에 '집 나온 달팽이' 세 마리를 더 잡을 수 있었 다. 세 마리를 다 막대기에 꽂아서는 불에 굽고 있는데 토굴 앞에 쌓아 놓은 나무 더미에서 간밤의 하얀 것이 살며시 나왔다. 언제 거기에 와 있었는지 모르겠다. 하긴 짐승이니까 소리도 안 내고 오죽 동작이 빠 르랴 싶었다. 불 위에서 맛있는 냄새를 내며 구워지고 있는 고기를 빤 히 쳐다보고 있었다.

순간 소년은 불이 붙어 있는 막대기를 집어 들었고 소녀는 손짓을 해가며 그것을 부르고 있다. 소년은 그 동물에 대한 경계를 아직 풀 수 가 없었지만 소녀는 그저 그것이 귀엽다는 이유만으로 이미 무슨 자기의 애완 동물쯤으로 생각하는 모양이었다.

"얘, 그것 좀 저리로 치워. '하양이'가 무서워하잖아."

소녀는 또 제멋대로 그것을 하양이라고 불렀다.

"야, 넌 저게 뭔지도 모르고 그렇게 좋아하냐? 혹시 맹수일지도 모르잖아?"

"저렇게 귀엽게 생긴 맹수가 어디 있니?"

"맹수 새끼면 어떡할래? 새끼를 건드리면 어미가 완전히 미친다는 것도 몰라? 내가 보기에는 꼭 곰 새끼처럼 생겼네 뭘. 아니, 살쾡이인가?"

아닌 게 아니라 그놈은 털이 복슬복슬한 강아지 같기도 하고, 또 고양이 같기도 했으며 어찌 보면 조그만 곰 같기도 했다. 귀는 토끼처럼 긴 것이 옆으로 누워 있었다. 본 적은커녕 들어본 적도 없는 생김새였다. 하긴 어제 낮부터 보아온 것이 나무부터 시작해서 벌레까지 모두 생소하게 생겨먹기는 했다. 기억나는 것은 하나도 없었지만 상식 내에서 보던 것은 아무것도 없었다. 하늘과 땅과 물만 빼고는, 아니, 앞에 있는 여자 아이도 포함해서……

그때 그 하얀 것이―저 애 말로 하양이가―또 배시시 웃었다. 그리고는 입을 쩝쩝거렸다. 소녀는 그것을 보고는 또 흥분해서 말했다.

"저 애가 배가 고픈가 봐. 아유, 가엾기도 하지. 이리 와. 언니가 맛있는 것 줄게."

"저것 줄 게 어딨어? 너 먹일 것도 부족한데."

"또 잡으면 되잖아. 내가 또 잡아올게. 응? 조금만 주면 안 돼?"

"맘대로 해라. 네가 또 잡아오든지. 그 대신 난 안 도와준다."

"걱정 붙들어 매셔."

소녀는 신이 나서 막대기에 꽂은 집 나온 달팽이 한 마리를 통째로 들고 하양이를 향해 살며시 걸음을 옮겼다. 하양이는 슬쩍 나무 뒤로 몸을 숨겼다.

"괜찮아. 나쁘게 하지 않을게. 언니한테 와."

"차라리 엄마라고 하지 그러냐? 어제는 잡아먹자고 했었으면서……."

소녀가 순간 흠칫했다. 그런데 놀란 것은 소년도 마찬가지인 듯 더 이상 말을 잇지 않았다.

"엄마? 엄마……?"

"……?"

두 아이 모두 갑자기 조용해진 상태로 그대로 있었다. 소녀가 고개를 갸우뚱하더니 무언가를 골똘히 생각하기 시작했다. 배고픔도 순간 잊어버린 듯 나뭇가지에 꽂은 달팽이 고기가 떨어진 것도 모르고 생각에 빠져 있었다.

어제 낮에 깨어난 후로 정신없이 하루가 지나갔다. 아무것도 기억하지 못한 채. 자신이 누구인지도 모르고 왜 여기에 있는지도 모른 채, 그렇게 아무 생각도 없이 지금까지 지내왔던 것인데 갑자기 튀어나온 엄마라는 말에 잊었던 기억이라도 돌아온 것인지 소녀는 연신 고개를 갸우뚱거리며 눈을 굴리고 있었다.

그러나 아니었다. 막연한, 그러니 웬지 슬픈 듯한 감정이 느껴질 뿐 소녀는 아무것도 기억할 수 없었다. 아무리 떠올리려 해도 짙은 안개에 싸인 것처럼 아무 모습도 떠오르지 않았다. 엄마라는 존재가 있었는데… 하는 생각만이, 그리고 아련히 슬프다는 생각만이 들 뿐이었다. 소년도 마찬가지였다.

하지만 그들은 울거나 하지는 않았다. 울어도 소용없다는 것을 느끼고 있었다. 언제부터인지 모르지만—기억나는 것이 어제 낮부터이기 때문에—아이들은 운다는 것은 아무런 도움도 되지 못한다는 말을 자신도 모르는 내면으로부터 듣고 있었다. 소년이 소녀에게 걸어가서 가만히 어깨에 손을 얹었다. 소녀는 웬일인지 그냥 마주 볼 뿐 소년의 손을 뿌리치지 않았다.

그때 하양이가 살금살금 소녀의 옆으로 걸어왔다. 그리고는 땅에 떨어진 고기를 얼른 집어가지고 나무 더미 뒤로 숨었다. 그리고 호호 불어가며—그 동물의 입은 긴 털에 가려서 잘 보이지 않았다 묻은 흙과 낙엽 부스러기를 털어서—한입 뜯어 먹었다. 그러다가 아이들을 한 번 보다가 또 한입 뜯어 먹다가 결국 한 마리를 다 먹고는 다시 모닥불 가로 슬금슬금 다가가서 또 한 개를 가지고 두 아이의 뒤에 서서는 한참 동안 쳐다보더니 먹어치웠다. 다시 모닥불로 가서 마지막 고기를 집어서는 숲으로 들고 사라져 버렸다.

두 아이는 더 말없이 생각에 잠겨 있다가 소년이 소녀를 데리고 모닥불로 돌아와서도 고기가 사라져 버린 것을 알아채지 못했다. 하지만 이미 아이들은 먹을 생각조차 잊어버리고 있었다.

소년이 말했다

"기억나는 것이 있니?"

"아니, 아무것도……."

소녀는 고개를 저었다. 두 아이는 마주 앉아 각자 이런저런 생각에 여념이 없었다. 결국 소년이 말했다.

"사람들을 찾아봐야겠어. 여기 이렇게 앉아 있어서는 안 될 것 같아."

소녀도 맞장구를 쳤다.

"그래. 우리가 누군지 찾아낼 길이 있을 거야. 어째서 우리는 아무런 기억도 없는 것일까?"

소년이 유심히 소녀를 바라보다가 말을 이었다.

"어쩌면 우린 서로 알고 있는 사이인지도 몰라. 원래부터 말야. 처음 너를 보았을 때 왠지 낯이 익었었어."

"나도 그래. 어디선가 본 듯하긴 했는데 생각이 전혀 나지를 않아."

"이상해. 내가 남자라는 것, 네가 여자라는 것, 달팽이, 토끼, 늑대, 새, 나무, 하늘, 시냇물, 불 붙이는 법, 다 알겠는데 내가 누구인지만 기억이 나질 않아."

"너, 기억 상실증이 어떤 것인지 아니?"

"거봐. 기억 상실증이라는 말도 생각이 나잖아? 그런데 내가 살아온 기억이 없으니 이상해."

그 말을 듣고는 소녀가 잠시 생각에 잠겼다. 잠시 후 말을 이었다.

"그런데 사실 대충 기억이 나는 것뿐이지 난 토끼가 어떻게 생겼는지도 자세히 모르겠어. 그냥 토끼가 토끼라는 것밖에는."

"하지만 넌 아까 그 벌레를 보고 집 나온 달팽이라고 했잖아?"

"그랬지. 근데 보면 생각이 나는데 보지 않은 것은 모양이 생각이 나지 않아. 넌 토끼가 어떻게 생긴 줄 알겠니?"

"난 알어. 귀가 길고 초식 동물이고, 늑대는 개처럼 생기고 떼지어 다니는 육식 동물이고… 그리고 비행기는……."

소년이 말하다 말고 하늘을 올려다보았다. 나뭇잎에 가려서 하늘이 잘 보이지 않았다. 새 비슷한 조류 한 마리가 복잡한 나무 사이로 푸드덕 날아 지나갔다. 소녀가 그 말을 듣고 소리쳤다.

"비행기? 맞아, 비행기! 그래, 날아다니는 것. 그런 것이 있었어. 무서운 것……."

갑자기 머리 속이 어지러웠다. 비행기라는 단어를 생각하자 몸이 부르르 떨리도록 소름이 끼쳐 왔다. 그러나 뭔가 생각이 날 듯 말 듯 기억 속에 두꺼운 장막을 쳐놓은 듯 손에 잡히지 않았다. 이윽고 소년이 말했다.

"우린 어떤 이유에 의해서 그곳에 버려진 것이 틀림없어. 그때 무슨 충격을 받아 기억을 잃었고. 우리가 발가벗고 나란히 누워 있었다는 것부터 우선 자연스럽지가 않아."

"그래, 난 여자고 넌 남자인데 나란히 발가벗고 누워 있을 이유가 없지. 게다가……."

거기까지 말을 하고는 둘이 동시에 얼굴이 발갛게 물들었다. 소년이 말을 더듬고 있었다.

"어, 어쨌든… 으음… 그래… 그렇지. 맞아, 근데 너… 그때 참 이뻤다."

"워언… 별 말씀을 다… 난 원래 이쁜 걸 뭐……. 근데… 너, 다 봤냐?"

이제 두 아이는 얼굴이 벌게져서는 떠듬떠듬 주제를 벗어난 토론을 하고 있었다. 자연의 섭리가 두 아이를 자꾸만 엉뚱한 곳으로 몰아가는 중이었다.

"아, 아니, 못 봤어."

"어머, 그래? 난 다 봤는데……."

"그, 그랬니? 사실은 나도… 다… 아니, 아니야. 난 못 봤어."

소녀는 뜯어 먹어서 구멍난 옷 사이를 손으로 가리고 있었다. 소년은 안 보는 척하면서 흘깃흘깃 그 애의 배꼽을 훔쳐보고 있었고, 이러다간 무슨 사건이 일어나지 않고는 영 결론이 나지 않을 것 같은 분위기였다.

바로 그때 하양이가 다시 나타났다. 둘은 갑자기 정신이 들어서는 옆을 돌아보았다. 하양이가 손이 겨우 닿지 않을 정도의 거리에 서서는 두 아이를 바라보고 있었다. 소년은 깜짝 놀라 뒤로 물러섰고 소녀도 놀라긴 하였지만 가만히 바라보고 있었다. 그러다가 손을 내밀어 하양이를 만지려 했다. 하양이는 얼른 한 걸음 뒤로 물러섰다. 그리고는 삐이~ 하는 소리를 내었다.

"괜찮아. 언니는 나쁜 사람이 아니란다. 이리 오렴."

소녀가 말하고는 모닥불의 고기를 주려고 고개를 돌렸다. 그런데 고기가 없었다. 그제야 그걸 눈치 채고는 소년에게 말했다.

"얘, 우리 고기 어디 갔지?"

"난 한 개도 안 먹었는데……."

그때 하양이가 고기를 꽂았던 막대기를 내밀었다.

"어! 이 녀석이 먹었나 봐."

"어머, 네가 먹었니?"

소녀가 놀라 물었고 소년은 심각한 표정을 지으며 말했다.

"아무래도 이 짐승 지능이 꽤 높은 모양인데……. 저것 봐. 두 발로 걷고 손을 사용하고 있어. 도구를 사용하는 것을 보니. 세나가 웃기도 하잖아. 혹시 원숭이 아니야 이거?"

"원숭이? 이렇게 생긴 원숭이도 있었나? 꼬리도 없는데?"

"유인원인지도 모르지."

"무슨 유인원이 이렇게 팔다리가 짧아?"

그 동물은 팔다리가 짧은 게 아니라 아예 없었다. 그냥 몸통에 손과 발만 달린 것처럼 생긴 것이다. 몸에서 제일 긴 것은 귀였다. 쉽게 말해서 동글납작한 털덩어리에 귀와 손가락, 발가락만 달아놓은 모양을 하고 있었다.

하양이는 소녀가 내민 손을 킁킁거리며 보이지도 않는 코로 냄새를 맡았다. 그리고 슬슬 만져 보기도 하고. 그것을 보고 소년이 말했다.

"어쭈~ 이 녀석 봐라. 처음 만져 보는 척하네. 어젯밤엔 끌어안고 잤으면서."

그 말을 듣자마자 하양이가 화들짝 놀라서 가만히 소년을 바라보더니 또 배시시 웃었다. 들켰다는 듯이.

"어머, 그랬어? 넌 언니가 좋은가 보구나?"

"어? 이 녀석, 말을 알아듣는 것 아냐?"

소녀는 하양이를 살짝 쓰다듬었다. 하양이는 가만히 있었다. 그러다가 슬금슬금 소녀의 품으로 기어들어 갔다.

"어머머, 애 좀 봐. 아유, 귀여워라. 정말 내가 좋은가 보네."

소녀는 무척 기뻐했다. 소년은 정체불명의 동물에게 불안감을 느끼긴 했지만 위험한 동물은 아닌 것 같아서 쫓아버리지 않기로 내심 결정했다. 정 급할 때면 잡아먹을 수도 있으니까…… 그런 소년의 마음도 모른 채 소녀는 하양이를 안고 쓰다듬고 난리법석이었다.

"먹을 수 있는 것을 좀 만들어서 이곳을 뜨자. 우선은 좀 무섭긴 하지만 처음 우리가 깨어났던 곳으로 가봐야겠어. 거기 가면 뭔가 흔적이나 단서가 있을 거야."

두 아이는 '옷 나뭇잎'을 적당히 뜯어서 넝쿨 가지를 이용해 묶어서는 그것을 어깨에 짊어질 수 있도록 멜빵을 만들었다. 옷 나뭇잎 역시 소녀가 붙인 이름이었다. 참 편리한 사고방식을 가진 아이라고 소년은 생각했다.

"하양이는 어떡하지?"

소녀가 묻고 있었다. 글쎄……. 소년은 고민했다.

'잡아먹을 수도 있는데 데려가야 하나 말아야 하나?'

"저 하고 싶은 대로 하게 둬. 따라오고 싶으면 따라오겠지. 아니면 묶어서라도 데려갈까?"

그 말을 듣고 소녀는 고개를 저었다.

"안 돼, 하양이를 묶다니. 불쌍하게……. 그냥 여기 두자. 여기가 하양이의 집이 있는 곳이니까. 우리가 보러 오면 되지 뭐."

"맘대로 해. 어차피 묶을 데도 없게 생겼는걸 뭐."

말은 그렇게 하면서도 소년은 소녀의 변덕이 참 이해하기 힘들었다. 분명 어제까지만 해도 늑대라도 잡아먹어야 한다며 떠들던 그녀가 아니었던가. 먹을 것을 묶는다고 불쌍해하다니……. 변덕이 참 죽 끓듯 하는 아이였다.

어쨌든 두 아이는 하양이를 내려놓고 어제 왔던 길로 되돌아가기 시작했다. 그러자 하양이는 끼잉끼잉 소리를 내며 소녀를 바라보았다. 소년은 다시 돌아올 것을 생각해서 군데군데 나뭇가지를 꺾어 방향 표시를 해두었다. 아직 어린데도 불구하고 소년은 무척 치밀하게 생각하고 있었다.

숲 속에는 허리까지 오는 풀숲이 끝없이 펼쳐져 있었다. 어제도 생각했던 것이었지만 풀이나 나무의 모습이 왠지 낯설었다. 소년은 그것이 의아했다. 어림짐작으로 왔던 길을 되돌아가면서 소년이 말했다.

"어째서 양치식물이 이렇게 많은 걸까? 양치식물은 대개 그늘에서만 자라는데……."

"왜 그늘에서만 자라는데?"

"응, 대개 양치식물은 크기가 작고, 또 홀씨로 번식하기 때문에 태양빛이 많이 필요하지 않아."

"여기 있는 것들은 그리 작아 보이지 않는데?"

"그러니까 말이야. 내가 보기엔 이것들은 거대한 고사리 같아 보이거든. 게다가 나무들도 속씨식물이 아니라 겉씨식물만 있는 것 같아. 마치 선사시대의 풍경 같거든."

"어쩜~ 너, 아는 것이 무척 많구나? 이 누나가 칭찬해 줘야겠네."

"왜 네가 누나냐? 내가 오빠일걸."

"이 어린것이! 게다가 넌 겁쟁이잖아!"

소녀가 지지 않으려고 고집을 부렸다.

"넌 울보면서!"

소년도 고집을 부렸다. 두 아이는 걸음을 옮기면서 계속 말장난을 하고 있었다.

"우후후, 네가 왜 나보다 동생인지 아직도 모르겠니?"

소녀가 빙그레 웃으며 장난을 걸었다. 무슨 결정적인 약점이라도 잡은 듯이.

"무슨 소리야? 넌 할 줄 아는 것도 없고 내가 다 했잖아? 내가 오빠인 게 틀림없어. 게다가 난 키도 더 크잖아!"

소년이 소녀의 머리 위를 손으로 재서 자신의 귀에 갖다 대더니 우쭐해서 말했다. 그러자 짓궂은 미소를 띤 소녀가 얼굴을 바싹 들이대면서 소리쳤다.

"이 고추에 털도 안 난 것이 어딜 까불고 있어?"

그러면서 소녀는 제풀에 얼굴이 벌게져서는 하하하 웃으며 뛰어갔다.

"억! 그, 그것은……."

소년은 얼굴이 빨개져서는 더 이상 말을 잇지 못했다. 그렇게 장난질을 치며 두 아이는 자신들이 처음 깨어났던 장소를 찾아 열심히 걸어가는 것이다. 도무지 알 수 없는 자신들의 존재를 확인하기 위하여…….

그러나 아이들은 깨닫지 못하고 있었지만 시냇물을 정점으로 정반대 방향으로 내려오고 있었다. 숲이 너무 우거져서 방향에 착각을 일으켰던 것이다. 숲을 벗어나는 것은 잠깐이었다. 어제 깊숙이 들어오지 않았기 때문에 그리 어렵지는 않았다. 숲을 벗어나자 아이들은 키작은 관목들을 헤치고 걸었다. 비탈이 나오기 시작하자 곧 낭떠러지가 나올 것이라고 예상하고 부지런히 걸었다. 몇 시간을 걸었을까. 뭔가 이상하다는 생각이 들었다. 어제 걸었던 시간이 지난 것 같은데도 낭떠러지는 나오지 않았던 것이다. 소년은 잠시 생각에 잠기더니 말했다.

"뭔가 이상해. 이제 도착할 때가 된 것 같은데……."

"힘들어 죽겠다. 얼마나 더 가야 하니?"

소녀가 투정을 부리기 시작했다.

"아무래도 길을 잘못 찾은 것 같은데……?"

"뭐야? 너, 길 다 알고 있다고 했잖아?"

"글쎄, 그게… 분명히 맞게 온 것 같은데."

소년은 투덜거리는 소녀를 달래가며 이리저리 길을 찾아보고 있었다. 그때 멀리 어디선가 길게 끄는 울음소리가 들려왔다.

"뭐, 뭐지?"

갑자기 들려오는 그 소리에 그만 두 아이는 바짝 얼어붙고 말았다. 그 소리는 마치 울부짖는 비명 소리 같기도 하고 한편으로는 맹수의 포효 소리 같기도 했다. 두 아이는 소리나는 쪽으로 고개를 돌렸다. 멀지 않은 곳에서 새들이 푸드덕 떼를 지어 날아오르는 것이 보였다.

"저곳에 뭔가가 있어."

소년이 소녀의 손을 재빨리 잡아끌며 속삭였다. 숲 속의 포효는 아직까지도 이어지고 있었고 불행하게도 점점 크게 들려오고 있었다. 두 아이는 당황했다. 무엇인가 맹수가 다가오는 것 같았는데 이건 싸울 수도 없고, 어디로 도망가야 할지도 알 수 없었다.

어쨌든 가만히 있을 수도 없어서 두 아이는 달리기 시작했다. 가능하면 소리가 나는 반대 방향으로 뛰었다. 발에 생채기가 나고 나뭇가지에 걸려 까지고 뭐 따질 경황이 없었다. 포효 소리는 점점 가까워지고 있었다. 곧 이어 땅이 울리기 시작했다. 빠르고 일정한 간격으로 땅이 울리는 것을 보면 소리 지르고 있는 그 무엇인가의 발소리가 틀림없었다.

연신 뒤를 돌아다보며 달렸다. 숨이 턱까지 차 올라왔지만 멈출 수는 없었다. 멈추면 죽는다는 생각뿐이었다. 그러나 손에 잡혀 끌려오듯 하던 소녀가 갑자기 넘어졌을 때는 상황이 달랐다.

"까악!"

소녀가 비명을 질렀다. 소년이 돌아보자 소녀가 넘어져 있었다. 소년은 소녀에게 덮치듯 뛰어들어서 소녀의 얼굴을 가슴에 안고 몸을 수그렸다. 모든 것이 끝장이었다. 어느새 두 아이들의 등 뒤에 무엇인가 나무를 넘어뜨리며 모습을 나타내고 있었다. 커다란 짐승이었는데 그 짐승이 울부짖으며 달려들고 있었던 것이다. 소년은 소녀를 품에 안은 채 그것이 달려드는 것을 망연자실 바라보고 있었다.

제3장 떠돌이 사냥꾼을 만나다

"쿵, 이젠 어디로 갈 거야?"

"응, 오늘은 저 산 위로 올라가 보자, 피코야."

마른 소년의 물음에 체격이 건장한 청년이 말했다. 청년은 온몸이
단단한 근육질이었다. 키가 2미터는 되어 보였고 다리통의 굵기가 보
통 사람의 허리 정도는 되는 것 같았다. 그 위에 짐승의 가죽으로 된
옷을 입고 있었고 등 뒤로는 커다란 쇠몽둥이를 메고 있었다. 언뜻 보
기에는 쇠몽둥이처럼 보였지만 자세히 보면 그것은 엄청나게 큰 칼이
었다. 폭이 넓고 두께 또한 엄청나게 두꺼워서 자세히 보지 않으면 쇠
몽둥이처럼 보였다. 그러나 양쪽으로 시퍼렇게 날이 서 있는 분명한
칼이었다.

그의 왼손에는 외날로 된 기다란 창이 들려져 있었고 허리에는 커다
란 가죽 자루가 매어져 있었는데 무엇이 들었는지 묵직하고 불룩했다.

짧은 갈색 머리는 아무렇게나 잘랐는지 군데군데 삐죽이 까치집이 지어져 있었지만 짙은 눈썹과 오똑한 코가 체격에 걸맞는 강인한 인상을 풍겼다.

그 옆에 나란히 걷고 있는 소년 역시 키가 늘씬하게 컸고 체격은 호리호리했지만 긴 팔다리는 근육질로 덮여 있었다. 그러나 긴 머리를 뒤로 묶은 얼굴은 이제 갓 어린애 티를 벗어난 듯한 예쁜 미소년이었다. 소년 역시 짐승의 가죽으로 된 옷을 온몸에 두르고 있었는데 큰 사내와는 달리 가슴과 등에 금속판으로 만든 갑주를 매달고 있었다. 왼편 허리에는 기다랗고 가는 검을 차고 있었고 오른편에는 갈고리 하나에 단검이 세 개나 꽂혀 있었다.

또 왼손에는 제 키만큼이나 큰 활을 쥐고 있었고 등에는 화살이 가득 든 가죽 바랑이 매여져 있었다. 그렇게 걷고 있는 두 사람은 무척 강인한 인상이었다. 갈색의 짙은 눈썹과 굳게 다문 입술이 두 사람의 성격을 말해 주는 듯했다.

"오늘은 허탕 치지 말아야 할 텐데. 그렇지, 쿵?"

"요즘은 짐승들이 다 도망갔나 봐. 이러다간 굶어 죽겠다."

피코라 불리는 소년이 문득 걸음을 멈추고 눈을 가늘게 떴다. 그러자 '쿵'이라는 거인도 걸음을 멈추고 귀를 기울이다가 속삭이듯 물었다.

"왜 그러지? 뭔가 있냐?"

"쉿, 무슨 소리를 들은 것 같아."

한동안 말이 없이 귀를 기울이던 두 사람이 동시에 한쪽 방향을 바라보았다.

"들린다. 거리는 이 마장 정도, 나뭇가지가 뜯겨져 나가는 소리가 들려."

"나도 들려. 저건 풀을 뜯어 먹는 소리야."

두 사내는 가만히 바람이 부는 방향을 확인했다. 다행스럽게 바람은 소리나는 쪽에서 불어오고 있었다. 두 사람이 마주 보며 싱긋 눈웃음을 교환하더니 소리를 죽여, 그러나 엄청나게 빠른 속도로 소리가 나는 곳을 향해 달려가기 시작했다. 우거진 풀숲 사이로 달리는 두 사람은 잠시잠시 멈추어 서서 소리를 확인하다가 다시 달리곤 했다.

그렇게 한참을 달리던 두 사람이 어느 풀숲 아래에 몸을 숨기고 멈추어 섰다. 쿵이 손짓을 하자 소년이 조심스레 화살을 뽑아 활에 시위를 재며 살금살금 옆으로 이동하기 시작했다. 두 사람에게서 스무 발짝 정도 떨어진 거리에 목이 기다란 짐승이 높은 곳에 달린 나무의 잎을 뜯어 먹고 있었다.

피코라는 소년은 소리를 죽인 채 짐승의 주위를 돌아 반대 방향으로 이동하고 있었다. 거의 두 사람이 짐승과 일직선이 되었을 때 갑자기 그 짐승이 먹던 것을 멈추고는 주변을 돌아보기 시작했다. 무엇인가 위협적인 낌새를 눈치 챈 모양이었다. 짐승이 별안간 뒤로 돌아섰고, 그와 동시에 피코의 활에서 화살이 쏘아져 나갔다. 화살은 정확히 날아가 짐승의 기다란 목 중간에 깊숙이 박혔다.

짐승의 입에서 울부짖는 소리가 나며 방향을 돌려 화살이 날아온 반대 방향으로 달리기 시작했고 그 순간 쿵이라는 사내가 창을 들고 튀어나와 짐승의 옆구리에 박아 넣었다. 인간이라고 생각할 수 없는 엄청나게 빠른 동작이었다. 옆구리에 창이 박힌 짐승은 찢어지는 듯한 소리를 내며 한번 휘청이더니 그대로 창을 꽂은 사내에게 돌진해 왔다.

거의 사내의 열 배는 될 만한 덩치에 쿵이라는 사내는 곧 밟혀 죽을 것 같았다. 그러나 사내는 피할 생각이 없는 듯 마주 보고 서서는 노려볼 뿐이었다. 피코라는 소년은 쿵이 창을 꽂아 짐승이 휘청하는 순간 짐승의 등으로 뛰어올랐다. 그리고는 짐승의 등에 갈고리같이 생긴 단검을 하나 박아 넣고는 그것을 손잡이로 삼아 매달렸다. 쿵이라는 청년도 짐승의 몸집이 자신을 덮치는 순간 옆으로 날렵하게 굴러 그것을 피했다.

짐승은 이제 숲 속을 향해 다짜고짜 달려나가기 시작했다. 거기에 부딪쳐 나무들이 마구 부러져 나가고 있었다. 청년은 짐승이 달리는 것과 거의 같은 속도로 달리기 시작했다. 그러는 동안 소년은 등에 박힌 갈고리를 왼손으로 잡고 반대 손으로 그보다 조금 더 긴 단검을 뽑아 들었다. 그리고 매달린 채 짐승의 등에 칼을 박아대기 시작했다. 소년의 칼질이 계속되자 조금씩 새어 나오던 피가 어느 순간 확 터져 나오며 소년은 그 피를 온몸에 뒤집어썼다. 하지만 여전히 칼을 뽑아 새로 박아 넣기를 반복하고 있었고 그러는 동안 청년의 몸은 서서히 짐승을 앞질러 달려나가며 등에 메어놓은 장검을 뽑아 들고 있었다.

갑자기 숲이 끝나고 낮은 관목과 풀로 덮인 비탈진 경사가 나왔을 때 청년이 짐승의 앞을 가로막고 장검을 머리 위로 들어 올렸다. 짐승은 피를 뿌려대며 등에 달린 소년을 떨어뜨리려고 몸부림쳐 대다가 시뻘건 눈으로 앞에 버티고 서 있는 청년을 보았다. 그리고는 미친 듯이 날뛰었다.

충돌하는 순간 청년은 위로 번개같이 솟아올랐다. 그와 동시에 등 뒤의 소년이 튀어나가듯이 짐승의 등에서 떨어져 나갔고 짐승의 목이 잘려 나간 것은 한순간의 일이었다. 목이 잘려 나간 짐승은 그대로 한 번 껑충 뛰어오르더니 앞으로 고꾸라졌다.

그 뒤로 두 사람이 다가왔다. 약간 상기된 얼굴이었지만 밝은 모습이었다. 두 사람이 마주 보더니 오른손을 들어 마주 때렸다.

"어이, 수고했다."

"쿵도 고생했어."

둘 다 별로 숨차 하거나 그러지는 않았다. 그만큼 그들은 숙련된 사냥꾼인 데다가 강인한 육체를 가지고 있었다. 단지 소년이 피를 뒤집어써서 꼴이 좀 흉측했다. 넘어진 채 아직도 몸부림치며 떨고 있는 짐승의 시체로 다가오던 소년이 흘깃 옆을 보았다.

"어? 애들은 뭐지?"

피코의 말에 덩치 큰 사내가 돌아보았다. 그러나 경계를 한다거나 공격을 할 것 같은 눈은 아니었다. 그저 뜻밖이라는 듯 눈썹이 약간 위로 올라갔을 뿐이었다. 그들이 돌아본 자리에는 조그만 아이 둘이서 끌어안은 채 웅크리고 있었던 것이다.

멍하니 자신들을 바라보는 아이들의 눈에서 그제야 눈물이 쏟아지고 있었다. 그야말로 펑펑 쏟아진다고 말할 정도로 두 아이는 얼굴을 잔뜩 찡그린 채 울고 있었다. 피코가 먼저 말을 걸었다.

"야, 너희들 거기서 뭐 하고 있는 거야?"

그러자 청년이 낮은 목소리로 피코라는 소년을 제지했다.

"잠깐, 피코. 애들이 겁먹고 있잖아. 우선 너는 가만히 있는 게 좋겠다. 그렇게 피를 뒤집어쓰고 말을 걸면 더 무서울 것 같아."

"그런가? 하지만 이런 곳에 웬 애들이……?"

거기까지 말하고는 피코가 픽 웃었다. 자기가 생각해도 지금 자신의 모습은 무슨 악마처럼 보일 것 같았다. 온몸에 피를 뒤집어쓴 채 칼을 들고 있었으니까.

그러는 사이에 청년이 아이들에게 다가갔다. 아이들은 아직도 아무 말도 못하고 있었고 소년이 소녀를 더욱 꼬옥 감싸려 할 뿐이었다. 그러자 덩치 큰 청년이 어색하게 웃으며 말을 걸었다. 그 큰 덩치가 몸을 수그린 채 억지로 웃는 낯을 보이니 옆에서 보는 피코의 눈에는 무척 우스꽝스러워 보였다.

하지만 쿵은 언제나 저렇게 차분한 성격이었다. 생긴 것과는 달리 자상하고 항상 동생인 자신과 치요를 챙기는 다정한 사람이었다.

"얘들아, 우린 나쁜 사람이 아니란다. 겁먹지 말고 이리 나오렴."

아이들은 훌쩍거리며 울고 있을 뿐 좀처럼 움직이지 않았다.

"오호라, 저것 때문에 그러는 거구나. 저건 말이지 우리가 잡았으니까 이제 무섭지 않아. 죽었어. 우린 사냥꾼이거든. 괜찮아, 이제."

그제야 아이들은 조금 반응을 보였다. 소년의 품에 얼굴을 묻고 있던 소녀가 고개를 들었다. 눈물과 콧물이 범벅이 된 얼굴을 들어 덩치 큰 거인을 빤히 쳐다보았다. 거구의 청년은 아이들을 안심시키려는 듯 두 손을 위로 들어 아무것도 없다는 것을 보여주고는 다시 빙긋이 웃었다.

"너희들, 우리말 할 줄 아니? 어디서 왔지? 어느 종족이지?"

쿵은 사람을 만난 것이 언제인지도 기억나지 않았다. 동생들을 데리고 십 년이나 산속을 헤매며 사냥을 해서 먹고 살아왔던 것이다. 사냥한 짐승의 가죽과 필요한 물건, 무기 등을 맞바꾸기 위하여 가끔씩 산을 내려가 인간의 마을에 들르긴 했었지만 이 산에 들어와서는 한 번도 본 적이 없었다.

때문에 혹시 다른 종족의 아이들일지도 모르겠다고 생각하는 중이었다. 하지만 다른 종족은 피부 색이나 생김새가 인간들과는 많이 달랐던 것으로 기억하는데, 물론 종족마다 차이가 많이 나긴 하지만 이 아이들은 분명히 인간의 모습을 하고 있었다. 그때 소녀가 눈물을 닦으며 입을 열었다.

"아저씨는 누구세요?"

"오옷! 너, 말할 줄 아는구나."

청년은 무척 기쁘다는 표정을 지었다. 그리고 가만히 손을 내밀었다.

"응, 나는 퍼쿵이라고 해. 사냥을 하며 사는 사람이지. 너희는 이름이 뭐니?"

"이름… 요?"

그러자 안고 있던 두 아이가 서로의 얼굴을 마주 보았다. 그렇지. 두 아이는 아직 자신들의 이름이 뭔지도 모르고 있었다. 이제야 저 청년의 말을 듣고 이름이라는 것에 대해서 생각하게 되었던 것이다. 아이들은 대답을 못하고 잠시 머뭇거렸다.

그때 뒤에 서 있던 갸름한 미소년이 말을 걸었다.

"쿵, 이제 좀 괜찮아졌어?"

"그래. 이제 와도 괜찮을 것 같아. 저기 저 애는 말이지 내 동생이야. 나쁜 사람 아니니까 무서워하지 않아도 돼."

퍼쿵이 얼른 안심을 시키느라고 말하며 동생을 소개했다.

"이 애의 이름은 피코야. 인사들 나누지."

"안녕. 난 피코야. 만나서 반갑다. 너희는 이름이 뭐니?"

동생도 똑같은 질문을 했다. 그러나 여전히 아이들은 대답을 못하고 있었다. 그러자 피코가 말했다.

"아무래도 내가 너무 흉측한 몰골이라 말을 안 해주는 것 같은데…… . 얘들아, 이거 별것 아니야. 저기 보이지? 저기 누워 있는 것,

저놈을 잡다가 피가 좀 묻어서 그래."

소년이 그제야 대답했다.

"저기… 그런 게 아니구요. 저희는 이름을 몰라요."

"뭐? 자기 이름도 모른다구? 너희 엄마가 이름도 지어주지 않았단 말이니? 어디서 왔는데?"

"저… 그것도 모르겠어요. 아무것도 기억나지 않거든요."

그러자 피코가 쿵을 바라보며 말했다.

"쿵, 애들 뭐래? 바보 아니야, 이것들?"

"피코! 그런 말 하면 못써. 아직 어린애들이잖아."

"어린애는 무슨~ 우리 치요가 더 어리겠다. 그 앤 얘네보다 더 작은데."

그 말을 듣고 있던 소녀가 눈물을 쓱 닦더니 피코라는 소년을 한번 흘겨보고는 쏘아붙였다.

"우리 바보 아니에요. 그저 기억이 없어졌을 뿐이에요. 그렇게 말하는 아저씨가 더 바보 아니에요?"

"뭐, 뭐라구? 이게 어디다 대고 바보래? 자기 이름도 모르는 게. 그리고 내가 어디가 아저씨로 보인다는 거야?"

피코가 고함을 꽥 질렀다. 소년이 움찔해서는 소녀의 입을 막으려 했지만 소녀는 손을 치우며 계속 떠들어댔다.

"아저씨가 먼저 바보라고 했잖아요! 우린 단지 기억이 없어지셨을 뿐이라구요. 기억 상실증이라는 것과 바보라는 것은 아주 다른 거예요."

"기억 상실증? 그게 뭐지?"

피코가 되물었다. 처음 듣는 말이었던 것이다. 제 동생과 아이가 말싸움하는 꼴을 퍼쿵이 물끄러미 바라보고 있었다.

"것 봐요. 그것도 모르면서. 그러니까 아저씨가 더 바보예요."

"이 꼬마가! 자꾸 아저씨라고 그럴래?"

피코가 약이 바짝 올라서 한 대 칠 것 같은 기세였다. 그러자 재빨리 퍼쿵이 동생을 말리고 나섰다.

"이제 그만, 모두들 그만 해. 별일도 아닌 것 가지고 왜 들 그러냐?"

피코가 말리는 쿵에게 말했다.

"그렇지만 저 꼬마가 자꾸 시비를 걸잖아."

"그만 하래도. 너, 조그만 애들에게 이러면 나쁜 사람이야. 엄마가 살아 계셨다면 싫어하실걸."

"알았어. 내가 참지."

그제야 피코는 입을 다물었다. 하지만 여전히 마음에 안 든다는 표정이었다. 한편 이쪽은 이쪽대로 소년이 소녀를 말리고 있었다.

"야, 제발 덤비지 좀 마라. 넌 성질 좀 죽일 수 없니?"

"저 아저씨가 먼저 시비를 걸었잖아. 할 말도 못하니?"

"하지만 지금 우리가 화를 낼 상황이 아니잖아. 넌 그것도 구분 못하니?"

"흥!"

소녀는 토라져서 고개를 휙 돌리더니 자신을 안고 있는 소년의 가슴을 떼밀고 혼자 앉았다. 소녀에게서 밀쳐진 소년이 잠시 멀쑥해 있더니 머뭇거리며 피코에게 사과했다.

"저… 죄송해요, 아저씨. 아니, 형님. 애가 너무 놀란 후라 좀 흥분해서 그래요."

그러자 피코가 기분이 조금 풀린 듯 말했다.

"괜찮아. 네가 사과할 필요 없어. 그리고 미리 말하는데 너도 날 아저씨라고 부르지 마. 알았어? 그건 그렇고, 너희는 둘이 남매니?"

"아니요. 아니, 그래요. 우린 친남매예요."

소년은 어제 처음 만났다고 말하려다가 말을 고쳤다. 아무래도 둘이 잘 알고 있다고 하는 편이 유리할 것 같아서였다. 그 순간 소녀가 뭐라고 또 말하려 했지만 소년이 옆구리를 쿡 찌르는 바람에 잠자코 있었다. 퍼쿵이 다시 말을 걸었다.

"어디로 가는 중이었니? 갈 곳은 있는 거니?"

"저… 실은 사람을 찾아가는 중이었거든요."

"사람을? 너희들, 어디서 왔니? 이 근처에는 사람 사는 마을이 없는데……."

"그럼 여기가 어디인지 알고 계신가요?"

"물론 알지. 여긴 신들이 사는 산 바로 아래야. 이 근처에는 마을이 없어. 우리가 이 근처에서 벌써 몇 년째 살고 있는데 이 산에서 사람을 본 것은 너희가 처음이거든."

퍼쿵의 설명에 두 아이들은 잠자코 마주 보았다. 우선 나쁜 사람이 아니라는 생각이 들었다. 그리고 안심이 되자 소년이 말을 이었다.

"저 방금 남매라고 한 말은 거짓말이었어요. 미안해요. 사실대로 말하자면 우리는 어제 처음 저쪽 산속의 동굴에서 만났어요. 잠에서 깨어나 보니 동굴 안에 있었거든요. 그런데 아무것도 기억나는 것이 없어요. 그래서 혹시 우리를 아는 사람이 없을까 해서 찾아기는 중이에요."

아이들의 말을 들은 퍼쿵이 소년이 가리키는 방향을 바라보았다. 비죽비죽 수염이 몇 개 솟아나 있는 턱을 쓰다듬으며 잠시 생각하는 듯 중얼거리더니 말을 이었다.

"저 산속이라고? 어떻게 거기서……? 어쨌든 일단 갈 곳은 없겠구

나. 이 근처에는 종종 무서운 맹수가 나오기 때문에 너희 같은 어린애들끼리 돌아다니면 위험하니 일단 우리와 함께 가자. 너희들끼리는 금방 들짐승한테 잡혀 먹힐 거야. 어때?"

"정말요? 그래도 돼요?"

소년이 기뻐서 소리쳤고 소녀도 눈을 크게 뜨고는 기대에 가득 찬 얼굴로 돌아보았다. 비로소 소녀의 얼굴에 안심의 미소가 번졌다.

그 뒤에서 피코가 재촉했다.

"쿵, 어서 서두르자. 곧 해가 떨어질 텐데 저걸 옮기려면 시간이 많이 걸릴 거야. 치요도 기다리고 있고."

"그래. 일단 저것부터 옮겨야겠다."

두 사내는 저만치 쓰러져 있는 목이 잘린 짐승을 향해 걸어갔다. 그러는 동안 소년이 소녀에게 조그만 소리로 물었다.

"너, 아까 또 뭐라고 하려고 그랬냐?"

"넌 백인종이고 난 황인종인데 친남매라고 말하면 어떡하냐고 하려고 했다. 너, 바보니?"

소녀가 톡 쏘았고 소년은 민망해서 중얼중얼 변명을 했다.

"어, 내가 그랬었나?"

두 사내는 짐승의 몸에 박혀 있는 창을 뽑고 등에 박힌 갈고리도 뽑아냈다. 짐승은 무척 컸고 단단한 가죽으로 덮여 있었다. 크기가 커다란 황소만한 것 같았는데 소는 아니었다. 처음 보는 동물이었다. 그들은 단검으로 짐승의 배를 가르더니 내장의 여기저기를 툭툭 끊어냈다.

소년이 퍼쿵에게 물었다.

"이게 뭐예요? 무슨 짐승이에요?"

퍼쿵은 짐승의 내장을 꺼내며 대답했다.

"용이야."

'용이라고?'

소년은 잠시 어리둥절했다. 용이라는 동물이 실제로 있었던가? 그건 이야기책에나 나오는 동물이 아닌가 생각하며 다시 물었다.

"용이라구요? 이게요?"

"그래, 용이야. 용 새끼야. 용 중에서 풀을 먹고 사는 순한 놈이지. 하지만 이것의 어미는 엄청나게 크지. 그건 우리도 잡기 어려워. 얼마나 힘이 센지 저런 바위쯤은 밟기만 해도 박살이 나."

그러면서 가리키는 바위는 거의 집채만했다.

"이게 새끼라구요?"

"응. 아직은 조금 덜 자란 놈이지. 어서 서둘러야 해. 좀처럼 그런 일은 없지만 혹시라도 어미가 냄새를 맡고 오면 애써 잡은 이놈을 버리고 도망가야 해."

퍼쿵이 허리의 자루에서 기다란 밧줄을 꺼내더니 짐승의 다리와 몸통을 묶었다. 그리고는 두 사내가 용 새끼라는 동물의 시체를 질질 끌고 산을 내려가기 시작했다. 새끼라고 하기에는 놀랄 정도로 큰 짐승이었지만 정작 그보다 더 놀라운 것은 두 사내의 힘이었다. 그 큰 짐승을 별 어려움 없이 슬슬 끌고 가는 것이었다.

그 뒤를 소년과 소녀가 졸랑졸랑 따라 걷고 있었다. 그때 아무도 몰래 살그머니 그 뒤를 몰래 밟는 그림자가 있었다. 처음부터 나무 위에서 모든 것을 다 보고 있던 하양이였다.

제4장 사냥꾼의 가족이 되다

해가 떨어지고 주변이 분간하기 어렵도록 어두워져서야 일행은 걸음을 멈추었다. 두 아이가 사냥꾼 형제와 함께 도달한 곳은 산의 아래에 있는 폭이 아담한 강 기슭이었다. 퍼쿵은 사냥해 온 짐승을 강가에 내려놓고는 손질을 하기 시작했다.

그러다가 문득 입을 열었다.

"야, 피코, 가서 치요 좀 데려와라. 아직도 자고 있는 모양이다."

"알았어. 잠깐만 기다려. 몸 좀 씻고."

대답을 한 피코가 조금 떨어진 강으로 들어가더니 옷도 벗지 않고 물속으로 들어갔다. 물론 어두워서 거의 보이지는 않았지만 강물에 피코의 몸과 옷에서 흘러내리는 핏물이 검붉게 퍼져 내리기 시작했다.

멀찌감치서 목까지 물속에 몸을 담근 피코가 옷을 훌렁훌렁 벗더니 물에 휘젓고 비벼가면서 옷을 빠는 모습이 어렴풋이 보였다. 머리도 감고 목욕을 마치자 빨아서 젖은 옷을 그대로 입고는 휘적휘적 물을 헤치면서 걸어나왔다.

"피코, 옷을 갈아입어야지. 젖은 옷을 도로 입냐?"

퍼쿵이 그 모습을 보고는 새 옷을 휙 던져 주며 말했다. 그러자 피식 웃으며 피코가 대답했다.

"헤헤, 귀찮아서……."

머리를 긁적이더니 옷을 받아 들고 산기슭으로 걸어갔다. 산마루에는 달이 슬며시 고개를 내밀기 시작하고 있었다.

달빛이 점차 밝아지자 피코의 몸에서 물이 뚝뚝 떨어지는 모습이 보였다. 그대로 물을 떨어뜨리며 상당히 멀리 떨어진 곳까지 걸어간 피코는 등을 돌린 채 젖은 옷을 벗고 마른 옷으로 갈아입었다.

"치요를 데리고 올게."

긴 머리를 털며 산비탈로 간 피코가 잠깐 멈추어 섰다. 아이들의 눈에는 그저 큼직한 바위가 몇 개 굴러다닐 뿐 사람이 있을 만한 곳은 아무 데도 없었다. 그러나 피코가 커다란 바위를 한 개 치워내자 그 뒤로 큼직한 구멍이 나타났다. 그리고 이내 피코는 그 구멍으로 사라졌다. 소년이 퍼쿵에게 물었다.

"치요는 누구지요?"

노련한 솜씨로 짐승의 가죽을 벗기며 퍼쿵이 대답했다.

"우리 막내야. 그 애는 수로 낮에 잠을 자지. 지금 깨우러 간 거야. 아마 너희랑 비슷한 나이일 거야."

"예에. 그런데 퍼쿵 형, 정말 우리 여기서 살아도 돼요?"

"너희만 좋다면 그러렴. 나는 상관없어."

"정말 고마워요, 오빠."

소녀도 좋아하며 대답했다. 소녀는 볼수록 이 덩치 큰 오빠가 맘에 들었다. 아까의 갸름한 사내 녀석은 좀 미웠지만. 그 피코라는 녀석은 말을 참 얄밉게 한다고 생각했다. 그래서 쿵에게 물었다.

"퍼쿵 오빠, 피코는 몇 살이에요?"

"그 애가 아마 열일곱 살일걸. 그건 왜 묻지?"

퍼쿵은 이 소녀와 제 동생이 싸우던 것을 상기하고 좀 걱정이 되는 듯 물었다.

"헤헤, 아무것도 아니에요. 그냥 궁금해서요."

"그 애가 말을 좀 막 해서 그렇지 나쁜 애는 아니야. 사실 얼마나 착한 아이인데…… 그러니까 싸우지 말고 사이좋게 지냈으면 좋겠구나."

퍼쿵이 걱정스러운 목소리로 당부했다. 그러자 소녀도 좀 미안한 생각이 들었는지 고분고분 대답했다.

"죄송해요. 싸우지 않도록 할게요."

물론 속으로는 이렇게 생각했다.

'몇 살 먹지도 않은 놈이 키는 왜 그렇게 크고 난리람.'

소녀는 피코가 키가 큰 것도 마음에 들지 않았다. 피코는 소녀는 물론 소년보다도 머리 하나는 더 컸다.

하지만 그런 속을 알 리 없는 퍼쿵은 소녀의 대답을 듣고 안심이 되는지 미소를 지었다. 참 포근한 미소였다. 바로 이어진 소년의 말만 아니었으면 더 기분이 좋았을 텐데……

"이 애도 말은 막하지만 착한 애예요, 형. 아야~"

소년이 거든답시고 한 말끝에 비명을 질렀다. 소녀가 눈을 흘기며 꼬집었기 때문이다. 그 모습을 보고 퍼쿵이 크게 웃어댔다.

"너희들, 여기서 살려면 밥값은 해야 할 거야."

언제 다가왔는지 피코가 퉁명스럽게 말했다. 그 옆에는 열 살이 안 되어 보이는 조그만 키에 어딘지 창백해 보이는 꼬마가 서 있었다. 그 모습을 보고 또 소녀는 생각했다.

'저런 꼬마가 어째서 우리와 나이가 비슷하다는 거지? 퍼쿵 오빠도 참~'

그렇게 생각하며 언뜻 보니 그 꼬마의 몸에서 희미한 빛이 나는 것 같았다.

'너무 흰 피부라서 그런 것일까?

피코가 단검을 뽑아 들더니 퍼쿵이 손질하고 있는 짐승의 시체로 다가앉으며 두 아이에게 말했다.

"야, 너희 두 사람, 저쪽 산에 가서 불 피울 나무를 해와."

"예, 형님."

소년은 즉시 대답하며 산으로 뛰어갔다. 하지만 소녀는 피코를 흘겨 보며 입을 비쭉거리고 있었다. 그러자 피코가 돌아보지도 않고 덧붙였다.

"뭐, 형님? 내가 왜 형님이냐? 그리고 미리 말해 두겠는데, 일 안 하고 먹을 생각은 하지 않는 게 좋을 거야. 난 놀고 먹는 꼴은 못 보니까."

소녀는 그제야 놀라서 소년이 뛰어간 어둠 속으로 걸어가기 시작했다. 그러나 입은 여전히 뭐라고 궁시렁거리고 있었다. 그 뒤에서 피코가 외쳤다.

"너, 뭐라고 욕하는지 다 들린다, 꼬마야."

"뭐가 꼬마라는 거야? 나보다 몇 살 많지도 않은 것 같은데. 얄미운 녀석."

소녀가 일부러 들으라는 듯이 쫑알거리면서 소년이 나무를 줍고 있는 곳으로 뛰어갔다.

"저, 저게 계속……."

피코가 벌떡 일어나려 하자 퍼쿵이 가만히 잡아 앉히며 말했다.

"피코야, 그러지 마. 불쌍한 애들이잖아. 내가 보기엔 너도 똑같더라. 기분 나쁘지 않게 살살 말하면 될 것을……."

"뭐야, 쿵. 쿵은 너무 맘이 약해. 저런 애들 데려다가 공짜로 먹여 살리려면 우리만 힘들어진다구. 잔일이라도 시켜야 할 거 아니야."

"차차 시키면 되지. 우리가 처음 산으로 들어왔던 시절을 생각해 봐. 그때는 우리도 저 애들과 별로 다를 거 없었잖아."

"하긴… 우리도 참 무섭고 배고팠던 시절이 있었지. 하지만 저 계집아이는 왜 성질이 저 모양이야?"

그러자 퍼쿵이 의미있는 표정으로 웃었다. 그것을 보고는 피코가 얼굴이 빨개져서는 다그쳤다.

"뭐, 뭐야, 그 웃음은……. 응? 쿵, 무슨 뜻으로 웃은 거지?"

"으응, 아무것도 아니야. 헤헤, 너 어렸을 때를 보는 것 같아서……. 허허허."

피코는 얼굴이 더욱 빨개져서는 더듬거렸다.

"저기 쿵, 호, 혹시 내가 저, 저 계집애랑 닮았다는 말이야?"

"아니, 그런 건 아니구 좀 느낌이 비슷해서. 후후."

청년은 여전히 빙글거리며 피코를 쳐다보았다. 그 눈에는 따스함이 담겨 있었다. 그제야 피코도 마음을 가라앉히며 짐승에 칼을 대기 시작했다.

"뭐, 그렇게 보일 수도 있지. 하지만 난 저렇게 좋알거리진 않았어."

"오~ 그랬었냐?"

퍼쿵은 여전히 킥킥거리며 웃고 있었고 피코는 이제 입을 다물었다. 인정하고 싶지는 않지만 자신이 생각해도 제 성격이 그리 좋은 것은 아니었던 것이다.

"쿵, 저 애들 누구야?"

여태껏 옆에 앉아서 얌전히 듣고 있던 꼬마가 물었다. 피코가 꼬마를 돌아보며 말했다.

"아, 치요, 먼저 쿵한테 인사해야지."

"잘 다녀왔어? 그런데 저 애들 누구야?"

"으응, 아직 소개를 해주지 않았구나. 오늘 산에서 만난 친구들이야."

"그럼 저 애들 여기서 같이 사는 거야?"

"응, 그렇게 될 거야. 있다가 오거든 인사 나눠."

"그래, 있다가 오면."

"사이좋게 지냈으면 좋겠다."

그렇게 말하는 사이에 짐승의 가죽이 다 벗겨졌다. 퍼쿵과 피코는 가죽을 강물에 대충 헹구더니 나무에 걸었다. 그리고 고기를 큼직하게 몇 토막으로 나누더니 갈고리에 꿰어가지고는 어디론가 들고 가기 시작했다.

"나무해 왔는데요."

소년과 소녀가 나무를 한 아름씩 들고 서 있었다.

"응, 거기에 놓고 따라와."

일행이 간 곳은 또 다른 바위를 들춰낸 굴 안이었다. 굴 벽에 나 있는 구멍에 갈고리를 끼워 고기를 걸더니 아래쪽에 쌓여 있는 마른 풀더미에 불을 붙이고 나와 바위를 닫고는 진흙으로 바위 틈새를 다 막는 것이었다. 소년이 그것을 보더니 말했다.

"와~ 연기를 쐬어서 보관하는 것이군요?"

"응. 이렇게 하면 고기가 잘 상하지 않아서 오래 먹을 수 있단다. 엄마가 가르쳐 주신 방법이지. 이 방법을 너도 알고 있었니?"

"그럼요. 이건 다 아는 거잖아요."

소년이 당연하다는 듯이 대답하자 퍼쿵과 피코는 고개를 갸우뚱했다.

"뭐라고? 이건 우리 부족에게만 전해져 내려오는 비법인데… 그걸 다 알고 있다고?"

그와 마찬가지로 소년도 어이없어했다.

"그래요? 훈증은 세상이 다 아는 방법인데……? 햄이랑 소시지랑 만드는 거 아니었어요?"

"훈증? 그게 뭐지? 햄이랑 소시지랑?"

그때 피코가 짜증난다는 투로 말했다.

"배고파 죽겠어. 그런 거 나중에 따지고 저녁부터 먹자."

"그래, 나도 배가 몹시 고프구나."

그러던 중 갑자기 피코가 멈칫하며 숲 쪽을 바라보았다. 소년은 깜짝 놀랐다. 착각인지 모르지만 순간 피코의 눈이 반짝하고 빛이 났던 것이다. 곧 빛이 사라져서 소년은 고개를 갸우뚱했다.

"잘못 보았나?"

"왜 그러냐, 피코? 뭐가 있어?"

퍼쿵도 피코가 바라보는 쪽을 유심히 살피며 물었다.

"아니, 아까부터 뭔가 왔다 갔다 하는 것 같아서……. 아무것도 아닐 거야. 위험은 느껴지지 않아."

일행은 다시 강가로 돌아왔다. 피코가 아이들이 해온 나무를 보더니 톡 쏘았다.

"야, 너희들, 이게 나무라고 해온 거냐?"

"왜요?"

"이거 가지고 뭘 해먹어? 해오려면 많이 좀 해오지."

소년이 우물쭈물하는 사이 소녀가 톡 나서더니 말했다.

"우리도 나름대로는 열심히 해온 거예요. 너무 그러지 마세요."

"뭐야? 너, 자꾸 말대답할래?"

그러자 퍼쿵이 두 아이 사이에 손을 내밀어 제지를 시키더니 부드러운 목소리로 말했다.

"너희들 자꾸 싸울 테냐? 나 화낸다. 피코 넌 배고프다면서. 어서 저녁이나 먹자."

퍼쿵이 남겨놓은 고기를 나무 꼬챙이에 꽂았고 막내라는 치요가 아이들이 해온 나무에 불을 붙였다. 별다른 일을 하지도 않았고 다만 몇 마디 중얼거린 것뿐이었는데 금세 꼬마의 손에서 불꽃이 동그랗게 일어나더니 나무에 불이 옮겨 붙었다. 그걸 보고 소년과 소녀는 눈이 휘둥그레졌다. 꼬마의 손에는 아무것도 들려져 있지 않았다.

"어떻게 한 시세요? 금방 불이 살아나네요."

어제 자신은 손바닥이 다 터지도록 나무를 비벼대고 나서야 겨우 불을 만들 수 있었는데 꼬마는 맨손으로 그냥 불을 붙인 것이다. 그 말에 퍼쿵이 대신 대답했다.

"응, 치요는 보통 사람이 아니야. 마법을 할 수 있다구."

"마법이요?"

소년과 소녀가 동시에 외쳤다. 분명 마술 같은 일이 일어나긴 했지만 세상에 마법이라니…….

피코는 아무 말 없이 고기를 굽기 시작했고 치요가 손을 내밀어 악수를 청했다.

"안녕? 난 치요야. 만나서 반갑다. 그런데 너희는 누구니? 이름이 뭐야?"

"응, 만나서 반가워. 앞으로 신세 좀 질게."

고기를 굽던 피코가 쿵의 눈치를 보며 슬며시 말을 끼워 넣었다.

"치요야, 이 꼬마들은 이름을 모른대. 잊어버렸대."

소년, 소녀는 이름을 물을 때마다 난감했다. 벌써 몇 번째 당하는 질문이었지만 한 번도 대답을 할 수가 없었기 때문이다. 피코는 사실 바보라고 말하고 싶었던 것이지만 쿵을 생각하고 참고 있었기 때문에 입이 근질근질했다.

"그럼 뭐라고 불러야 해?"

치요가 묻자 소녀가 기다렸다는 듯이 말했다.

"응~ 그냥 누나라고 부르면 돼."

"누나? 너, 몇 살인데?"

그러자 소녀는 또 말문이 막혔다. 그러더니 문득 피코가 열일곱 살이라던 것이 생각이 났다. 그래서 들으라는 듯 크게 말했다.

"응, 이 누나는 열여덟 살이야."

그러면서 소녀는 슬쩍 피코를 훔쳐보았다. 고기를 굽던 피코가 움찔하며 몸을 제게로 돌리는 것이 보였는데 소녀는 못 본 척했다.

"야, 꼬마 계집애! 너, 이름도 기억 못하는 게 나이는 어떻게 그렇게 잘 알아?"

피코가 순간 발끈해서 말하는 것이었다. 하지만 소녀는 아무렇지도 않다는 듯이 말했다.

"어머, 아저씨, 기억 상실증이라는 것은 부분적으로 일어날 수도 있는 거예요. 전 분명 열여덟 살인걸요."

"저게 또 아저씨래! 야, 너같이 조그만 계집애가 열여덟이면 난 열아홉이겠다."

소녀는 속으로 풋 웃으며 생각했다.

'흥, 네가 열일곱 살이라는 거 다 들었다, 짜식아.'

피코라는 얄미운 녀석에게 한 방 먹인 게 고소해서 죽을 지경이었다.

그 옆에서 통째로 굽고 있는 고기를 칼로 저미던 퍼쿵이 한숨을 휴우 하고 쉬더니 말했다.

"너희들, 계속 싸울 거니? 그럼 나 혼자 이거 다 먹는다."

소년도 고개를 절레절레 흔들며 소녀를 바라보고 있었다. 치요가 말했다.

"그럼 내가 이름을 지어줄게. 그래야 부를 수 있으니까. 난 누나라고 부르지 않을 거야."

"어머, 왜에~? 누나라고 부르면 어때서?"

"우리 가족이 되려면 이름을 부르는 게 좋아. 우린 늘 그래 있거든."

"그래? 그럼 하나 지어줘. 이왕이면 예쁜 이름으로 지어주렴."

치요는 잠시 생각하더니 소년을 가리키며 말했다.

"넌 보보라고 하고 넌 유코라고 하자."

"보보라고? 킥킥킥, 차라리 바보가 낫겠다."

옆에서 듣던 피코가 소리 내며 웃었다. 그 말에 소년의 얼굴이 빨개졌다. 소녀는 유코라는 말에 발끈해서는 항의했다.

"싫어. 왜 유코야? 피코랑 비슷하잖아? 바꿔줘."

그러자 피코도 소리쳤다.

"내 이름이 어때서 그래? 그리고 나도 너랑 비슷한 이름 갖기 싫어."

그러나 치요는 고개를 흔들었다.

"이미 정해졌어. 이젠 바꿀 수 없어."

"그만들 하고 와서 먹어. 고기가 다 익었어."

아닌 게 아니라 고기가 익느라 풍기고 있는 고소하고 향기로운 냄새가 벌써 배를 요동 치게 하고 있었다. 그제야 모두는 식사를 하기 시작했다. 보보가 된 소년과 유코가 된 소녀는 그 고기가 얼마나 맛있던지 옆에서 누가 죽어도 모를 정도라 생각했다. 지난번 먹었던 집 나온 달팽이와는 비교할 수도 없었다.

모두들 배부르게 먹었다. 오늘 사냥은 아주 큰 것이었기 때문에 부족한 줄 모르고 먹을 수 있었다. 모닥불 위로 불꽃이 사그라들고 있었다. 보름달이 환하게 다섯 사람을 비추고 있었다. 한동안 말이 없던 쿵이 입을 열었다.

"아, 피곤하다. 모두 배불리 먹었니?"

"응, 덕분에 잘 먹었어요."

소년이 대답했고 소녀는 너무 먹어서 말도 못하고 있었다.

"그럼 이만 자러 갈까? 아참, 보보랑 유코는 같이 자니?"

처음 볼 때부터 둘이 같이 있었기 때문에 물어본 것인데 두 아이는 얼굴이 빨개지며 손을 저었다.

"아니요, 저희는 따로 잘 거예요."

"그래, 오빠. 남자랑 여자랑 어떻게 같이 자요?"

그러자 퍼쿵이 어깨를 한번 으쓱하더니 말을 이었다.

"아니야. 난 그저 너희가 항상 같이 있나 해서 물어본 거야. 그럼 보보는 나랑 같이 자고 유코는 피코랑 같이 자면 되겠구나."

그러자 유코가 얼굴이 더 빨개지며 발끈했다.

"어머, 오빠! 전 남자하고는 같이 안 잔다니깐요!"

퍼쿵이 허허허 웃었고 피코는 인상을 팍 구기며 쳐다보더니 한다는 말이,

"야, 너 내가 어째서 남자라는 거야? 난 여자라구, 이 멍청아! 눈 있으면 똑바로 봐."

"예에?"

소년과 소녀는 동시에 눈이 동그래져서는 피코를 바라보았다. 피코의 앞가슴이 불룩하다는 것이 이제야 보였다. 낮에는 온몸에 피칠을 한 데다가 갑옷을 입고 있어서 보지 못했고 저녁에는 너무 어두워서 볼 수가 없었다. 게다가 그렇게 날쌔고 힘도 장사인 사람이 여자일 것이라고는 상상도 못했었다.

말을 듣고서야 모닥불의 불빛으로 겨우 확인을 했던 것이다. 모닥불의 발간 불빛 아래 긴 머리를 풀어헤치고 앉아 있는 피코는 자세히 보면 여자 같기도 했다. 소년이 더듬거리며 말했다.

"피, 피코 형님이 서, 어지였단 말입니끼?"

소녀도 확인하듯 물었다.

"아저씨가 아니고?"

피코가 긴 머리를 뒤로 넘기면서 빈정거렸다.

"홍, 역시 너희들은 바보가 틀림없어. 이렇게 아름다운 여자를 보고

도 남자라고 생각했다는 것은."

"하하하, 우리 피코가 좀 과격해서 남자인 줄 알았던 모양이구나. 하하하."

"쿵, 뭐가 그렇게 우스워? 그만 좀 웃어."

"미안미안, 피코. 하하. 놀리는 것이 아니야. 화내지 말아. 하하하."

"어휴~ 저 녀석들 때문에 졸지에 놀림감이 됐잖아!"

피코는 여전히 식식거리고 있고 보보는 머리를 긁적이고 있었다. 유코는 피코의 얼굴을 유심히 살피고 있고 치요만이 관심없다는 듯이 달을 바라보고 있었다.

그들을 바라보며 웃던 퍼쿵이 아직도 웃는 낯으로 말했다.

"자, 오늘은 그만 자도록 하자. 너희들 옷은 며칠 내로 만들어줄게. 우선은 피코의 옷을 빌려 입고 있어. 내 옷은 도저히 못 입을 테니까. 그럼 모두들 잘 자고 내일 보자."

그렇게 해서 네 사람은 남자와 여자로 나뉘어 굴로 들어갔다. 다만 치요만이 무엇인가를 한다고 남아 있을 뿐이었다. 강가에 혼자 남은 치요의 몸에서는 희미한 빛이 비추고 있었고 달빛 아래의 그 모습은 무척이나 신비스럽게 보였다.

제5장 산 생활

동쪽 하늘이 밝아오기 시작하자 어둠 속에서 웅크리고 있던 새들이 지저귀기 시작했다.

멀리서 들려오는 새소리에 유코가 잠에서 깨었다. 눈을 떠보니 혼자 였다. 간밤에 피코와 실랑이를 하느라고 늦게까지 잠을 못 이뤘기 때 문에 늦잠을 잔 것이다. 그러나 똑같이 늦게 잠을 잤지만 이미 일어나 나간 것을 보면 피코의 체력이 대단하긴 했다.

잠시 멍하니 누운 채 간밤의 일을 생각했다. 어젯밤에 피코와 함께 토굴로 들어왔을 때 유코의 눈에는 아무것도 보이지가 않았다. 이두운 밤에 불도 없는 굴 속으로 들어온 데다가 피코가 큼지막한 바위로 입 구를 막아놓아 달빛도 비치지 않았기 때문이다. 유코는 이리 부딪치고 저리 박고 하며 연신 비명을 질러댔다.

하지만 피코는 원래 살던 집이라서 그런지 익숙하게 잘도 걸어 들어갔다. 그러면서 비꼬듯 말을 하는 것이었다.

"어휴, 시끄러워 죽겠네. 야, 좀 조용히 따라올 수 없어? 넌 원래 그렇게 말이 많고 시끄러우냐?"

유코는 억울하고 기가 막혔다.

"자기는 원래 살던 곳이니까 익숙한 것이고 나는 처음 들어온 것이니까 서툰 게 당연한 거 아니에요?"

그러자 어둠 속에서 피코의 웃음소리가 들렸다. 그러더니 슬쩍 위협을 하는 것이었다.

"훗! 얘가 아직 상황 판단을 못하고 있네. 너, 지금 여기에 나랑 단둘이 있는 거 모르냐? 무슨 말인지 모르겠어? 말려줄 사람이 아무도 없다구. 내가 널 때려도 퍼쿵이 말려줄 수 없어, 여기서는."

그 말을 하며 무엇인가 유코의 이마를 톡톡 건드렸다. 아마도 피코의 손가락인 것 같았다. 유코는 보이지는 않았지만 이마를 가리며 옆으로 피했다. 그런데 이번에는 뒤통수를 콕 찌르는 것이었다.

아무것도 보이지 않았기 때문에 소리를 듣고 방향을 잡는 것이라 생각한 유코는 이번에는 소리를 죽여 가만히 몸을 구부리고 앉았다. 그런데 이게 웬일인가. 그래도 피코의 손가락으로 추정되는 것은 정확히 따라와서 귀를 잡아당기는 것이 아닌가?

"아아~ 왜 그래요? 아프단 말이에요."

"그러니까 까불지 말란 말야. 내가 널 못 볼 것이라고 생각하는 모양이지? 킥킥."

피코는 킥킥거리며 웃고 있었다. 표는 내지 않았지만 유코는 조금 놀랐다. 피코는 이곳에 익숙하기 때문에 사물을 분간하는 것이 아니었다. 분명히 그녀는 이 어두운 토굴 속에서 자신을 보고 있는 것 같았다. 자신은 아무것도 볼 수가 없는데 말이다.

그래서 더 이상 종알거리지 않고 조용히 있으려고 했다. 아닌 게 아니라 진짜로 때릴까 봐 걱정이 되기도 했던 것이다. 곧 피코의 말이 이어졌다.

"이제야 좀 알아들은 모양이군, 꼬맹이. 그럼 조용히 따라와. 안 보이면 내 옷자락이라도 좀 잡아."

그러면서 피코가 손을 덥석 잡아 자신의 옷자락 끝을 쥐어주었다. 자존심이 팍 상했지만 잠자코 따라 걸었다. 아무도 없었기에 망정이지 누가 봤으면 엄마 뒤꽁무니만 보고 쫓아가는 오리 새끼 같았을 것이다.

아무것도 안 보이니 얼마나 걸었는지 알 수가 없었다. 뭐, 그래 봐야 토굴 안이니 얼마나 오래 걸었겠냐 싶긴 했지만 보이지도 않는 곳에서 더듬거리며 따라가자니 시간이 꽤 지루했다. 그렇게 걷다가 문득 물렁, 푹신, 따뜻한 것에 퍽 하고 부딪쳐서 걸음을 멈추었다. 피코가 멈추어 선 것을 모르고 계속 걷다가 그녀에게 부딪친 모양이었다. 피코가 가만히 잡아서 넘어지려는 것을 세우더니 말했다.

"다 왔다, 꼬마야."

피코가 유코의 손을 잡아서 자리를 잡아주고는 자신도 옆에 눕는 소리가 났다. 도착한 곳의 바닥에는 푹신한 무엇이 깔려 있었다. 무엇인가 보드라운 것이 깔려 있었고, 그 밑에서 바삭바삭 하고 마른 풀이 밟히는 소리가 나는 것을 보니 그곳이 짐자리인 모양이었다.

"거기서 자. 춥지는 않을 거야. 거봐, 얌전히 있으니까 얼마나 귀여워. 안 그래? 앞으로 이 언니 말 잘 듣도록 해라."

정말 그 말만 하지 않았어도 가만히 있으려고 했었는데 언니라는 말이 비위에 거슬렸다. 이건 보통 문제가 아닌 것이, 저 얄미운 남자 같은 녀석을 언니로 삼고 싶지는 않았던 것이다. 서열이란 것은 한 번 정해지면 그걸로 끝장나는 것이기 때문이었다.

"피~ 누가 언니라고 그런담?"

작은 목소리로 투덜거렸다. 혼잣말이었다. 거의 들리지 않을 정도의 작은 소리였다. 그러나 곧바로 피코의 대답이 따라붙었다.

"이게 좀 귀여워해 주려 했더니……. 너, 한 대 맞고 싶어?"

'뜨끔. 어머, 귀도 밝아라.'

"누가 뭐라고 했어요? 괜히 그래 정말. 그리고 피코가 왜 나보다 언니라는 거예요?"

"이 꼬맹아, 그럼 내가 언니지 네가 언니냐?"

"누가 꼬맹이라는 거예요? 내가 열여덟 살이라는 거 아까 못 들었어요? 나는 어엿한 숙녀라고요, 숙녀!"

둘이서 티격태격 말다툼을 하기 시작했다. 하지만 걱정한 것과는 달리 소리만 지를 뿐 피코는 정말 때리지는 않았다. 낮에 보았던 것을 생각할 때 피코가 때리면 유코는 죽거나 기절할 것이 틀림없었다.

둘은 서로 지지 않겠다고 한마디씩 번갈아 해댔다.

"잘 들어, 꼬맹아. 내가 열두 살 먹었을 때 키가 너만했었다. 그러니까 넌 이제 열두 살인 거야. 알아들었어?"

"열여덟이라니까요."

그렇게 말하고 나서 유코는 속으로 생각했다. 분명 자신이 열여덟은 아닌 것 같았다. 왜냐하면 전혀 기억은 나지 않았지만 열여덟이라는 숫자를 생각하면 왠지 어른이라는 느낌이 드는데 자신은 아직 어른이 아니라는 생각이 드는 것이다. 그렇다고 열두 살도 아닌 것이 그건 또 너무 어리다는 생각이 드는 숫자였다. 대충 열네다섯 정도면 친근한 느낌이 들긴 했다. 하지만 열일곱 살인 피코에게 굽히고 들어가고 싶지는 않았다.

그렇게 두 여자는 지루한 말다툼을 계속했다. 시간이 꽤 흐른 것 같았다. 결국 피코가 돌아누우며 말했다.

"알았어, 알았어. 너, 열여덟 살이야. 됐냐? 이제 조용히 잠이나 자."

피코는 귀찮고 피곤해서 더 싸우기 싫었다. 말해 봐야 박박 우기면 결론도 안 날 테고 또 열여덟이든 스물여덟이든 저까짓 힘도 없는 계집애 따위 자기가 인정하지 않으면 그만이라는 생각이었다. 그러나 유코는 말다툼에 이겼다는 것이 신이 나는지 계속 느물거렸다. 유코는 성격도 참 끝내주는 애였다.

"이제 알겠어… 요? 내가 언니라는 거? 호호, 앞으로 잘 지내보자구… 요, 동생."

"조용히 안 해?!"

피코가 소리를 빽 질렀다. 유코는 찔끔해서는 입을 다물었다. 그러나 유코가 놀란 것은 피코가 고함을 쳐서가 아니었다. 화가 나도 그녀가 때리지 않을 거라는 것은 알고 있었다. 자신과 피코는 너무 힘에 차이가 나서 때리고 자시고 할 상대도 아니었는 데다가 아까부터 느끼던 건데 사실 피코는 말만 심하게 할 뿐 꽤 자신을 배려해 주고 있었다. 정말 때릴 거라면 진작에 때렸을 것이다.

유코가 성삭 놀란 이유는 소리지며 놀아보던 피코의 눈 때분이었다. 아무것도 보이지 않는 어둠 속에서 피코의 눈만이 빛을 발하고 있었던 것이다. 마치 맹수의 눈처럼 그녀의 눈은 붉게 반짝이고 있었다. 소름이 쫘아악 하고 유코의 등을 훑고 지나갔다. 그래서 입을 다문 채 한동안 시간이 지나도록 유코는 잠을 못 이루고 더 뒤척이다가 겨우 잠이

들었다. 뒤척이는 유코의 뒤에서 언제부터인가 피코는 드르렁거리며 코를 골고 있었다.

이것이 간밤에 일어난 일이었다. 유코는 가만히 몸을 일으키며 주위를 둘러보았다. 새소리는 아득히 먼 곳에서 들려오는 듯했다. 토굴 안은 아직도 캄캄했지만 저 멀리 몇 개의 빛이 새어들고 있었고 약간 주변의 윤곽이 보였다. 감촉으로 보아 자신이 누워 있는 푹신한 바닥에는 짐승의 가죽이 깔려 있는 것 같았고 그 밑에는 두껍게 마른 풀이 깔려 있는 듯했다.

유코는 더듬거리며 빛을 향해 걸어나갔다. 토굴은 생각보다 깊게 뚫려 있었다. 그리고 입구까지 걷는 동안 몇 개의 구멍이 벽의 양쪽으로 가지를 치고 있는 것을 알았다. 개미굴처럼 여러 갈래로 굴을 파놓은 것 같았다.

입구까지 가서 바위를 밀었다. 그렇지만 어찌나 무거운지 꿈쩍도 하지 않았다. 끙끙거리며 힘을 써보았지만 소용이 없었다. 틈새의 작은 구멍을 통해서 밖을 내다보니 벌써 모두 나와 있었다. 막내인 치요와 보보는 쪼그리고 앉아서 불을 피우고 있었고 퍼쿵과 피코는 가죽을 손질하고 있었다.

나무는 보보가 해왔을 것이었는데 양이 엄청나게 많은 것을 보니 아침 일찍부터 일을 한 것 같았다. 자신만 늦잠을 잔 것을 생각하니 무척 민망했다. 그래서 마치 일찍 일어났는데 바위를 못 치워서 나가지 못한 것처럼 핑계를 댈까 어쩔까 고민을 했다.

고민 끝에 유코는 바위틈에다 대고 소리쳤다.

"오빠~ 문 좀 열어줘요. 퍼쿵 오빠~ 바위 좀 치워주세요~"

그러자 퍼쿵이 돌아보더니 손질하던 가죽을 피코에게 건네주고 걸어왔다.

맘씨 좋고 다정한 퍼쿵이 다가오자 유코는 무척 반가웠다. 제발 피코가 오지 않았으면 하고 내심 바랐던 것이다. 한번 밉기 시작하니까 별게 다 싫었다. 문을 열어달라고 부탁하는 것까지. 게다가 피코라면 문을 열어주며 핀잔과 잔소리를 퍼부을 것이 틀림없었다.

"잘 잤어? 이제 일어났구나?"

퍼쿵이 웃으며 말했다. 그리고 바위를 두 손으로 잡더니 가볍게 옆으로 밀어냈다.

그 순간 문이 열리기가 무섭게 유코가 달려나오더니 퍼쿵을 껴안았다. 정말 정상인으로서는 상상하기 어려운 붙임성과 여수였다.

"오빠~ 보고 싶었어요. 글쎄 저 바위가 말이에요, 아까부터 있잖아요~ 엉?"

분명 늦잠을 잔 민망함을 감추려는 의도적인 여수 짓임에 틀림없었다. 그래서 자신의 흉을 감추는 데 일단 성공했다고 생각한 유코가 정신없이 떠들며 퍼쿵을 올려다보다가 말을 멈추었다.

웬일인지 퍼쿵의 표정이 상당히 굳어져 있었던 것이다. 자신을 내려다보는 얼굴이 벌겋게 상기되어 있었고 왠지 아무 말도 하지 않고 그저 멀뚱히 서서 눈만 껌벅거리며 바라보기만 하는 것이다. 그를 안은 채 슬쩍 그의 옆구리 사이로 얼굴을 내밀어 나른 사람들의 표성을 살폈더니 그들도 모두 뻣뻣하게 굳은 채 자신만 바라보는 것이 아닌가.

"어… 어……?"

"…어……?"

보보와 치요가 손가락으로 자신을 가리키며 말을 못하고 있었다. 역시 얼굴이 벌게진 채……. 이상한 일이었다.

'나한테 뭐가 잘못된 거라도 있나? 어어… 라니?

이상한 생각이 들어 퍼쿵에게서 떨어져 자신의 몸을 살펴보려던 유코가 비명을 질렀다.

"엄마야~"

유코는 얼른 가슴을 가리고 굴 속으로 다시 뛰어들어 갔다. 그 뒤통수로 피코의 목소리가 사정없이 꽂히고 있었다.

"저게 지금 뭐 하자는 거야? 야, 너 미쳤어?"

유코는 알몸이었던 것이다. 계집애가 홀딱 벗고 뛰어나와 껴안았으니 퍼쿵이 당황할 만도 하였고 모두가 황당해서 어쩔 줄 모르는 것도 당연했다.

굴 속으로 도망쳐 들어온 유코는 정신이 하나도 없었다. 이제 늦잠을 잔 것이 문제가 아니었다. 이 창피를 어떻게 만회한단 말인가.

'세상에 이럴 수가! 어째서… 어째서 내가 또 발가벗고 있는 거야? 한 번도 아니고 두 번씩이나…….'

단숨에 잠자리까지 도로 뛰어들어 와 주저앉아 버린 유코는 벌렁거리는 가슴을 진정시킬 수가 없었다. 창피해서 도저히 모두의 앞에 나갈 엄두가 나지 않았다. 그때 언제 따라 들어왔는지 피코의 목소리가 들렸다.

"야, 이 계집애야, 늦잠을 잤으면 옷이라도 제대로 챙겨 입고 나와야지 뭐 하는 거야?"

등 뒤에 피코가 서 있었다. 유코는 너무 창피해서 눈물이 나왔다. 그래서 말도 못하고 구부리고 앉아만 있는데 피코가 그 앞에 옷을 툭 던졌다.

"머리맡에 있는 옷도 안 보이냐 너는? 어서 입어!"

그 말을 남기고 피코가 돌아서는데 유코가 구겨진 얼굴로 훌쩍거리면서 말했다.

"피코, 네가 그랬지? 네가 내 옷 벗겨놓았지? 왜 그랬어? 왜 그랬냐구~?"

그러자 피코는 픽 웃으며 아무렇지도 않다는 듯이 말했다.

"풋, 그래. 내가 그랬다. 네가 걸치고 있던 나뭇잎에서 물이 줄줄 나와 바닥에 깔아놓은 가죽이 다 젖길래 내가 걷어다 버렸다. 왜? 뭐 잘못됐냐?"

"그럼 말을 해줬어야지. 나 골탕 먹이려고 그런 거 아니야?"

그러자 피코는 기가 막히다는 말투로 되받아쳤다.

"이 꼬마가! 너 때문에 나까지 창피해 죽겠는데 무슨 말을 하는 거야? 내가 분명히 말했잖아. 옷 머리맡에 두고 간다고. 아까 대답까지 해놓고서는……. 그러게 누가 늦잠 자래? 그리고 넌 눈이 멀었냐? 바로 머리맡에 있는 옷도 안 보이고 네가 발가벗고 있는 것도 안 보였냐?"

유코는 분했지만 제 잘못인지라 훌쩍거리기만 했다. 피코는 한마디 남기고 나가 버렸다.

"빨리 옷 입고 나와. 아침 먹어야 하니까."

유코는 훌쩍거리며 그녀가 넘겨 준 가죽 옷을 주섬주섬 입었다. 피코는 거의 키가 180㎝ 가까이 되었기 때문에 겨우 150㎝인 유코에게는 그 옷이 너무 컸다. 하지만 잘 손질된 가죽으로 만들어진 그 옷은 나뭇잎과는 비교할 수 없이 편하고 부드러웠다. 무척 무겁던 나뭇잎을 벗어버리고 가죽 옷을 입으니 몸이 가볍고 날아갈 것만 같았다.

한 가지 아쉬운 점이 있다면 에… 재킷이랑 스커트 이외에 그… 뭐
냐, 팬티라든가 뭐 그런 것이 없었다. 나뭇잎을 엮어서 입었을 적에
는 어쩔 수가 없었다고 해도. 하지만 얘들도 인간인데 속옷 같은 것이
뭐 있을 법도 한데 피코가 준 옷은 달랑 재킷과 스커트뿐이었다.

'이 사람들은 겉옷만 입나?'

유코는 그런 생각을 하며 토굴 밖으로 걸어나왔다. 날씨가 무척 화
창한 아침이었다. 토굴 앞으로 널따란 자갈밭이 경사지게 펼쳐져 있고
그 경사의 아랫부분에 폭이 좁은 맑은 강이 흐르고 있는 모습은 너무
나 아름다웠다. 그 자갈밭의 한가운데 피워진 모닥불에서는 연기가 폴
폴 오르고 있고 사람들이 모여 앉아 고기를 굽고 있는 모습이 한 폭의
그림 같았다. 게다가 그 고소한 냄새란…….

그러나 모여 앉은 사람들이나 걸어나오는 사람의 표정이 그리 풍경
에 어울리는 그림 같지는 않은 것이 어째 어색했다. 유코가 쭈뼛거리
며 피코의 옆에 앉았다. 그래도 같은 여자라 덜 민망한 모양인 듯…….

퍼쿵과 두 사내아이들은 왠지 얼굴이 벌건 것이 유코 쪽으로 고개를
돌리지 못하고 있었다. 덩치가 산만한 퍼쿵은 그저 고기만 이리저리
돌리며 굽고 있고 보보와 치요는 타고 있는 불만 나뭇가지로 뒤적뒤적
했다.

그러자 산 쪽을 유심히 바라보며 무언가 골똘히 생각하던 피코가 한
마디 던졌다.

"야, 뭣들 하는 거야? 고기에 재 묻잖아. 뒤적거리지 마."

"아! 미안."

두 아이는 깜짝 놀라 손을 멈추고 피코를 쳐다보았다. 숨 막힐 것 같
던 침묵이 깨지자 유코가 용기를 내어 기어들어 가는 목소리로 말했다.

"쿵 오빠, 늦잠 자서 미안해요."

"어, 응. 괜찮아. 잠은 편하게 잤니?"

그제야 퍼쿵은 얼굴을 유코에게 돌리더니 어색하게 웃으며 대답했다. 여전히 얼굴은 벌건 채로……. 그걸 보고 마주 얼굴이 빨개진 유코는 얼른 외면하더니 이번에는 보보에게 말했다.

"보보, 미안해. 혼자 나무했지? 대신 내일은 내가 할게."

"아니야, 괜찮아. 내가 할 거니까 넌 내일도 늦잠 자도 돼. 아, 아니, 그게 아니고……."

얘기하다 말고 보보가 말을 더듬었다. 속으로 매일 아침마다 똑같이 유코가 그러고 나왔으면 좋겠다는 상상을 하던 중이었기 때문에 말이 헛나왔다. 유코의 얼굴이 확 달아올랐다.

'뭐? 내일도 늦잠을 자라고? 저게 지금 무슨 말을 하는 거야?'

그러자 치요도 벌건 얼굴로 말했다.

"나도 보보를 도울게."

치요도 비슷한 생각을 하고 있던 것이 틀림없었다. 그 말끝에 세 남자가 동시에 상기된 얼굴로 마주 보는 것을 보면……. 심지어 퍼쿵까지도……?

'윽! 저것들이…….'

유코는 얼굴이 홍당무같이 되어서 고개를 푹 숙였다. 이렇게 해서 그날 아침 늦잠 잔 것을 애교로 무마해 보려던 유코의 계획은 전혀 엉뚱하게 되어버렸다. 그중 몇 사람은 아주 좋아하는 것 같았지만…….

그러던 중 고기가 다 익었고 모두 말없이 식사를 시작했다. 모두의 심리 상태와는 상관없이―남자들은 속으로만 기뻐하고 있을 것이고 여자들은 무조건 민망해하고 있을 것이 분명한―고기는 무척 맛있었다. 유코는 무척 창피할 텐데도 불구하고 식사는 참 잘했다.

치요는 아까부터 무슨 말을 하려는지 골똘히 생각에 잠겨 있었다. 그러나 불쑥 말을 꺼낸 것은 보보였다.

"소금이 있으면 더 맛있을 텐데……. 퍼쿵 형, 혹시 소금 없어요?"

그러자 퍼쿵은 고개를 끄덕이며 대답했다.

"그래, 소금이 있으면 더 맛이 있지. 그런데 소금이 다 떨어졌지 아마?"

피코가 말을 받았다.

"일단 오늘은 그냥 먹어. 북쪽으로 한참 가면 산속에 소금 동굴이 있는데 좀 멀거든. 그렇지 않아도 언제 한번 가지러 갈 참이었어. 곧 인간 마을에다 팔 것도 필요하고."

"그래요? 맛뿐이 아니구요, 고기를 연기에 쏘여서 저장하는 것 있잖아요? 그것도 먼저 피를 빼고 소금물에 절였다가 연기에 쐬면 더 오래 저장할 수 있거든요."

그러자 퍼쿵이 소년을 보고 말했다.

"보보는 아는 것이 많은 모양이구나. 나도 그 얘기는 들어본 것 같기도 하다. 어릴 적에."

"퍼쿵 형과 피코 누나는 친남매예요?"

보보가 두 사람을 보고 궁금하다는 듯이 물었다. 그러자 두 사람은 피식 웃었다.

"허허, 그렇게 보이냐?"

"자식, 넌 어른을 알아볼 줄 아는구나. 누구랑은 다르네."

피코는 보보가 누나라고 부르자 기분이 매우 좋은 모양이었다. 보보의 머리를 툭 치더니 쓰다듬었다. 그러면서 유코를 슬쩍 바라보는 것이었다. 그러자 유코가 발끈해서 말했다.

"보보! 누가 누나라는 거야? 피코가 왜 누나야?"

그러나 간밤의 말싸움으로 유코에게 질린 피코는 별 반응을 보이지
않았다. 대신 빈정거렸다.

"유코 아줌마는 나이가 많아서 나보다 언니란다, 지가. 그렇죠, 언
니?"

보보는 유코의 말에 좀 멋쩍었는지 머리를 긁적였다. 그리고 유코에
게 말했다.

"유코, 이제 그만 해. 인정할 것은 인정해야지. 너, 왜 그렇게 고집
을 부리니?"

"몰라몰라. 어쨌든 난 인정 못해."

그 모습을 보고 피코는 피식피식 웃기만 했고 퍼쿵은 다시 걱정스러
운 눈으로 바라보았다.

제6장 하양이는 새였다

해가 머리 위로 솟아오르고 있었다. 치요는 자러 들어갔고 퍼쿵은
보보를 데리고 가죽 다루는 일을 가르치고 있었다. 피코는 보이지 않
았다. 혼자 심심해하던 유코가 퍼쿵에게 다가가 말을 걸었다.

"오빠, 오늘은 사냥 안 나가요?"

퍼쿵은 고개를 서었다.

"안 나가. 어제 큰놈을 잡았잖아. 그걸로 한동안은 먹을 수 있어. 괜
히 필요도 없이 짐승을 잡아서는 안 되지. 이젠 당분간 나무 열매나 따
서 먹으면 되는 거야."

"으응~ 나 심심한데 뭐 할 일 없어요? 나도 일 가르쳐 줘요."

"유코야, 조금만 기다려. 곧 내가 가죽으로 신발을 만들어줄게."

보보가 이마의 땀을 닦으며 말했다. 그러자 퍼쿵이 웃으며 말을 이
었다.

"보보는 아주 손재주가 좋은걸? 금방 배우잖아. 이제 가죽 다루는 것은 보보에게 맡겨야겠구나."

"헤헤, 뭘요. 아직 멀었는데요."

퍼쿵의 칭찬이 아니라도 보보는 정말 손재주가 좋았다. 아는 것도 많고 기억이 나지 않아서 그렇지 분명히 재능이 많은 아이임에 틀림없었다.

그러나 퍼쿵이 보보에게만 관심을 가져서 유코는 서운하고 샘이 나는 것이다.

"쿵 오빠, 저도 일 좀 가르쳐 주세요. 저도 할 수 있어요."

"이거 보기보다 힘든데 할 수 있겠니?"

퍼쿵이 유코의 가느다란 팔뚝을 쥐어보며 말했다. 유코는 아직 키도 작았고 몸도 상당히 말라 있었다. 잡혀 있는 유코의 팔이나 잡고 있는 퍼쿵의 손가락이나 굵기에 별 차이가 없었다.

"저도 잘할 수 있다니까요. 가르쳐 주세요~"

유코는 그것을 배워서 제 몸에 맞는 옷과 적당한 속바지라도 만들어 입고 싶었다. 치마 속에 아무것도 입고 있지 않으니 아래가 허전해서 영 불편했다.

그러나 그것은 보보도 마찬가지였다. 이 사냥꾼 가족들은 재킷에 스커트만 걸치고 사는 것이다. 게다가 맨발로 말이다. 그래서 보보도 바지와 신발을 제일 먼저 모두에게 만들어줄 계획을 가지고 있었다. 그러려면 가죽도 많이 필요하고 시간도 많이 걸릴 테지만 언젠가는 해야 할 일이었다.

그때 피코가 돌아왔다. 어깨에 멘 자루에 무엇인가 묵직한 것이 들어 있었다. 꿈틀꿈틀하는 것이 살아 있는 짐승이 틀림없었다. 퍼쿵이 그걸 보고 손을 흔들어 부르며 다가갔다.

"여~ 피코, 어디 갔다 오냐? 유코 좀 데리고 다니라니까."

"응, 산에 좀. 알아볼 것이 있어서."

퍼쿵이 피코가 둘러메고 있는 자루를 보며 물었다.

"뭘 잡아 왔냐?"

피코는 싱글싱글 웃고 있었다. 피코가 저렇게 기분 좋은 것은 만난 이후로 처음 있는 일이었다. 그녀는 늘 웃어도 씨익~ 하고 한 번 입꼬리만 말아 올리든가 작게 킥킥거리는 것이 고작이었다. 그런데 지금은 입을 크게 벌리고 벙글거리는 것이었다.

보보는 아직도 혼자 가죽을 자르고 다듬느라 정신이 없었지만 유코는 순간 피코의 벌린 입속에서 뭔가를 본 것 같았다. 하얗고 길고 뾰족한, 마치 육식 동물의 송곳니 같은……. 순간 어젯밤에 반짝이던 피코의 눈이 생각나며 다시 소름이 쫘아악 끼쳐 왔다.

'에이, 착각이겠지. 잘못 보았을 거야.'

그렇게 생각하며 애써 무서운 생각을 지우려는데 피코가 자루에서 움직이는 것을 꺼냈다. 꼼지락거리며 머리를 쑥 내민 것은 하얀 털에 기다란 귀였다.

"어머! 하양아~"

유코가 팔짝팔짝 뛰며 달려갔다. 하양이를 보는 순간 이미 그녀는 빛나는 눈이고 송곳니고 소름이고 다 잊어버리고 말았다.

유코의 난리에 모두들 어안이 벙벙해서 멍하니 바라보고만 있었다. 열심히 일하던 보보는 물론이고 자루에서 나온 하양이까지……. 그도 그럴 것이 어찌나 요란을 떠는지 자폐증 환자가 아니고서야 쳐다보지 않을 수가 없었던 것이다.

"너, 얘랑 아는 사이니?"

피코가 달려드는 유코의 이마를 밀어 접근을 막으며 물었다. 팔이 긴 피코에게 이마를 잡힌 유코는 버둥거리며 항의했다.

"왜 이래요? 얜 내 친구란 말이에요. 왜 하양이를 자루에 넣었어요? 이거 놔요!"

"글쎄, 얘가 네 친구라고? 그럴 리가……."

그러는 사이에 자루에서 나온 하양이가 유코의 다리를 붙잡았다.

"어? 정말인가 보네. 이게 아는 척을 하네. 그렇다면 너도 마족이냐?"

"예? 마족이요?"

두 아이는 무슨 말인가 어리둥절하여 서로 얼굴을 마주 보았다. 마족이라니, 그게 뭐란 말인가? 처음 듣는 단어였다. 보보와 유코는 무슨 말인지 알아듣지 못했다. 다만 족(族) 자가 붙어 있으니까 무슨 종족의 이름이 아닐까 생각하는 중이었다.

하양이는 뭐가 그리 반가운지 유코의 다리를 꼭 안고 붙어 있었다. 피코가 설명을 시작했다.

"어제 산에서부터 뭔가가 뒤를 밟는다는 느낌이 자꾸 들었어. 집에 와서도 누군가 쳐다보고 있는 것 같았고. 오늘 아침에도 숲에서 누군가 계속 빙빙 돌며 엿보고 있었거든. 이 녀석이 계속 우리 주위를 맴돌고 있었던 거야. 그래서 내가 잡으러 온 거 아니겠어? 반대 방향으로 산을 올라가 뒤를 잡았지. 내가 접근하는 줄도 모르고 마당을 보느라 정신이 없지 뭐야. 도망치려고 어찌나 발버둥을 치던지. 하하, 그러나 내겐 안 되지."

"하여간 피코는 정말 잽싸다. 이젠 못 당하겠어, 나도."

피코는 하양이를 잡아 온 것을 자랑스러워하는 것 같았다. 퍼쿵도 그녀의 민첩함을 칭찬하고 있었다.

"에이, 뭘 그 정도 가지고. 쿵이 나보다 한 수 위면서. 하핫!"

피코도 쿵의 칭찬에는 좀 머쓱했는지 안 어울리는 겸손을 떨고 있었다. 그 성격에…….

갑자기 토굴의 바위가 들썩들썩하더니 옆으로 스르르 움직였다. 바위가 치워진 자리에는 치요가 눈을 비비며 걸어나오고 있었다.

"이 녀석, 돌아왔구나."

"삐이이~"

치요가 걸어나오자 하양이는 한마디 작은 소리를 내더니 유코의 다리를 끼고 뒤로 돌아가 숨었다.

"치요, 일어났구나. 왜 벌써?"

퍼쿵이 의외라는 듯 웃으며 치요를 반겼다. 쿵의 얘기로 치요는 웬만한 일이 아니고서는 낮에는 거의 잠만 잔다고 했다. 치요는 밝은 햇빛에 눈이 부신 모양이었다. 소매로 눈 위에 그늘을 만들고서도 계속 찡그리고 있었다.

"저 녀석이 돌아왔는데 계속 잘 수가 있나? 얼마 만에 돌아온 건데."

피코가 덩치가 작은 치요를 안아 들더니 말했다. ,

"하긴 넌 보지 않고도 느낄 수가 있으니……. 어젯밤에는 아무 느낌이 없었니? 계속 주위에 있었던 것 같은데."

"알고는 있었어. 저 녀석은 전에도 자주 이 주변을 맴돌았거든. 모습을 나타내지 않아서 그렇지. 어제도 또 그렇게 맴돌다가 그냥 갈 줄 알았지."

유코가 치요에게 말했다. 가만히 있을 그녀가 아니었다. 워낙 샘이 많아서······.

"치요, 너 전부터 하양이를 알고 있었니? 하지만 이제 하양이는 내 거야. 날 더 좋아해. 그렇지, 하양아?"

유코가 그렇게 말하며 하양이를 품에 안자 하양이가 짧은 팔을 퍼덕 퍼덕하며 좋아하는 것 같았다.

"하양이라고? 저게 왜 하양이야? 쟤는 이름이 따로 있는데."

"이름이 있었어?"

"응. 저놈의 이름은 '우레'야. 그리고 우레는 누구의 것이 아니야. 그냥 자유로운 몸이라구. 그보다 우레, 너 날개가 많이 자랐구나?"

"흥!"

하양이를 우레라고 주장하는 치요가 손을 내밀어 만지려 하자 하양이는 콧방귀를 뀌며 고개를 팩 돌렸다. 뭔가 감정이 좋지 않은 것이 틀림없었다. 치요가 그 녀석을 달래려 했다.

"이제 그만 화 풀어. 내가 잘못했다. 속 좁게 왜 그러냐?"

유코가 치요에게 물었다.

"날개라고? 날개가 어디 있어?"

치요는 하양이의 손가락을 가리키며 말했다.

"거기 있잖아. 저거 팔이 아니라 날개야. 우레는 새라구. 옛날부터 미족과 함께 살아온 매의 일종이야."

"미족?"

그러면서 유코와 보보는 하양이의 털 속에 숨겨진 짧은 팔을 들춰 보았다. 정말로 손가락이라고 생각했던 것은 날개였다. 날개 끝을 손가락처럼 구부려 물건을 집었던 것이고 긴 털에 가려서 끝자락만 보였기 때문에 손가락으로 착각했던 것이다. 유코가 다시 물었다.

"무슨 새가 귓바퀴가 있어?"

"그건 귀가 아니라 털이야."

"이게 털이라구?"

치요의 말에 다시 살펴보니 정말 그것은 길게 솟아 있는 털이었다. 정말 이상하게 생긴 동물이었다. 신기한 듯 살펴보는 두 아이에게 치요의 설명이 이어졌다.

"우레는 마력에 반응하는 새야. 생긴 건 저래도 마력이 굉장하다구. 우리 마족도 우레와 함께 있으면 마력이 엄청나게 증가돼. 우레는 주변의 마력을 끌어들이는 몸을 가졌거든. 게다가 다른 능력도 있고……. 그래서 마족이 아니면 따르지 않는데… 혹시 너도 마법을 사용하니?"

"마법? 그게 뭔데?"

치요는 우레가 붙어 있는 유코를 유심히 살펴보며 무엇인가를 찾는 것 같았는데 그때 그놈은 유코에게 꼭 붙어 그 애의 가슴을 만지작거리고 있었다. 상대가 사람이 아니라서 그런지 유코도 신경 쓰지는 않고 있었지만.

"이상한걸. 마력이 전혀 느껴지지 않는데……. 하긴 저 녀석은 여자를 엄청 밝히니까… 그래서 접근했을 수도 있지. 너도 조금은 조심해야 할 거다. 숫놈이거든."

치요가 그 말을 하자마자 그놈은 화들짝 놀라며 유코의 가슴에서 손(날개)을 확 떼어냈고 유코도 순간 얼굴이 빨개지더니 하양인지 우레인지를 빤히 쳐다보았다. 잠시 마주 보던 그놈은 예의 그 미소를 지었다.

"여자를 밝힌다구?"

그놈이 웃을 때마다 무척 좋아하던 유코도 이번에는 웃지 않았다. 이미 의심을 하기 시작한 유코로서는 그 미소의 저의까지도 의심이 되었던 것이다. 그래서 슬그머니 가슴에 안았던 하양인지 우레인지를 내려놓았다.

　그러자 그놈은 눈을 동그랗게 뜨고 반짝반짝 빛내며 청순하고 순진함을 연출하려 노력하는 듯 보였다. 심지어 한쪽 날개 끝을 턱 부분에 대고 갸우뚱거리기까지……. 그 모습을 옆에서 지켜보고 있던 보보의 생각으로는 그놈과 유코의 우열을 가릴 수 없는 여수와 뻔뻔함이 달인의 경지에 이르지 않았나 싶었다.

　치요는 우레에 대해 여러 가지 설명을 해주었다. 원래 태어날 때부터 같이 지내던 우레는 몇 달 전에 치요와 싸우고 가출을 했다고 한다.

　싸운 이유는 단순했다. 그들은 가끔씩 인간의 마을에 들러 가죽과 소금을 팔고 그 대신 무기나 약재, 그 외에 필요한 것들을 바꾸어 가지고 오곤 했다.

　여기서는 철을 만들 수 없기 때문에 좀 멀긴 하지만 꼭 인간의 마을로 가야 했다. 철을 만들 수 있는 다른 종족이 또 있기는 하지만 기술이 떨어져서 품질에 문제가 좀 있었기 때문에 퍼쿵 일행은 무기를 살 때만은 꼭 인간의 마을로 가는데 그 당시에도 퍼쿵 일행은 가죽이 상당히 많이 모여져 있었고 미리 소금도 많이 준비해 두었었다. 그것을 가지고 인간의 마을로 가서 며칠간 지냈다.

　그런데 여자를 너무 밝히는 우레가 말썽이었다. 자꾸 혼자서 사라지는 것이었다. 워낙 귀엽게 생긴 외모 덕분에 쉽게 여자들의 호감을 살 수 있던 우레는 이 여자 저 여자 따라다니며 속옷을 훔쳐 오지를 않나, 모두가 만지고 싶어하지만 그래서는 안 되는 곳을 만져서 놀라게 하질 않나 계속 말썽만 부리고 다녔다.

그래서 치요가 자꾸만 간섭을 했고 그 일로 사이가 벌어졌는데, 나중에 큰 말썽이 하나 발각된 우레에게 치요가 큰 벌을 내렸고 화가 난 우레가 결국 집을 나갔다는 것이다.

"삐비비~"

치요가 거기까지 얘기했을 때 옆에서 시치미를 뚝 떼고 계속 순진한 척하고 있던 우레가 갑자기 귀청 떨어지게 큰 소리를 지르면서 치요에게 달려들었다.

치요는 제 얼굴에 달라붙어 버둥거리는 우레를 떼어내며 말했다.

"알았어, 알았다구. 말하지 않을게. 대신 너도 화 풀어야 한다."

"삐비비~"

우레는 그제야 낮게 신음을 하며 떨어졌다. 얌전해진 것을 보니 뭔가 커다란 약점을 잡힌 모양이었다. 유코는 하양이, 아니, 이제 우레가 된 그놈에게서 좀 떨어져 섰다. 뭔지 모르지만 조금 조심해야 할 것 같은 생각이 드는 놈이었다. 우레란 녀석이 뭔가 켕겨하는 것도 수상했고…… 그때 피코가 뭔가 이상하다는 듯이 치요에게 물었다.

"좀 이상하잖아? 저놈이 유코를 잘 따르는 것 말야. 꼭 유코가 여자라서는 아닌 것 같애. 나도 여잔데 나는 전혀 따르지 않는 것을 보면……. 오히려 나는 피하는 눈치던데 뭔가 다른 이유가 있지 않을까?"

치요와 퍼쿵도 고개를 끄덕이며 그 말에 동조하고 있었다. 그런데 유코가 강 쪽으로 걸어가며 한마디 툭 던졌다.

"그럴 만도 하죠 뭐. 얘기를 못 들었다면 지금도 나는 피코가 남잔 줄 알았을 거예요. 안 그래, 보보?"

"아, 아니, 난……."

"뭐, 뭐야? 너, 죽고 싶어? 이리 안 와?"

"피코! 네가 참아. 제발 진정해."

퍼쿵이 길길이 날뛰는 피코를 잡으며 말렸다.

"뭐야, 퍼쿵! 왜 맨날 나만 말리는 거야? 왜 유코 편만 드는 거지?"

사건의 장본인인 유코는 그 모든 소란을 못 들은 척하며 뭐가 그렇게 기분이 좋은지 혼자 강가에서 돌멩이를 줍는 척하며 흥얼거리고 있었다.

저럴 때 보면 정말 간이 배 밖으로 나온 애 같다고 보보는 생각했다. 보보로서는 유코가 아침에 자기 옷을 벗겨놓은 것에 대해 복수를 했다고 너무너무 기분 좋아하고 있다는 것을 알 리가 없었다.

그렇게 해서 우래는 같이 살게 되었고 그 뒤로 한 달의 시간이 흘렀다. 보보는 이미 가죽을 다루는 데 전문가가 다 되어 있었다. 모두들 보보가 만들어준 바지를 입었고 각자의 신발도 가지게 되었다. 발바닥이 곰 발바닥 같던 퍼쿵과 피코도 처음에는 좀 불편해했지만 이제는 바지와 신발에 많이 익숙해져 있었다.

그뿐이 아니라 햇볕에 약한 치요에게는 낮에 쓰라고 챙이 커다란 모자까지 만들어주었다. 해가 눈부셔하는 치요를 보고 선물한 것이다. 치요는 아주 고마워하며 아예 줄을 매어 목에다 걸고 다녔다.

보보는 가죽을 가지고 못 만드는 것이 없었다. 보보가 만든 신발이나 바지, 가방 등은 아주 편리하고 사용하기에 적합한 것들이었다. 보보가 만든 제품은 이미 원시적인 자루나 바랑의 수준이 아니라 견고하고 튼튼한 바느질로 주머니까지 달아놓은 최신식 제품이었다.

난생처음 주머니와 단추까지 달린 그 물건들을 보고 퍼쿵과 피코,

치요는 감탄을 금치 못했다. 전에 그들이 만들었던 것은 그저 가죽을 잘라 대강 적당히 엮어서 몸에도 두르고 등에 짊어지는 자루나 대충 만들던 것이었는데 보보의 제품은 그런 수준이 아니었던 것이다.

물론 그 많은 가죽을 충당하기 위해 퍼쿵과 피코는 꽤 많은 짐승을 잡아왔고 덕분에 창고에는 고기도 많이 쌓여 있어서 생활은 많이 풍족해졌다. 유코와 우레를 제외하고는 모두들 무척 바쁜 나날을 보내던 한 달이었다.

잡일 이외에 그다지 할 일이 없던 유코는 그래도 자기 일을 찾겠다고 사냥도 따라가 보고 가죽도 만지고 했지만 별로 적성에 맞는 일이 없었다. 오히려 사냥에는 방해가 되기만 했고 가죽을 다루는 일도 그다지 진득하게 붙어 있지를 못했다.

이것저것 부산하기만 했지 끈기있게 붙어 있지를 못했기 때문에 자연스럽게 할 일이 별로 없어진 유코와 아예 일이 하나도 없는 우레는 단짝이 되어갔다.

치요는 주로 밤에 활동을 했다. 남들 일할 때 자고 남들 잘 때 뭔가를 했기 때문에 보보와 유코는 그 애가 그저 빈둥빈둥 노는 줄 알고 있었지만 퍼쿵과 피코는 무슨 일을 하든지 꼭 치요와 상의를 하는 것이었다. 이상한 일이었다. 저 꼬마에게 어른들이 항상 상의하고 묻고 또 그 아이의 결정에 따르고 있다는 것은.

그러던 어느 날 보보는 피코와 단둘이 여행을 떠나게 되었다. 두 사람은 북쪽의 산으로 소금을 가지러 가는 길이었다. 넉넉히 왕복 하루쯤 걸린다고 했다. 모두가 가기에는 너무 움직임이 둔할 것이고 해서 피코와 보보만 가기로 했다. 전에는 퍼쿵이나 피코 중 한 사람이 다녀

왔었는데 이제 식구가 늘었으니 두 명이 빠져나가도 집에는 별문제가 없었고 길도 가르쳐 줄 겸 해서였다.

피코는 보보가 만들어준 큰 주머니가 달린 가죽 바지에 가죽 신발을 신고 있었고 기다란 장검과 단검들도 멋진 가죽 칼집에 넣어 차고 있었다. 두 사람의 등에는 역시 보보가 만든 튼튼하고 커다란 가죽 배낭이 짊어져 있었다. 배낭에는 여러 개의 주머니가 달려 있었고 화살을 넣는 주머니도 따로 있어서 아주 좋아 보였다. 보보의 허리에도 가죽을 다루는 데 쓰이는 큼직한 칼이 차여져 있었다. 반나절 정도 걸어갔을 때였다.

보보가 말을 걸었다.

"피코 누나."

"응?"

"소금을 어디에다가 팔아요?"

"우리가 먹을 만큼 남기고 나머지는 인간의 마을에 판단다."

"소금이 귀한가요?"

"그럼. 소금은 아주 비싸. 가죽만큼이나."

"근처에 바다가 없나 보죠?"

"바다도 알아? 넌 모르는 게 없구나."

"헤헤, 뭘요. 그런데 진짜 궁금한 게 또 있어요."

"뭔데, 보보?"

피코는 유코와는 별로 사이가 좋지 않았지만 보보에게는 이것저것 잘 가르쳐 주고 말도 잘했다. 그녀는 처음 오던 날부터 보보가 마음에 들었다. 보보라는 애는 차분하고 또 부지런한 데다가 어른스러웠고 눈치도 빠르며 공손했다.

"치요는 밤에 뭘 하는 거예요?"

"그게 궁금해? 직접 물어보지 그랬어?"

"좀… 물어보기가 그래요. 둘만 남을 기회도 없었고요."

보보는 진작부터 물어보고 싶었지만 남들 있을 때는 피하려고 했다. 왜냐하면 혹시 말하고 싶지 않은 것이 있을지도 모르는 데다가 유코랑 우레란 놈이 계속 따라다니며 기웃거리는 통에 더욱 그랬다. 보보는 유코를 좋아하긴 했지만 그런 일이 있을 때는 조금 곤란하다는 생각을 했다. 유코가 별 생각 없이 말을 톡톡 내뱉기 때문이었다. 보보는 무슨 속 얘기를 할 때는 항상 둘이서만 하길 좋아했다. 그리고 둘이서만 나눈 얘기는 잘 전하지 않고 비밀을 지키는 성격이었다.

"별로 그렇게 비밀스러운 것은 없는데… 치요는 마법사야. 그래서 밤마다 마법을 연구하지. 그 애는 마족이잖아. 그래서 항상 별을 관찰하고 여러 가지 자연의 힘을 끌어 모으고 뭘 만들거나 그래. 나중에 한번 밤을 같이 새면서 보면 잘 알 수 있을 거야."

"그래도 돼요? 누가 보는 것 싫어하지 않나요?"

"아니, 싫어할 이유가 없지. 나쁜 짓 하는 것도 아닌데."

"그럼 한번 같이 밤을 새보아야 되겠네요. 하지만 어린아이인데 꽤 의젓해요, 그 애."

그러자 피코가 후후 하고 웃었다. 그러더니 보보를 바라보며 말했다.

"보보, 너 기억이 하나도 안 난다고 했지? 혹시 네가 몇 살인지는 알고 있니?"

"글쎄요. 잘 모르지만 열네다섯 살쯤 되지 않았을까요?"

"나도 그 정도로 보는데. 그럼 치요는 몇 살일 것 같니?"

"한 일곱 살이나 여덟 살쯤 되었을 것 같은데요?"

피코가 또 후후 웃었다.

"그러니까 넌 치요가 어린앤 줄 알았다는 거지? 치요는 열다섯 살이야. 놀랐지?"

"예에? 열다섯 살요? 그런데 왜 그렇게 작아요?"

"글쎄, 그건 나도 모르지. 마족은 어려 보인다고 치요가 말했으니까. 그 애 말대로라면……. 만약 유코가 마족이라면 몇 살쯤 될까? 한 스물 대여섯 살이나 서른 살쯤 되겠지. 그래서 나보다 제가 언니라고 한 게 아닐까?"

"에이, 유코가 왜 마족이에요? 그 앤 그냥 보통 인간이라구요."

피코는 뭔가 생각하는 듯 잠시 말이 없었다. 이윽고 피코가 말을 이었다.

"나도 그렇게 생각하긴 하는데… 뭔가 달라. 그 애는… 유코가 아무리 여자라지만 싫증 잘 내는 우레가 그렇게 계속해서 따르는 것도 이상하고, 우레는 마족이 아니면 절대 따르지 않거든. 또 그 애의 건방진 눈빛 하며……."

거기까지 말한 피코는 전에 유코가 한 말이 생각났는지 갑자기 흥분을 했다.

"아무튼 그 계집애는 왜 그렇게 말을 막하는 거지? 걔 원래 그렇게 믹빼믹있니? 님사새만 같았어노 죽노목 빼주는 선네. 어휴~"

"미안해요, 누나. 내가 대신 사과할게요. 화 푸세요. 그 애 그래도 맘이 얼마나 여리고 착한데요."

"어이구~ 제 친구라고 감싸는 것 좀 봐. 내가 너보고 참는다, 착한 녀석."

그러면서 피코가 보보의 어깨를 긴 팔로 두르며 확 당겼다. 원래 습관대로 어깨동무를 하려던 것이었는데 걷던 중이라서 중심을 잃은 보보는 몸이 휙 돌아가며 피코의 정면으로 넘어졌다. 그러자 피코의 키가 훤칠하게 컸기 때문에 보보의 얼굴이 피코의 가슴에 폭 파묻히고 말았다.

　그녀의 풍만한 가슴 사이에 얼굴을 묻은 보보는 숨이 턱턱 막혔지만 중심을 잡지 못해서 한참 동안 얼굴을 묻은 채로 빠져나올 수가 없었다.

　잠시 버둥대는데 피코가 어깨를 잡아 바로 세우더니 멀뚱히 보보의 얼굴을 바라보고는 휙 돌아서서 걷기 시작했다. 그제야 보보는 빨개진 얼굴로 겨우 숨을 쉴 수가 있었다.

　그러나 보보의 얼굴이 빨개진 것은 꼭 숨이 막혀서만은 아니었다. 그녀의 순 근육질 몸에도 불구하고 아무래도 여자 가슴에는 근육이 생기지 않아 어찌나 푹신하던지……. 자연의 섭리란 상대를 불구하고 자웅(雌雄)만 맞으면 어김없이 찾아오고야 마는 것이던가.

　갑자기 두 사람은 말이 없어졌다. 이상하게 무표정해진 피코와 벌건 얼굴의 보보는 계속 산길을 걸었다. 겉보기에는 별로 조금 전과 달라진 점은 없었다. 보보의 걸음걸이가 약간 엉거주춤해졌다는 것만 빼고는.

　그러나 멀쩡해 보이는 피코도 실은 좀 당황하고 있었다. 보보에게서 방금 야릇한 느낌을 받았던 것이다. 워낙 키 차이도 났고 자신을 누나라 부르며 잘 따랐기 때문에 여태까지 그저 동생으로 생각했었는데 안고 있는 도중 어색하다는 생각이 순간적으로 들었었다. 그냥 불편스러운 것과는 좀 다른 것 같은… 뭔가 깊은 곳부터 짜릿해 오는 그런 어색함이었다. 난생처음 느껴보는 알 수 없는 감정이었기 때문에 얼른 보보를 뇌주고 걸음을 재촉했던 것이다. 아무렇지도 않다는 듯이.

두 사람은 그런 이유로 말없이 한참을 걸었다. 피코가 어색한 침묵을 깨고 입을 열었다.

"이제 거의 다 왔다. 저기 저 산 보이지? 그 중턱에 있어."

그들의 시선 안으로 뾰족 솟은 채 하얗게 눈 덮인 산봉우리 하나가 들어오기 시작했다.

제7장 세상에서 처음 생긴 인간 종족

밤이 다가오자 성 전체가 술렁거리기 시작했다. 한낮의 태양이 서산으로 넘어가는 것을 기다려 늙어 허리가 굽은 왕이 단상으로 나왔다. 그러자 한 병사가 불씨를 들고 광장으로 나아가 쌓아놓은 장작 더미에 옮겨 붙였다. 때맞추어 광장에 모인 사람들의 입에서 기다렸다는 듯이 우우우우~ 하는 소리가 새어 나오고 있었다.

왕은 하늘을 향해 손을 높이 들고 축원을 외우기 시작했다. 북소리가 온 마을을 울리고 있었다. 군인으로 보이는 한 남자가 아기를 안아 들고 걸어왔다. 왕의 곁에는 중년의 사나이가 서 있었는데 그는 큰 덩치에 갑옷을 입고 있었고 긴 칼을 허리에 차고 있었다. 한 옆에서는 아기의 어머니로 보이는 젊은 여인이 머리를 연신 숙이며 손을 비벼대고 있었다.

이 제사는 새로 탄생한 아기를 신에게 선보이고 무병장수를 빌기 위한 축제였다. 병사로부터 아기를 건네받은 왕은 아기의 귀에다 대고 뭐라고 중얼거리더니 다시 아기를 번쩍 안아 들고는 큰 소리로 주문을 외며 하늘을 향해 한동안 들고 있었다. 아기를 들고 있는 왕의 팔이 떨리고 있었다.

이제 이 제사를 지내기엔 왕은 너무 늙어 있었다. 팔힘이 아기를 지탱하기가 어려운 나이가 되었다. 하지만 아직까지 후계자를 만들지 못한 모양이었다.

신에게 선보이는 순서가 끝난 듯 왕이 떨리는 팔로 아기를 중년 남자에게 건넸다. 중년 남자는 다시 아기를 엄마에게 전해주고 왕을 부축해 자리에 앉혔다. 왕의 지시에 따라 중년 남자는 모인 사람들을 향해 외쳤다.

"이제 아이의 이름이 정해졌다! 아이의 이름은 '번성' 이다!"

"와아! 와아!"

사람들이 환호하며 축제가 시작되었다. 모닥불 주변을 돌며 춤을 추는 사람들이 있는가 하면 한 켠에서는 여자들이 음식을 나르고 있었다. 사냥해 온 짐승을 통째로 구운 것이었다. 그것을 칼로 잘라서 큰 나뭇잎에 싸 나르고 있었다.

온 백성이래 봐야 보초를 서고 있는 백여 명의 사람과 아이들까지 합해서 전부 천 명 정도 되었다. 모닥불 주위에서는 먹고 마시고 춤추는 축제가 한창이었다. 시작된 지 얼마 되지 않았는데도 벌써 춤을 추다가 마음이 맞아 둘만의 보금자리로 사라지는 남녀가 보였다.

현재 이 부족은 남녀가 정해진 짝이 없었다. 누구나 서로 마음만 맞으면 사랑을 할 수가 있었다. 워낙 인구가 적은 데다가 끊이지 않는 다른 종족과의 전쟁으로 특히 성인 남자의 수가 성인 여자의 삼 분의 이

밖에 되지 않았기 때문에 일 대 일로 짝을 맞추기가 어렵기 때문이었다.

그래서 자유혼이라 불리는 새로운 결혼 제도가 만들어졌다. 그것은 이곳으로 이주해 온 뒤에 왕과 관리들에 의해 새로 만들어진 법령으로 혼인 제도를 완전히 폐지하고 자유로운 남녀의 성교를 허락한 것이었다. 다소 성생활이 문란해질 우려가 있었으나 부족의 생산을 최대로 하기 위해서 할 수 없이 만들어진 궁여지책의 규칙이었다.

가끔 사랑함에 있어서 하나의 대상을 두고 두 사람이 서로 싸우는 일이 있었는데 그런 말썽이 일어나면 싸움을 한 사람들에게는 일 년 동안 어느 상대와도 짝을 맺을 수 없는 엄한 벌이 주어졌다. 단지 마음에 맞는 남녀가 사랑을 하고 태어난 아이는 여자가 맡아 기르도록 했다.

그러므로 이 부족에게 어머니는 있어도 아버지는 없었다. 물론 아버지라는 것이 있긴 하지만 자유혼으로 바뀐 뒤부터는 그리 중요하게 여기지 않았다. 누가 아버지인지 모르기 쉽상이었고, 또 여자가 아이를 가질 때마다 상대 남자가 바뀌거나 여럿이 될 수도 있는 탓이었다.

이 부족에서 남자는 사냥과 어업, 농사일, 그리고 군대의 일을 주로 해왔다. 요즘에 들어서는 기술과 교역이 상당히 발달해서 공업과 상업에 종사하는 자가 급격히 늘고 있었다.

여자들은 일을 하지 않아도 되었다. 가정에서 아이를 낳고 키우는 것이 주된 업무였다. 그렇다고 일을 못하게 하는 것은 아니고 자유 의사에 맡겨져 있었다. 단지 일을 하지 않아도 정부에서 모든 여자와 열 살 미만의 사내아이들에게 식량과 집을 제공하고 있다는 것이다.

전 국가가 새로운 아기를 축원하느라 시끌벅적한데 왕은 웬일인지 시름에 잠긴 표정이었다. 웅장한 갑옷을 걸친 중년의 거한이 왕에게 물었다.

"폐하, 무슨 걱정이 있으십니까?"

"으음, 아닐세. 휴우~"

"제게 말씀해 주십쇼. 무슨 일이 생겼습니까?"

"으음, 요즘 들어 아기들의 생산이 너무 줄고 있지 않나 해서……"

"하긴 그렇습니다. 지난 해에는 일 년 동안 쉰두 명의 아기가 태어났습니다만 이번 해는 반이 지나도록 아직 열여섯 명의 아기밖에 나오지 않았습니다."

"이래 가지고서야 어떻게 우리 족속이 번성하고 미래를 설계할지… 걱정일세."

"곧 나아지겠죠. 너무 걱정 마시고 음식을 좀 드십시오, 폐하. 제가 젊은이들에게 더욱 생산에 정진하도록 잘 일러두겠습니다."

"그래, 잘 되겠지. 아, 그리고 요즘 아이들에게 글자는 잘 가르치고 있는가?"

"예, 그럭저럭 잘 배워가고 있습니다."

"그래, 게을리 하지 말고 신경 써주게. 자네들은 별로 좋아하지 않는 것 같지만 그건 아주 중요한 일이야."

"예, 걱정하지 마십쇼. 그럼 전 이만 나가보겠습니다."

중년 남자가 떠나가자 왕은 과일을 발효해 만든 술을 입가로 가져가며 생각에 잠겼다.

'어느새 나도 죽을 때가 다 된 것 같은데… 어서 후계자에게 인수하고 갈 길을 가야 할 텐데 큰일이야. 내 나이 벌써 구십이 다 되어가는군. 너무 오래 살았어. 그동안 내 눈앞에서 죽어간 젊은 것들이 얼마나 많았나. 돌아가신 아버님, 어머님의 유언을 받들어 모실 수 있을는

지…….'

왕은 마을에서 가장 나이가 많은 사람이었다. 이미 왕의 형제들은 모두 죽었다.

왕이 처음 사물을 구별하게 되었을 때 이 세상에 사람이라곤 부모님과 형제자매들뿐이었다. 왕의 부모와 형제들은 그가 어린 시절 강의 상류에서 살다가 자라면서 강을 따라 하류로 점차 이동했다.

그의 가족이 서쪽 바닷가에 도달했을 때 비로소 인간이라고 말할 수 있는 이 종족을 만나게 되었는데 이들은 분명 인간이긴 하였지만 그 당시의 모습은 그야말로 미개인들이었다. 몇 명씩 무리를 지어서 숲의 여기저기에 흩어져 살던 인간들은 거의 원숭이나 마찬가지의 상태였던 것이다.

그것을 왕의 부모와 형제들이 한 명 한 명 모아서 먹을 것을 주어가며 말을 가르치고 불과 기술을 가르치고 외적으로부터 자신을 지키는 법을 가르쳐 가면서 만들어낸 것이 지금의 이 부족 국가였다. 말하자면 왕의 부모는 이 부족의 시조인 셈이었다. 왕의 어머니는 이 부족 국가를 만들어낸 모체이며 중심이었고, 왕의 아버지는 이 부족에 단 한 명뿐인 문명인이었던 것이다.

다행스럽게도 원시인들은 왕의 가족을 잘 따랐고 그들을 중심으로 뭉쳤으며 가르치는 것도 쉽게 배워 나갔다. 먹고 사는 것에 대해서 더 풍요로워지고 단결을 통해 맹수들로부터 안전해지자 인구도 급격히 불어났다. 세월이 흐름에 따라 생산을 거듭해 한때 전성기에는 이천 명 가까이나 되었었지만 왕이 구십 세 가까이 되는 지금은 천여 명 정도 남아 있었다.

부족 사람의 평균 연령이 쉰이 못 되는 것을 감안하면 왕은 살아 있는 조상이나 마찬가지였다. 그런 왕의 가장 오래된 기억은 어머니, 아버지가 물고기를 잡아서 형, 누나들과 자신에게 구워주던 풍경이었다. 그리고 동생들이 생겨나고 자라나서는 남자 형제들 중 누군가와 여자 형제들 중 누군가가 사랑을 해서 아기를 낳고, 또 그 자식들이 자라서 아기를 낳고……. 많은 아기를 낳았고 또 많은 아기가 죽어 나갔다. 그런데 요즘에 들어서 여자들이 예전처럼 아기를 잘 낳지 못했다. 왕은 그것이 걱정이었다.

이 부족은 원래 서쪽 바닷가가 고향이었지만 오랜 세월 옮겨 다니다가 요즈음은 이 강가에 머물게 되었다. 다행히 이 강가에는 먹을 것이 꽤 풍족했다. 부모는 글자와 수를 세는 법과 불과 도구를 만드는 법, 불을 이용해서 철을 제련하는 방법, 그리고 살아남는 법을 부족민들에게 가르쳤다. 고기 잡는 법과 사냥을 배우고 먹을 수 있는 풀을 구별하는 것을 배우고, 그렇게 모든 것을 왕의 부모로부터 배워왔던 것이다..

그렇게 시작한 것이 작금에 와서는 철과 구리와 금, 은을 생산하고 농사와 목축과 상업까지 활발한 최고의 문명을 가진 부족을 이루었다. 하지만 멸망의 위협 속에서 하루하루 불안하게 살아가는 약소 문명국임을 부정할 수는 없었다.

"폐하, 큰일 났습니다!"

문득 왕의 상념을 깨는 외침 소리가 들려왔다. 날려온 것은 성의 외곽에 정찰을 나갔던 병사였다.

"북쪽 산등성이에 적으로 보이는 자들이 몇 명 보입니다."

병사는 급하게 달려온 듯 숨을 헐떡이고 있었다.

"뭐야? 적이 확실한가? 들짐승이 아닌지 확인했느냐?"

중년의 군인이 병사를 대하고 확인을 했다.

"밤이라 확실히 구분할 수는 없었지만 불을 피운 채 걸어다니고 있었고 무기를 든 것을 보면 적이 확실한 것으로 보입니다."

불을 사용하며 무기를 들었다면 들짐승이 아닌 것은 확실했다.

"즉각 축제를 중지시키고 여자와 아이들을 대피시켜라. 그리고 남자들은 전투 태세를 갖추고 경계에 들어가도록!"

부관의 명령에 따라 즉시 경계를 알리는 빠르고 낮은 북소리가 온 하늘에 울려 퍼졌다.

"빨리빨리! 여자와 아이들은 굴 속으로 대피하고 남자들은 무기를 들고 전투 위치로!"

병사의 외침 소리와 동시에 사람들은 분주히 움직이기 시작했다. 훈련이 잘 되어 있는 듯 질서정연하고 재빠른 동작으로 사람들은 움직여 나갔다. 순식간에 광장은 불이 꺼지고 도시는 텅 비었다. 방금 전까지 축제를 하던 들뜬 분위기는 사라지고 돌연 긴장된 침묵이 주위를 감쌌다.

이곳에는 큼직한 돌로 쌓아 만들어진 왕의 궁궐을 포함해 삼백여 호의 크고 작은 목조, 석조 건물이 있었다. 그 주위에 넓은 장터와 이십여 개의 우물이 있었고 자그마한 밭도 일구어져 있었다. 그리고 그 모든 것을 포함한 채 빙 둘러서 드높은 성벽이 쌓여져 있었다.

"폐하께서도 어서 안으로……."

부관이 재촉하고 있었다. 어느새 왕이 앉아 있던 천막은 여러 명의 병사로 둘러싸였다.

"그래, 벼락 장군. 이제 자네가 맡아야겠지, 이런 일은……."

"폐하, 어서요. 시간이 없습니다."

왕이 몇 명의 호위병들의 부축을 받으며 동굴 안으로 사라지자 벼락 장군이라 불린 중년의 거한이 병사들에게 지시를 했다. 그의 키는 보통 사람보다 목 하나는 더 컸다. 그의 칼도 무지막지하게 컸고 갑옷 또한 일반인은 들지도 못할 정도였다.

"싸울 수 있는 총인원이 얼마나 되지?"

"예, 소년병까지 해서 남자가 오백 명에 여자가 오십 명 정도입니다."

"음~ 오백오십 명이라……. 좋아, 장정 오십은 북쪽 성문을 지키고 오십은 대피소를 떠나지 말고 지키도록. 여자 삼십 명은 셋씩 조를 짜서 정해진 초소에 들어가 감시하여 상황을 보고하고 여자 병사의 나머지는 성벽 위와 망루에서 활을 준비하고 대기해. 남자 백 명은 이십 명씩 조를 짜서 계속 성 주위를 순찰하고, 나머지 남자 오십은 칼 잘 쓰는 놈으로 뽑아서 나를 따라온다. 나머지 오십은 카르티, 자네가 인솔해서 내 신호에 의해 바로 움직일 수 있도록 가까이서 대기해. 남은 인원은 동, 서, 남쪽의 성문에 나누어 배치하도록."

'카르티'라 불린 젊은 장군이 반문했다.

"벼락 장군님께서 직접 나가신다는 말입니까? 제가 선발대로 가겠습니다. 허락해 주십시오."

그러나 중년의 장군은 단호한 목소리로 말했다.

"아니야, 내가 나간다. 자네는 뒤를 맡아. 이건 명령이다."

벼락 장군은 그 젊은 장군을 사지로 내보내고 싶지 않았다. 총명하고 충성스런 카르티를 장차 왕의 후계자로 적당한 인물이라 생각하고 있기 때문이었다.

정작 벼락 자신은 정치나 계급에는 관심이 없었다. 그는 단지 적을 베고 부족을 지키는 것에만 철저히 관심을 가지고 살아온 지 이십 년이었다. 게다가 이 성안에 벼락, 자신만큼 강한 검사는 없었다.

"옛! 분부대로 준비하겠습니다."

장군의 부관으로 보이는 그 젊은 장교가 대답하고 달려나갔다. 병사들은 각 장교들의 지시에 따라 일사불란하게 움직였다.

남자가 부족한 이 부족에서는 여성들도 다수 전투에 참가하고 있었다. 사실상 싸울 수 있는 인원이 그리 많지 않았기 때문에 칼을 들 수만 있으면 백성의 모두가 군인이나 마찬가지였다. 현재 대피소에 들어가 있는 어린이와 노인, 부녀자들도 대부분 칼을 소지하고 활을 사용할 수 있었다. 잦은 전투로 습득된 자연스러운 생존 방법이었다.

"자, 성문을 열어라."

정찰을 나갔던 다섯 명의 병사를 합해 오십 명을 데리고 벼락 장군이 성문을 나서고 있었다. 그들이 나서자 곧 성문은 닫히고 병사들은 재빠른 동작으로 개활지를 지나 숲으로 들어섰다.

중무장한 오십여 명의 병사는 다섯 척후병을 선두로 수색을 시작했다. 벼락 장군의 눈이 활활 타오르고 있었다. 그의 눈에 공포는 전혀 보이지 않았다.

강이 가까운 이곳에 성을 쌓은 지는 이십 년이 조금 못 되었다. 이십 년 전 아득히 먼 강 하류에 정착하던 이전의 성에서 타 종족과의 전쟁에 패해 상류로 쫓겨 올라왔던 것이다.

이름이 '쿠르'인 벼락 장군은 당시 스물다섯 살이었다. 이미 훨씬 어린 시절부터 잦은 전투에 참가했던 쿠르는 매우 용감한 전사였다.

그러나 그때 그 전쟁에서 쿠르는 모든 가족을 잃어야 했다. 어머니와 형제, 누이들, 그리고 처자식이 모두 사라졌다. 당시에는 결혼 제도가 살아 있었고 그에게는 처와 다섯 살 된 아들이 있었다.

함께 선두에서 돌격하던 두 명의 형제들은 그의 눈앞에서 전사했고 어머니와 세 누이는 처와 아들과 함께 실종되었다. 많은 여자들이 납치되었고 전투가 끝난 후에는 시체도 찾을 수 없었다. 이미 성이 점령당해 적들이 들어와 있었기 때문이다.

성에 가족들과 많은 여자들을 남겨놓은 채 부족 전체는 유랑을 시작해야 했다. 살아남은 부족과 함께 쫓기며 몇 년을 헤매고 다니다가 이곳에 도착했을 때 남은 사람은 육백여 명에 불과했었다. 이천여 명에서 삼분의 일도 되지 않는 숫자였다. 그나마 어린아이들은 몇 되지도 않았다. 미래의 씨앗인 어린애들은 거의 성에서 빠져나오지 못했던 것이다.

'아마 남자 아이들은 다 죽여 버렸거나 노예가 되었을 것이고 여자 아이들은 여자 어른들과 함께 적들의 노리개가 됐겠지.'

지금도 그날을 생각하면 벼락 장군은 밥도 제대로 넘기지 못했다. 아직 살아 있을지도 모르는 누이와 종족들을 생각하면……

그날 이후로 벼락 장군은 분노의 화신이 되어버렸다. 다시 결혼하지도 않았고 씨를 퍼뜨리지도 않았다. 그가 지난 이십 년간 간직해 온 단한 가지 소원은 들개족을 몰살하고 남겨진 동족들을 구해오는 것뿐이었다.

그러나 아직도 그저 소원일 뿐이었다. 끓어오르는 분노를 참을 수밖에 없는 것은 적이 너무나 강하기 때문이었다.

"장군님, 적들이 발견된 곳에 거의 도달했습니다."

낮은 목소리의 보고를 듣고 장군은 상념을 지웠다. 물론 벼락 장군은 상념에 잠겨 있을 때도 눈과 귀는 항상 열려 있었다. 그는 오랜 전투 경험으로 잠이 들었을 때에도 항상 귀가 열려 있었다. 그는 자면서도 발소리를 듣는 사람이었다.

벼락 장군은 병사들을 엎드리도록 지시하고는 적진을 살폈다. 성에서 멀지 않은 산등성이에 몇 개의 불이 피어오르고 있었고 그 주위로 무엇인가 움직이고 있는 것이 보였다. 바람의 방향은 다행스럽게도 양쪽 진영을 가로지르며 옆으로 불어오고 있었다. 적들은 후각이 예민하기 때문에 아군 쪽에서 바람이 불어간다면 금방 탄로나고 만다.

그들은 거의 짐승이나 마찬가지였다. 눈은 그리 밝지 않았지만 그들의 귀와 코는 개처럼 발달되어 있었다. 그러나 쿠르의 병사들 역시 오랜 전투로 이골이 난 사람들이었다. 먹이에 접근하는 사냥꾼처럼 그들은 기색을 죽이며 서서히 접근하고 있었다.

산등성이에는 화톳불이 몇 개 타오르고 있었고 적이 만들어놓은 것이 분명한 토굴이 달빛에 비춰 보이고 있었다. 그 안에서 몇 마리의 적이 들락거리고 있었다. 어느 종족인지는 잘 구분이 되지 않았다. 워낙 여러 종족의 습격을 받아왔기 때문에 이런 어둠 속에서 어느 종족인지를 구분하기란 쉽지 않았다.

많지는 않지만 때로는 호전적이지 않은 양순한 종족도 있었다. 그럴 때는 타 종족이라 하더라도 함부로 죽이지 않는 것이 벼락 장군의 신조였다. 함부로 타 종족을 죽인다면 자신들도 그 짐승들과 다를 바가 없기 때문이기도 했고, 또 우호적인 종족과는 제휴를 맺는 것이 세력 확보와 생존을 위해서도 큰 이익이 되었다.

그것은 또한 왕의 뜻이기도 했다. 왕은 자체 기술만이 아니라 우호적인 종족으로부터 많은 기술을 도입해서 지금까지 문화를 발전시키는 데 큰 공헌을 해왔던 것이다.

좌우로는 병사들이 삼엄한 경계를 펼치고 있었다. 결정을 내려야 했다. 공격이냐 아니냐……. 그러나 우선 상대를 파악해야 했다. 마음놓고 자신들의 존재를 알릴 수는 없었다. 만약 양순한 종족이면 다행이겠지만 그렇지 않으면 상대는 덮어놓고 공격을 시작할 것이기 때문이었다. 일단 전투가 시작되면 그때는 죽음을 각오해야 했다. 부족 전체의 목숨이 담보가 되는 전투인 것이다.

이곳으로부터 성까지는 불과 산길로 한 식경도 걸리지 않는 거리였다. 함부로 움직인다면 성의 위치가 적에게 알려지는 것은 시간문제였다. 자신이 죽고 살고가 문제가 아니었던 것이다.

벼락 장군은 척후 한 명을 나무 위로 올려 보내어 수를 파악하게 했다. 척후가 잠시 후 전해준 바에 의하면 토굴을 드나드는 적은 열한 명이었다. 그러나 토굴 안의 적은 수를 알 수가 없었다.

그때 바람의 방향이 바뀌었다. 적진 쪽에서 바람이 불어오고 있었다. 그 바람을 타고 코에 익은 냄새가 전달되었다. 꿈에도 잊을 수 없는 코를 확 찌르며 풍겨오는 짐승의 노린내. 그들이 틀림없었다. 마을을 불바다로 만들고 가족을 앗아가던 그 짐승들의 냄새가.

벼락 장군은 발이 빠른 두 명의 병사를 성으로 보내어 카르티의 결사대에 지원을 요청하도록 지시하고 양쪽으로는 열 명씩 스무 명의 병사를 보내 적의 측면과 후면을 포위해 퇴로를 차단하도록 지시했다. 한 놈이라도 도망가는 적이 있어선 안 되었다. 그들을 보내면 머지않아 더 많은 적을 몰고 올 것이기 때문이었다.

잠시 후 눈빛을 빛내며 벼락 장군이 칼을 뽑아 들었다. 그리고 그의 왼손이 서서히 머리 위로 들려지고 있었다.

제8장 전투

성의 지하에는 여러 갈래의 굴이 파여져 있었다. 지반이 약한 강변의 땅은 굴을 파기에 적당하지 않았지만 돌과 나무로 기둥을 세워 벽을 만들고 그 위에 다시 돌을 덮었다.

한 사람이 겨우 통과할 만큼 좁은 폭으로 된 미로와 같은 굴이 완성되기까지 십 년의 세월이 걸렸다. 군데군데 수백 명이 들어앉을 수 있도록 공간이 만들어져 있었고, 그 미로의 주위를 둘러서 세 개의 비밀 통로가 성 밖으로 나 있었다. 성 밖에서는 비밀 출구가 전혀 보이지 않았다.

그 위치도 왕과 몇몇 고위 간부만 알고 있을 뿐 부족민들은 알지 못했다. 우거진 숲 속에 커다란 바위가 놓여진 것처럼 보일 뿐이었다. 그러나 안에서는 몇 개의 주춧돌만 빼어내면 쉽게 열리도록 지렛대 장치가 되어 있었다. 말하자면 안에서는 열리지만 밖에서는 그 바위를 치우지 않으면 열 수가 없었고 굴이 있는지도 알 수 없게 만들어놓았다. 그 위에 바닥을 고르고 세워진 것이 이 성이었다.

그 굴의 중심부에 하나의 좁은 방이 있었고 그 안에 왕이 있었다. 왕은 의자에 앉아서 눈을 감은 채 부족의 역사와 운명에 대해서, 또 지금 이 시간에 적을 물리치러 나가 있는 병사와 성 내에서 칼을 들고 기다리고 있는 병사들에 대해서 생각하고 있었다.

왕이 살아온 90년의 생애 동안 얼마나 위험한 일을 많이 겪어왔고 현재와 미래는 또 얼마나 많은 위험이 기다리고 있을 것인가……

"폐하, 산등성이에 나타난 것은 들개족이 확실하다는 전갈입니다."

"음, 역시 그렇군. 그래, 어찌 진행되고 있느냐?"

호위병은 한 무릎을 꿇은 채로 보고하고 있었다.

"예, 카르티 장군의 결사대가 지원을 위해 방금 출발했고 벼락 장군의 선발대는 이미 전투 중이라 합니다."

"성의 경계는 빈틈없이 하고 있겠지?"

"염려 마십시오. 각자 제 위치에 배치되어 철통같이 지키고 있습니다. 한 점의 불빛도 새어 나가지 않도록 조치되어 있고 노약자와 부녀자들도 잘 대피하고 있습니다."

"좋아, 계속 상황을 보고하도록 하라."

"예, 폐하."

호위병이 물러갔다.

살아오는 동안 근처에는 항상 위험한 짐승들이 많이 있었다. 하지만 가장 위험한 것은 다른 종족이었다.

다른 종족이라고 해서 사람은 아니었다. 그들은 사람은 아니었지만 무리를 이루고 살면서 나름대로의 언어도 있었고 불도 사용하는 또 하나의 문명을 가진 존재들이었다. 자주 그런 종족들이 습격해 왔는데 그들은 짐승과 비슷해서 몸이 무척 빠르고 힘이 센 데다가 무기까지 사용하고 있어서 일 대 일로 상대하는 것은 불가능했다.

그들이 습격해 올 때마다 피해가 심각했다. 그들은 인간의 남자를 죽이고 여자는 산 채로 잡아갔다.

왕이 소년이었던 시절 처음 습격을 받았을 때 그들은 좀 더 짐승에 가까웠다. 온몸에 털이 많이 나 있었고 붉은 갈색의 눈빛에 송곳니가 날카로운, 거의 짐승이라고 해야 할 모습이었다. 그 시절 습격을 받을 때마다 부모님은 부족을 이끌고 전투를 해가며 습격을 피하여 계속 주거지를 이동해야만 했었다.

그러나 세월이 흘러 부족이 점차 커져 갈수록 점점 적들의 습격도 대규모가 되어갔고 갈수록 상황도 달라져 갔다. 습격이 거듭될수록 그들은 점차 좀 더 인간에 가까운 모습으로 변해가고 있었고 지능도 높아졌던 것이다.

무슨 이유에서인지 그들은 엄청나게 빠른 속도로 진화해 나가고 있었다. 잡혀간 포로들로부터 인간의 기술과 불을 배워서는 지금은 거의 인간에 가까운 문명 수준을 가진 무서운 존재가 되어 있었다.

형제들이 모두 전투에서 죽고 자신이 왕이 되고 나서부터 그는 불을 다루는 기술을 중점적으로 연구했다. 부족을 이끌고 쫓겨다니면서도 기술 개발에 정성을 다한 덕분에 현재는 철을 만들어내고 가공하는 데는 어느 종족과 비교해도 탁월했다.

하지만 선천적으로 뛰어난 신체를 가진 종족과의 전투에서는 역부족이었다. 게다가 최근에 나타난 일부 종족은 특이한 능력을 가지고 있어서 이대로 가다가는 인간의 부족이 멸망할 수도 있다는 불안감에 휩싸이고 있었다. 시간은 시시각각으로 불안감을 더해가며 왕의 목을 조이고 있었다. 왕의 고민은 꼬리에 꼬리를 물고 끝날 줄을 모른 채 계속되고 있었다.

그의 사고는 드디어 항상 도달하는 결론으로 향하고 있었다.

'그것을 찾아내야 해. 그것만 찾을 수 있다면⋯⋯.'

전설의 도시 메카닉스!

어린 시절 부모에게 들었던 그 전설의 도시만 찾을 수 있다면 모든 문제를 해결할 수 있을 것이란 결론으로 늘 그의 생각은 모아졌다.

그것은 고대의 문명이 집결된 총아였고 가공할 기술과 힘을 가진 거대한 요새라고 했다. 부모님은 분명하게 말씀하셨다. 그것은 전설이 아니라 사실이며 바로 자신들의 조상이 이룩한 찬란하면서도 무시무시한 문명이었다고. 분명 땅속 어딘가에 묻힌 채 그대로 보존되어 있다고 말씀하셨던 것이다. 당신들은 그 고대 인류의 직계 후손이라는 사실도 함께.

그러나 너무나 엄청난 파괴력을 가지고 있기 때문에 무슨 일이 있어도 절대로 발굴해서는 안 된다는 말도 함께 남기셨다. 하지만 지금은 부족의 멸망을 눈앞에 두고 있는 형편이다. 어떤 방법을 써서라도 멸망을 막을 수만 있다면 설령 악마의 힘이라도 빌리고 싶은 것이 왕의 솔직한 심정이었다.

"아직 아무런 소식도 없느냐!"

기다리던 왕이 일어섰다. 급히 호위병이 부축하러 달려왔지만 왕은 손을 내저어 뿌리쳤다.

"위로 가보겠다. 가서 직접 상황을 보리라."

호위병의 장교가 말리며 말했다.

"안 됩니다, 폐하. 밖은 위험합니다."

왕은 단호한 표정으로 말했다.

"적은 아직 산속에 있다고 했지? 밖은 철통같이 경계를 하고 있고. 그렇다면 괜찮아. 난 벼락 장군과 우리 병사들을 밖에서 맞이하고 싶네. 나를 안내해 주게."

"하지만……."

장교는 망설이고 있었다. 왕을 위험에 빠뜨릴 수는 없었다. 여태껏 부족을 이끌어온 왕은 그야말로 살아 있는 수호신이었다. 지금은 늙어 힘이 없지만 오랜 세월 이 부족이 존재하던 그날부터 왕은 명석한 두뇌와 몸을 아끼지 않는 헌신적인 노력으로 전쟁을 치러왔고 부족의 모든 대소사를 결정하고 백성을 보호해 온 어진 왕이었다.

그의 걱정 어린 눈빛에 왕은 가만히 미소를 보내며 조용히 말을 이었다.

"걱정하지 말게. 이 몸은 이미 죽었어야 할 늙은 몸이야. 내가 아니더라도 이제 우리 부족을 이끌 훌륭한 젊은이가 많이 있어. 죽을지도 모르는 전장에 나가 있는 우리 젊은이들을 생각하면 난 내가 대신 죽고 그들을 살렸으면 하는 심정에 가슴이 미어진다네. 할 수만 있다면 정말 그렇게 했을 것이야. 정 다급해지면 자네가 나를 보호해 주면 될 것 아닌가. 난 자네들을 믿네. 부족의 미래를 자네들에게 맡기고 싶은 나의 기대를 저버릴 셈인가?"

"아닙니다, 폐하. 그럼 제가 부축해 드리겠습니다."

결심한 듯 왕을 부축하는 장교의 목소리가 떨리고 있었다. 자신이 어린아이였던 시절 당당하던 체구를 자랑하며 전장에서 호령하던 그 몸이 이제는 뼈와 가죽만 남은 초라한 노인이 되어 있었다. 장교의 눈에 슬며시 눈물이 고였다.

"문을 열어라. 그리고 너와 네 분대는 나를 따르라. 나와 함께 폐하를 호위한다."

몇 명의 호위병에 둘러싸여 왕은 지상으로 나왔다. 밖은 쥐 죽은 듯 적막감이 온 천하를 뒤덮고 있었다. 삼백여 호가 넘는 집에 불이 켜진 곳은 하나도 없었다. 보름달만이 세상을 환하게 비추고 있었고 군데군데 불도 없이 자리를 지키고 있는 병사들의 모습도 보였다.

"북쪽 산이 보이는 망루로 나를 데려다 주게."

"북쪽 산은 망루보다 성벽에서 더 잘 보입니다."

호위 장교가 대답했다. 사실 관찰하기에는 망루가 더 적합했지만 망루는 젊은 사람도 오르내리기가 힘들었다. 만일의 사태에 왕을 대피시켜야만 한다면 큰 위험이 될 수밖에 없었다. 장교가 거짓말을 한 것은 그 때문이었다.

"그런가? 그럼 성벽으로 가지."

왕은 망루가 더 잘 보인다는 것을 알고 있었다. 이 성을 만든 것은 바로 자신이니까. 하지만 왕을 걱정하는 젊은 장교의 마음을 더 이상 무시할 수는 없었다. 그래서 모르는 척 성벽으로 발걸음을 돌리는 것이었다.

"저긴가 보군."

그리 밀지 않은 북쪽 산등성이에서 삭은 불빛이 흔들리고 있었다. 아무 소리도 들리지 않았지만 왕은 그곳에서 어떤 상황이 벌어지고 있을지 상상할 수 있었다. 자신이 젊던 시절 무수히 겪었던 피가 튀고 사람이 찢겨져 나가던 지옥 같은 모습을……

그렇다고 성을 비우고 함부로 지원을 나갈 수도 없었다. 이십 년 전 그렇게 무모한 지원을 나갔던 사이에 성은 함락되었고 부족의 반 이상을 잃었었다. 그리고 미처 빠져나오지 못한 동족들을 적의 손에 두고 그들이 처참하게 죽을 줄 알면서도 떠나와야만 했던 아픈 기억.

떠나와서는 또 얼마나 헤매고 다녔던가. 겨우 살아남은 동족을 이끌고 쫓기고 쫓기며 살아남기 위해 방황하던 세월도 결코 잊을 수가 없었다.

왕은 불빛을 바라보며 아무 말도 할 수가 없었다. 마음속으로 조용히 신께 기도를 올렸다. 왕의 눈에 산등성이의 불빛이 비치기 시작하더니 그 불빛은 주름 가득한 그의 뺨을 타고 흘러내리기 시작했다. 왕은 앙상한 주먹을 불끈 쥐었다. 그에게 남겨진 마지막 사명이 구체적인 결심으로 굳어지고 있었다.

거친 호흡을 쉬고 있는 사이에 왼쪽에 있던 병사의 머리가 터져 나갔다. 병사의 뇌수와 피가 뜨거운 덩어리가 되어 얼굴로 덮쳐 왔고 그와 동시에 쿠르는 병사의 머리를 뭉개 버린 괴물의 목으로 칼을 그어 댔다. 목이 떨어져 나간 괴물은 떨어져 나간 목을 찾으려는 듯 비릿한 피를 뿜으며 아직 버둥거리며 달리고 있었다.

벌써 몇 마리나 적을 베었는지 모른다. 어둠 속에서 녹색으로 빛나는 눈을 번득이며 들개족이 끝없이 달려들고 있었다.

공격을 개시하자 토굴의 밖에서 서성이던 적의 일부가 화살에 맞아 쓰러졌고 남은 적은 고함을 지르며 칼과 몽둥이를 뽑아 들었다. 곧 이어 토굴 안에서 적들이 쏟아지듯 몰려나왔고……

퇴로를 차단하러 보낸 스무 명의 병사는 어떻게 되었는지… 죽었는지 살았는지 확인할 길도 없었다.

토굴에서 쏟아져 나오는 적은 끝없이 이어졌다. 정면으로 달려드는 적의 머리를 위에서 내려쳤고 그와 동시에 양쪽에서 동시에 철퇴가 날아왔다. 붕 소리를 내며 들이닥치는 철퇴를 재빨리 뒤로 물러서며 피했다. 철퇴를 칼로 막을 수는 없었다. 언제 끝날지 모르는 이 전투에서 혹시라도 칼이 부러진다면 상황은 최악이 되기 때문이다.

그의 눈에 이제 인간 병사는 보이지 않았다. 주위에는 적들만이 쿠르를 포위한 채 뾰족한 송곳니를 드러내고 침을 뚝뚝 떨어뜨리면서 서서히 죄어들어 오고 있었다.

'남아 있는 병사들도 나와 마찬가지의 상황에 직면해 있으리라…….'

동시에 달려드는 창과 몽둥이를 피하며 측면의 적을 베었다. 순간 뚫려진 틈으로 몸을 구르며 빠져나갔다. 손에 닿는 땅의 감촉이 뭉클하고 축축했다. 구르며 손에 잡힌 것을 쥐어 들고 벌떡 일어섰다. 제 부하의 것임이 분명할 사람의 팔이었다.

일어서자마자 방금 자신이 구르던 자리에 창이 박혔다. 한발만 늦었더라면 저 창에 꼬치가 되었을 것이다. 땅에 박힌 창을 뽑아 드는 녀석의 손목을 자르고 뒤에서 달려드는 칼을 막아내는 순간 쩡 하는 소리와 함께 칼이 동강났다.

쿠르의 칼을 동강 낸 녀석은 득의의 미소를 지으며 다시 칼을 들어올리고 있었다. 그런 그놈의 얼굴을 왼손에 들고 있던 사람의 팔로 후려쳤다. 녀석이 외마디 비명을 지르며 뒤로 넘어지는데 오른쪽 허벅지에서 불똥이 튀었다. 한 놈이 창을 박아 넣고 있었다.

뒤로 넘어지는 녀석의 묵직한 칼을 빼앗아 들면서 뒤에서 창을 박아 넣는 녀석의 목을 날렸다. 목이 날아갔는데도 그 괴물 같은 놈은 박아 넣은 창을 놓지 않았다.

박혀 있는 창을 칼로 베어버리는데 이번에는 왼쪽 어깨가 뜨거웠다. 칼을 빼앗긴 놈이 어깨를 물고 매달려 있었다. 놈의 길고 날카로운 송곳니는 어깨의 갑옷과 함께 살덩어리를 한 움큼 떼어내 버렸다. 그런 놈의 긴 주둥이를 빼앗은 제 놈의 칼로 내리그었다. 놈의 주둥이가 단번에 평평한 면을 드러내며 잘려 나갔다.

왼팔을 들 수가 없었다. 어깨의 근육이 나간 모양이었다. 다리를 절며 한 팔을 늘어뜨리자 적들은 이제 주위를 빙 둘러선 채 서서히 포위망을 좁혀 들어오고 있었다. 쿠르는 생각했다.

'이대로 끝인가? 이렇게 끝난단 말인가? 안 돼. 절대로. 내가 죽으면 성이… 성이 공격당해. 한 놈도 살려 보내면 안 돼!'

마음속의 외침과 함께 쿠르는 있는 힘을 다해 위로 뛰어올랐다. 뛰어오름과 동시에 칼을 좌에서 우로 크게 빙 돌리자 그 한 방에 정면에서 좁혀 들어오던 적 세 마리의 목이 동시에 떨어져 나갔다. 다시 포위망이 뚫리자 쿠르는 토굴 옆의 언덕으로 달렸다.

뒤를 쫓는 들개족의 거친 숨이 귀에 닿는 듯 크게 들려오자 몸을 앞으로 굴리며 뒤에 바짝 붙은 적의 발목을 베었다. 발이 없어진 적이 허우적거리며 앞으로 고꾸라졌다. 넘어진 놈의 몸에 걸려 또 한 마리가 넘어지고…….

드디어 언덕에 당도한 쿠르는 벽을 등지고 섰다. 멀지 않은 토굴 입구에는 놈들이 피워놓았던 화로가 넘어진 채 활활 타오르고 있었다. 토굴에서는 더 이상 들개족이 뛰어나오지 않았다. 이미 모든 적이 밖으로 나와 있는 모양이었다.

바닥에는 양 진영 병사의 시체들이 뒤엉켜 즐비하게 널려 있었다.

서 있는 인간의 모습은 한 사람도 보이지 않았다. 가까운 곳에도, 또 먼 곳에도 여러 마리의 적과 뒤엉킨 채 부하들이 쓰러져 있는 것이 보였다. 머리가 없거나 팔다리가 잘린 채 온몸에 피를 뒤집어쓴 모습으로…….

시야가 흔들렸다. 피를 너무 많이 흘린 모양이었다. 부하들의 시체를 보면서 쿠르는 이제 아무 생각이 없어졌다. 아니, 단 한 가지의 생각만이 몽롱해져 가는 의식을 잡아끌고 있었다.

"오너라… 이놈들. 백이든 천이든 오너라……. 내가 목이 떨어지는 순간까지 칼을 휘둘러 주겠다. 어서 덤벼라."

그때 앞에 죽 늘어선 채 좁혀 들어오던 들개족 몇 마리가 캑 하고 외마디 소리를 내뱉으며 동시에 고꾸라지기 시작했다. 놀란 듯 고함을 치며 뒤를 돌아보던 몇 놈이 또 몸을 뒤틀며 쓰러졌다.

쿠르는 본능적으로 바닥에 엎드렸다. 순간 쉿 하고 공기를 가르며 몇 발의 화살이 자신이 등을 대고 있던 언덕에 박혔다. 당황한 들개족들은 우왕좌왕하기 시작했다. 어디서 날아오는지 알아채기에는 너무나 순식간에 수십 발의 화살이 날아와 적의 몸을 고슴도치로 만들어가고 있었고 여기저기서 들개족들은 비명을 지르며 넘어가고 있었다. 넘어진 적의 몸에는 그래도 멈추지 않고 계속해서 화살이 쏟아져 내렸다. 엎드려 있는 쿠르의 몸에도 두어 발의 화살이 박혔지만 고통을 느낄 수기 없었다.

한동안 화살의 비가 내리고 나자 서 있는 것은 아무것도 보이지 않았다. 그러자 어둠 속에서 서서히 수십 명의 인간이 칼을 뽑아 든 채 모습을 드러내었다. 쿠르는 손을 들어 자신이 살아 있다는 것을 알렸다.

"장군님, 괜찮으십니까? 이봐! 이쪽이야. 여기 벼락 장군님이 살아 계신다!"

외치는 목소리는 카르티였다. 카르티가 이끈 지원군이 도착한 것이 다. 쿠르는 쉬어서 갈라진 목소리로 물었다.

"왔나? 적들은? 적들은 어떻게 되었어?"

장군은 부축하는 카르티의 손을 뿌리치며 전투의 결과만 물었다.

"걱정 마십시오. 적은 전멸했습니다."

젊은 장교 카르티의 말에도 벼락 장군은 고개를 흔들며 소리쳤다.

"안 돼. 한 놈도 살아 돌아가게 해선 안 돼. 지금 당장 수색을 시작 해. 찾아서 다 죽여 버려. 그리고 목이 붙어 있는 놈은 모조리 목을 잘 라 버려. 당장! 시체라도 상관없어! 다 잘라!"

벼락 장군의 눈은 아직도 활활 타오르고 있었다. 그 모습에 카르티 는 더 이상 부축을 못하고 부하들에게 명령을 내렸다. 병사들은 일일 이 다니며 들개족 병사들의 목을 잘랐고 아군의 생존자와 전사자를 수 색하기 시작했다.

벼락 장군의 선발대에 살아남은 인간은 하나도 없었다. 단지 장군만 이 큰 부상을 당한 채 살아남아 있었다. 시체는 머리가 없거나 팔다리 가 잘려 나간 모습으로 제대로 된 시체는 한 구도 없었다. 겨우 몸을 추스린 장군은 몸에 박힌 화살을 빼내려고도 하지 않은 채 부하들의 시체 사십여덟 구를 내려다보았다. 그리고 나직하게 중얼거렸다.

"미안하다. 정말 미안하다. 너희들을 지켜주지 못해서… 나 혼자 살 아남아서……."

벼락 장군의 눈에 눈물이 글썽이고 있었다. 전투가 끝나면 쿠르는 이렇게 스러져 간 동족의 시체 앞에서 아무도 모르게 눈물을 지었다.

그리고 속으로 사과했다.

그러나 카르티와 병사들은 알고 있었다. 벼락 장군이 결코 최선을 다하지 않은 것이 아니라는 것을. 그와 여러 번 전투를 치러냈던 병사들은 전장에서 성난 맹수처럼 날뛰는 쿠르의 모습을 잘 기억하고 있었다. 그는 부족 중에서 가장 용맹한 전사였던 것이다.

그렇게 서 있는 그들의 뒤로 먼동이 터오는 듯 부옇게 동쪽 하늘이 밝아오고 있었다.

제9장 위기

밤이 깊어가고 있는 산길을 두 젊은이가 소금을 잔뜩 짊어지고 걷고 있었다. 무엇이 그리 급한지 상당히 빠른 속도로 걸음을 재촉하고 있었다.

그러나 어제 아침에 출발한 뒤로 끝없이 걸은 데다가 밤이 되고 나서도 한숨도 자지 못하고 걸었더니 보보는 너무나 피곤하여 쓰러질 것만 같았다. 아니, 일부러라도 쓰러지고 싶었다. 그런데 피코는 전혀 쉴 생각을 하지 않았다.

'헉헉, 너무 힘들다. 피코 누나는 힘들지도 않은가? 헉헉, 조금만 쉬었다 가면 좋겠는데……'

걸음을 재촉하고 있는 피코는 신경이 곤두서 있었다.

소금 동굴에서 배낭에 소금을 가득 넣고 출발한 것은 해가 서산으로 기울어가던 늦은 오후였다. 쉬지 않고 걸으면 천천히 오던 때와 같이 걸어도 내일 아침 동이 틀 때쯤이면 집에 도착할 것이다.

그런데 피코는 필요 이상으로 걸음을 재촉하고 있는 것이었다. 그 이유는 달이 떠오를 무렵 발견한 것 때문이었다. 당시에 피코는 급한 볼일이 생겨서 보보를 길에서 쉬게 한 채 숲으로 들어갔었다.

"보보, 잠깐만 쉬고 있어. 이 누나는 잠깐 볼일이 있으니까."

"천천히 다 보고 오세요. 저도 잠시… 헤헤…….."

보보도 하루종일 볼일을 제대로 못 봤기 때문에 마침 잘됐다는 듯이 반대 편 숲으로 들어갔다.

피코는 바지를 내려 엉덩이를 까고 앉았다. 좀 쑥스러운 느낌이 들었다. 좁은 산길을 사이에 두고 양쪽 편 숲 속에 서로 엉덩이를 까고 앉아 있다는 생각을 하니……. 그래도 볼일은 봐야 하는 거니까 어쩔 수가 없었지만.

보보가 만들어준 바지는 활동하거나 물건을 소지하기엔 좋았지만 그 일을 볼 때만은 치마보다 불편한 것 같았다.

뿌지직~

길 건너편에서 보보가 힘을 주는 소리가 들렸다. 피코도 마음껏 힘을 주고 싶었지만 소리가 나는 것이 좀 그래서 애써 소리를 죽이며 힘을 주었다.

피코는 건강한 장을 가지고 있었기 때문에 그리 힘겹지 않게 그것이 밀려 나오며 별로 유쾌하지 않은 김이 냄새와 함께 올라오기 시작했다. 그때 그 냄새 말고 뭔가 다른 냄새가 예민한 피코의 코에 흘러들었다.

'엇? 이건……?'

그녀를 놀라게 한 것은 피 냄새였다. 멀지 않은 곳에서 신선한 피 냄새가 나고 있었다. 흠칫하고 피코의 시선이 피 냄새가 나는 쪽으로 돌아가며 벌떡 몸을 일으켰다. 그 냄새가 흘러오고 있는 방향은 길 건너편 보보가 있는 쪽이었다.

아직 볼일을 다 보지도 못했지만 만약 가까이에 육식 동물이 있다면 볼일 보는 동안이라고 해서 기다려 주지는 않을 것이기 때문에 바지를 올리지도 못한 채 그녀는 벌써 기다랗고 날카로운 자신의 검을 뽑아 들고 있었다.

숨을 죽인 채 귀를 기울였지만 보보의 힘 주는 소리 이외에는 아무 소리도 들려오지 않았다. 잠시 귀를 기울이며 주위를 살피던 피코는 조심스레 다시 앉더니 검을 손에 쥔 채 서둘러 하던 일을 마무리하고 바지를 올렸다.

저편에서는 보보가 아무것도 모른 채 아직도 끙끙거리고 있었다. 보보가 걱정된 피코는 주위를 경계하며 재빠른 동작으로 날듯이 산길을 건너뛰어 보보의 앞에 멈춰 섰다.

"으악!"

갑자기 하늘에서 떨어진 것처럼 눈앞에 피코가 나타나자 힘을 주던 보보가 순간 펄쩍 뛰며 뒤로 몇 걸음 물러나다가 벌렁 넘어졌다. 그는 아직 엉덩이를 깐 상태였다. 다행히 몇 걸음 물러났기 때문에 자신이 땅 위에 새로 얹어놓은 그것을 깔고 앉지는 않았다.

"피, 피코 누나! 안 돼요오오~!"

보보가 누운 채로 엉거주춤 제 앞을 가리며 비명을 지르고 있었다.

"엉? 뭐가 안 된다는 거야?"

피코는 보보가 뭔 말을 하는 것인지 의아했지만 그 말을 무시한 채 숲 주변을 살피기 시작했다. 그동안 보보는 엉덩이를 나뭇잎으로 닦고 서둘러 바지를 올렸다.

보보의 얼굴이 화끈 달아올랐다. 생리 작용을 하던 장면을 들킨 것과 제 것의 양이 엄청나다는 것, 그리고 그 냄새를 들킨 것도 창피했지만 그것보다 자신이 내뱉은 비명이 더 창피했다. 도대체 뭐가 안 된다는 것인지 말을 뱉은 저밖에 알 수 없는 그 뜻 모를 비명이란……

"저… 누나, 왜 그래요? 무슨 일이라도 있어요?"

보보가 창피함을 억누르고 물었다.

"쉿!"

피코는 말없이 검을 든 채 숲의 한곳으로 접근하고 있었다. 보보도 제 허리에 차고 있던 가죽 다듬는 넓적한 단검을 뽑아 들고 그 뒤를 따라갔다. 그곳에는 거대한 짐승의 뼈가 놓여져 있었다. 흩어지지 않은 모양으로 잘 발라져 있는 그 시체의 밑에는 핏자국으로 보이는 얼룩이 넓게 퍼져 있었다.

"이거 짐승의 뼈잖아요?"

보보는 피코가 긴장하는 모습이 아니라도 뭔가 심상치 않음을 느꼈다. 짐승의 핏자국이 아직 마르지 않은 데다가 썩은 내가 전혀 나지 않았던 것이다. 죽은 지 얼마 되지 않은 것이 틀림없었다. 그냥 죽었다면 저 정도로 살이 깨끗하게 없어질 정도가 되기까지 썩지 않을 수는 없었다. 또 아직 다 굳지 않은 채 바닥을 적시고 있는 피가 그것이 방금 죽었나는 것을 증명해 주고 있었다.

"도대체 어떻게 된 거죠, 저 시체……?"

피코는 주변을 두리번거리며 낮은 소리로 말했다.

"저건 죽은 지 오래되지 않은 거야. 게다가 뼈를 흩뜨리지 않고 저렇게 살을 발라먹었다면… 그놈들밖에 없는데……"

"그놈들이라뇨?"

"아니, 아닐 거야. 그놈들은 이 주변에 살지 않아. 어쨌든 이곳을 빨리 벗어나야 할 것 같다. 보보, 서둘러."

그런 이유로 피코와 보보는 서둘러 밤길을 걷게 된 것이다. 벌써 얼마나 오랫동안 달리듯이 걷고 있는지 몰랐다. 이제 보보는 눈앞이 가물거렸다. 다리는 아까까지는 후들거리고 아팠는데 이젠 감각도 느껴지지 않았고 등에 짊어진 소금은 또 어찌나 무거운지 배낭을 크게 만든 것이 다 후회가 되었다.

말도 없이 빠른 속도로 걷고 있는 피코를 따라가기도 너무 바빠서 다시는 소금을 먹고 싶지 않다는 생각이 들 정도였다. 하긴 그 큰 용을 질질 끌고 다니고 커다란 바위를 슥슥 밀어내는 피코이고 보면 그녀가 이 정도 무게에 힘들어할 리 만무하다는 생각이 들었다.

"으윽~ 도대체 누가 정상인 거야?"

또 얼마나 시간이 흘렀을까. 보보는 정신이 오락가락하기 시작했다. 도저히 견딜 수 없게 되자 피코를 불렀다.

"헉헉, 피, 피코 누나… 자… 잠깐만요……. 헉헉."

피코가 휙 돌아보며 말했다.

"응? 왜?"

"조, 조금만 쉬었다… 헉헉… 가면 안 될까요? 헉헉."

피코가 조금 고민하는 듯하더니 말했다.

"아~ 미안, 많이 힘든가 보구나. 그래, 그럼 조금만 쉬었다 갈까?"

그 말을 듣자마자 보보는 무릎이 저절로 턱 구부러졌다. 아직 머리가 앉으라고도 하지 않았는데 무릎이 저 혼자 구부려 앉은 것이다. 보보는 그 힘들고 정신없는 와중에도 그것이 조건반사일까, 아니면 의지에 의한 것일까를 생각했다.

그런 보보의 등짐을 피코가 조금 느슨하게 벗겨주었다. 그리고 자신도 보보의 옆에 앉더니 넓은 나뭇잎을 하나 따서 부채질을 해주는 것이었다.

"헉헉, 누, 누나… 고마…….."

보보는 고맙다고 말을 하다가 말고는 그대로 피코의 무릎 위로 엎어지더니 쓰러져 버렸다. 잠든 것이 아니라 기절한 것이었다. 그의 체력이 한계를 넘어버린 지는 이미 오래였다. 피코가 피식 웃었다. 가만히 보보의 몸을 뒤집어 바로 돌리더니 머리를 제 무릎에 잘 베어주었다.

'후~ 큰일인데……. 오늘은 더 걸을 수 없을 것 같네. 이대로 걸으면 해가 뜰 때쯤이면 집에 도착할 수 있을 텐데……. 할 수 없지. 좀 쉬지 않으면 애가 죽을지도 모르니까…….'

피코는 혹시 어떤 산짐승이 나타날지도 모르기 때문에 허리에 차고 있던 가늘고 긴 검을 뽑았다. 그걸 오른손에 쥐고는 주위를 둘러보았다. 주변은 온통 어둠뿐이었다.

이곳은 안전하지가 못했다. 산속에서 이런 한밤중에 기절한 녀석을 데리고 그냥 앉아 있다는 것은……. 아까 보았던 시체의 기억이 그녀의 머리 속에서 떠나지 않고 맴돌았다.

'애가 기절만 하지 않았어도 괜찮을 텐네……. 아까 ㄱ 시제는 틀림없이… 아냐, 아닐 거야.'

피코는 애써 제 생각이 틀릴 것이라고 마음을 돌렸다. 그러면서 보보의 얼굴을 내려다보았다. 제 무릎을 베고 누워 있는 보보의 얼굴은 이제 편안해 보였다. 기절한 것이라 생각할 수 없는 평화스러운 얼굴이었다.

원래부터 귀엽다고 생각은 했었지만 달빛에 비춰진 보보의 얼굴은 참 잘생겨 보였다. 금발 머리에 오똑한 코, 조그맣고 빨간 입술에 약간 갸름한 턱까지.

문득 낮의 일이 떠올랐다. 저 아이를 안았다가 어색한 기분을 느꼈던 일. 그때 보보를 아무 생각 없이 안았다가 피코는 적잖이 당황했었다. 뭔지는 잘 모르겠지만 분명 놀라서 그 애를 놓아주었던 것이다. 가만히 제 무릎을 베고 있는 그 애의 머리카락을 쓰다듬으니 다시금 그때의 기분이 살며시 고개를 들고 있었다.

하지만 지금은 보보가 잠들어 있기 때문인지 어색함이 아닌 묘한 설레임이 가슴 속을 잔잔하게 흔들고 있었다. 알 수가 없었다. 생전 처음 느껴본 이 기분이 무엇인지……. 피코의 입가에 살며시 미소가 떠올랐다.

피코가 흠칫 놀라며 고개를 든 것은 바로 그와 동시에 일어난 일이었다.

"헉! 이것은……!"

달콤한 상념을 깨며 심상치 않은 시큼한 냄새가 바람을 타고 코를 파고들었다. 피코는 순간 눈을 빛내며 주위를 둘러보기 시작했다. 검을 쥐고 있는 그녀의 손에 힘이 들어갔다. 피코는 보보의 머리를 살며시 땅으로 내려놓으며 몸을 일으켰다.

"설마했는데… 이럴 수가……! 저것들이 왜 여기에……?"

멀지 않은 곳에서 무엇인가 움직이고 있었다. 빠른 속도로 접근하고 있는 그것은 한둘이 아니었다.

피코는 배낭을 슬며시 벗어 내려놓더니 발로 누워 있는 보보를 툭툭 걷어차며 깨우기 시작했다. 보보는 정신이 없었다. 완전히 탈진한 모양이었다.

"제기랄… 아주 정신이 나갔네. 좀 쉬어가며 걷게 했어야 하는 건데……. 보보, 일어나! 정신 차려!"

피코는 숲에서 눈을 떼지 않은 채 보보를 일으켜 앉혔다. 보보는 아직도 정신을 차리지 못하고 있었다. 숲의 어둠 속에서 군데군데 땅이 꿈틀거리며 움직이기 시작했다. 피코 일행에게 접근하고 있는 그 움직임은 곧 넓게 퍼지기 시작했다. 피코는 한 팔로 보보를 안은 채로 어둠 속을 주시하면서 소리쳤다.

"보보! 일어나! 일어나지 않으면 여기서 죽는단 말야! 하필 저놈들이라니… 치요도 없는데……."

움직임은 달빛을 받아 반짝이며 서서히 다가오기 시작했다. 마치 물이 흘러오며 반짝이는 것 같았다. 땅에 바짝 붙어서 다가오는 반짝거림은 수십, 아니, 수백 개도 넘어 보였다.

억지로 보보를 일으켜 세우던 피코에게 움직이는 불빛 몇 개가 톡톡 튀며 달려들었다. 칼을 휘둘러 불빛들을 베자 달려들던 놈들은 시큼한 냄새를 풍기며 땅에 뒹굴었지만 곧 다른 몇 마리가 또 달려들었고 계속해서 베어내도 놈들의 수는 점점 불기만 하는 것 같았다.

피코는 정신없이 칼을 휘둘러 보보와 자신에게 달려드는 놈들을 베어냈다. 피코는 어둠 속에서도 정확히 놈들을 찾아내어 칼을 휘두르고 있었지만 처음에 너댓 마리씩 달려들던 것이 여덟 마리로 늘더니 열댓 마리, 그 다음은 스무 마리, 이렇게 놈들의 숫자는 점점 불어나고 있었다.

보보의 몸에도 더 많은 놈들이 달려들어 물어대기 시작했다. 하지만 기절한 보보는 아무것도 모르는 듯 움직이지 않았다. 이윽고 보보의 얼굴에서 피가 흐르는 것이 보였다.

놈들이 뒤꽁무니에서 뿜어대는 액체의 시큰거리는 냄새에 코를 지나 폐까지 바늘로 찌르는 듯 아파왔고 급기야 숨이 막힐 지경이었다. 누워 있는 보보는 더 괴로울 것이라는 생각이 들었다.

"이대로는 안 되겠군."

피코는 녀석들을 베는 것을 그만두고 보보를 둘러메었다. 그녀가 칼을 거두자 순식간에 그녀의 다리에 십여 마리가 달라붙었다. 피코는 칼을 칼집에 꽂아 넣고 달리기 시작했다. 보보의 몸에 매달려 있는 것을 손으로 훑어 떼어내고는 자신의 몸을 물고 늘어지는 것도 연신 훑어내며 엄청난 속도로 달렸다.

그녀는 필사적으로 달렸다. 그 지역의 지리에 훤하기 때문에 멀지 않은 곳에 깊은 강이 있다는 것을 알고 있었던 그녀의 발걸음은 거침없이 숲을 헤치며 달려나갔다. 그녀의 뒤로 수백 개의 작은 불빛들이 따라오고 있었지만 따라오는 놈들보다 피코의 발걸음이 더 빨랐다. 하지만 놈들은 그들이 떨어뜨린 피 냄새를 맡으며 끈질기게 따라붙었다.

피코의 귀에 물소리가 들리기 시작했다. 피코는 물을 따라 전속력으로 달렸다. 곧 물이 발에 밟히고 점점 깊어져 갔다. 물살이 엄청나게 빠르고 거셌지만 피코는 멈추지 않고 계속 들어갔다. 경사가 심해 몇 발짝 가지 않아 금방 허리까지 차게 되었다. 그제야 피코는 비로소 발걸음을 멈추고 뒤를 돌아보았다. 손을 뻗으면 닿을 듯 멀지 않은 물가에 수백 개나 되는 불빛들이 죽 펼쳐 서서는 끊임없이 왔다 갔다 하며 서성대고 있었다.

"어떻게 된 일이지? 저것들은 이 근처에서는 서식하지 않았었는데……."

"으음~"

차가운 물이 몸에 닿자 정신이 드는 모양인지 보보가 신음 소리를
냈다.

"보보! 정신이 들어? 야, 일어나! 정신 차려!"

피코가 따귀를 몇 대 때리자 보보가 그제야 눈을 뜨더니 어리둥절해
서 물었다.

"어, 어떻게 된 거죠? 왜 물속에 있는 거예요?"

"강기슭을 봐."

"저, 저게 뭐죠?"

강기슭에 만개한 꽃처럼 널려 있는 수백 개의 작은 불빛을 보고 보
보가 놀라 물었다.

"개미야. 하마터면 아까 죽을 뻔했다구. 하나도 모르겠지?"

"우리가 죽을 뻔했다구요?"

"우리가 아니라 너 말야, 너."

"아야!"

갑자기 보보가 비명을 지르자 피코가 손을 뻗어 보보의 등 뒤에 붙
어 있는 것을 잡아 떼었다. 그것은 피코의 손에서 발버둥을 치고 있었
지만 그녀는 놈의 등덜미를 뒤에서 쥐고 보보에게 보여주었다. 어둠
속에서 비둥기리는 그것은 그기가 주먹민하고 몸이 딘딘한 동물이었
다. 정말 개미같이 생기긴 했는데 그 크기가 놀랄 정도였다. 한 개가
거의 새끼손가락만한 집게 턱을 연신 벌렸다 오므렸다 하며 꿈틀거리
고 있었다.

"이건 곤충의 일종 같은데요……. 그런데 왜 이렇게 크지?"

보보는 언젠가 책에서 본 무슨 개미를 생각하고 있었다. 정확히 기억은 나지 않았지만 열대 지방에 그런 것이 있다는 내용을 읽었던 것 같았다.

"내가 알고 있는 개미는 이렇게 크지 않았던 것 같은데……."

"생긴 것은 요 모양으로 작아도 무서운 육식 동물이야. 수천 마리씩 떼를 지어 다니면서 전 지역을 휩쓸고 다니거든. 한데 이상해. 이 근처에 사는 놈들이 아닌데……."

"그럼 아까 보았던 그 짐승의 시체도……."

"그래. 이놈들 짓이야. 이놈들은 덩치가 작기 때문에 뼈는 건드리지 않고 살만 파먹을 수 있는 거야. 그런데 역시 이상해. 설마 이놈들일 줄은 몰랐어."

보보가 물가의 녀석들에게 물을 끼얹자 물을 맞은 놈들이 후다닥 튀며 흩어졌다.

"물을 무서워하는 모양이지요?"

"깊은 물에는 절대 안 들어와. 저놈들은 수영을 못하거든. 그나마 다행이지?"

"다행은 다행인데 여기서 나갈 일이 걱정이네요. 나가면 다시 달려들 테니……."

"그러게 말이야. 나 혼자라면 어떻게 빠져나갈 수 있을 텐데 너까지는……."

손에 쥐고 있던 무시무시한 개미의 목을 뜯어내어 죽여 버린 피코가 걱정스러운 듯이 보보를 바라보았고 보보는 머리만 긁적이고 있었다. 그러다가 다시 물었다.

"방법이 없나요?"

"저것들은 그리 빨리 달리지 못하니까 죽어라고 달리면 되긴 되는데 그래도 저것들이 너보다는 한참 더 빠를 거야. 게다가 저것들은 지치지도 않아. 뛰어서 도망갈 수 없다면 서식지를 벗어날 때까지 계속 물 속으로 다니는 수밖에. 아무튼 여기서 살아나면 넌 달리기 연습 좀 하고 싶어질 거다."

"쫓아버릴 수는 없나요?"

"치요가 있다면 가능하지. 하지만 우린 좀 곤란해. 덩치가 큰 한 놈이면 싸워서 죽이면 되는데 저것들은 아무리 죽여도 끝없이 달려들거든. 한마디로 끝이 없어. 게다가 수백 마리가 동시에 덤벼드니까."

"그럼 우리 소금은 어떻게 하죠?"

"지금 소금이 문제니? 죽게 생겼는데. 하지만 아까는 네가 만든 가죽 바지 덕을 보았다. 수십 마리에게 물렸는데 상처가 별로 없어."

피코가 군데군데 찢어진 가죽 바지를 만지며 피식 웃었다. 하지만 그런 피코를 바라보는 보보는 웃을 생각이 하나도 나지 않았다.

"휴~ 피코 누나는 웃을 기운이 있는 모양이네요."

밤이 깊어가고 있는데 개미라는 놈들은 갈 생각을 하지 않은 채 계속 물가를 서성이고 있었다. 차가운 물살이 빠른 속도로 몸을 훑으며 끝없이 흘러갔다.

달의 위치가 반대쪽 산으로 이동해 걸렸다. 그렇게 시간이 지나고 몸이 식어가자 덜덜 떨리기 시작했다.

"몸은 좀 어때? 아까는 거의 정신이 없더니……."

"모르겠어요. 너무 추워요."

그러자 덜덜 떨고 있는 보보를 피코가 안았다. 피코의 몸도 차갑게 식어 있었다.

"강을 따라 걸어 내려가면 우리 집이 나오지 않나요?"

"그렇긴 한데 이 강, 만만히 볼 게 아니야. 깊고 물살도 장난 아니게 빠르거든. 게다가 중간에 커다란 폭포도 있어. 거길 어떻게 통과하지? 너, 수영 잘하니?"

"아니요."

보보는 자신이 잘하는 운동이 하나도 없다는 것을 생각하고 좀 후회가 되었다. 그렇게 두 사람은 부둥켜안은 채 고민하기 시작했다. 보보를 등 뒤에서 안은 채 피코가 말했다.

"일단 날이 밝기를 기다려 보자. 저것들은 거의 밤에만 움직이니까 아침에는 무슨 수가 생기겠지."

두 사람은 물이 허벅지까지 차는 곳으로 나왔다. 날이 밝으려면 몇 시간이나 더 있어야 할지 몰랐다. 체온이 너무 떨어져서 사지에 감각이 없었고 이가 딱딱 부딪쳐 왔는데 물가에 버티고 있는 놈들은 팔짝팔짝 뛰며 떠날 생각을 하지 않고 있었다. 강가에서 달빛을 반사하는 그것들의 등딱지가 춤을 추는 도깨비불처럼 보였다.

"퍼쿵, 어서 일어나 봐. 어서."

"으응? 무슨 일이지?"

퍼쿵이 몸을 일으키며 물었다. 눈을 떠 바라보니 치요가 자신을 흔들어 깨우고 있었다. 어둠 속에서 치요의 몸이 희미하게 빛나고 있었다.

"웬일이야? 이 밤중에."

"피코에게 무슨 일이 생긴 것 같아."

"뭐라구?"

놀라서 몸을 벌떡 일으킨 퍼쿵이 치요를 따라 나왔다. 치요가 하는 말은 흘려 넘길 수가 없었는데, 그 이유는 치요는 동료들의 신변에 이상이 생기면 몸으로 느낄 수가 있기 때문이었다.

치요는 제 동료들의 이름에 주문을 걸어두고 있었다. 그 주문은 그 대상의 목숨이 위험에 처할 때 심리적 변화에 따라 급하고 강한 파장이 발생하도록 만들어놓은 일종의 구호 마법이었다. 치요는 땅의 정기를 통해서 아주 약하게나마 상대의 비정상적인 파장을 감지할 수 있었던 것이다.

치요가 보보와 유코에게 이름을 지어준 것도 그러한 까닭에서였다.

피코와 보보가 소금을 가지러 떠난 것은 어제 아침이었다. 그 애들이 간 곳은 이제 몇 시간만 지나면 돌아올 수 있는 거리에 있긴 했지만 산에는 어떤 위험이 도사리고 있을지 몰랐다.

"무슨 일이지? 이 근처에 웬만해서 피코가 당해내지 못할 짐승은 없을 텐데……."

"아니야, 그렇지 않아. 멀지 않은 곳에서 두 사람이 위험에 처해 있는 것이 느껴져."

"어느 쪽이지?"

"북쪽 폭포 근처인 것 같아."

"어서 가보자."

퍼쿵이 굴도 들어가 부식하고 큰 제 칼을 둘러메고 나오며 말했다.

"제길… 내가 갔어야 하는 건데……. 그런데 유코는 어떡하지?"

"위험하니까 그 애는 놔두고 가야지. 우레만 데리고 나올게."

치요는 유코가 자는 토굴로 들어가 우레를 안고 나왔다. 치요에게 안긴 우레는 잠이 덜 깬 얼굴로 투덜거리고 있었다.

"우레, 잠 깨워서 미안한데 좀 도와줘야겠다. 네 마력이 필요해. 너무 투덜대지 말아라 좀. 퍼쿵, 시간이 없으니 나 먼저 출발할게."

그러더니 치요가 어둠 속으로 솟아오르듯이 사라졌다. 퍼쿵은 유코가 자고 있는 토굴 입구를 커다란 바위로 꼭꼭 막았다. 유코 혼자만 있는 동안 다른 짐승들이 들어가면 큰일이기 때문이었다. 그리고 나서 치요가 말했던 폭포를 향해서 무서운 속도로 뛰기 시작했다.

"보보, 정신 차려. 잠들면 안 돼. 이봐, 눈을 뜨란 말이야!"

피코가 보보의 따귀를 때리며 소리를 질렀다. 그녀의 팔에 안겨 있는 보보의 머리가 축 늘어지기 시작했다. 아무 반응도 없는 보보의 몸이 심하게 떨려왔다. 의식을 잃은 모양으로 대답이 없었다. 이미 탈진한 상태인 데다가 너무 체온이 떨어져 다시 기절한 모양이었다. 게다가 피코 자신의 몸도 심하게 떨려오고 있었다. 몇 시간을 물속에 몸을 담그고 있었는지 체온도 떨어지고 온몸의 근육에 쥐가 나기 시작했다.

물가의 녀석들은 아예 자리를 잡고 앉아서 물러갈 생각을 하지 않고 있었지만 더 이상 기다릴 수가 없었다. 이대로 보보를 물에 담가두면 곧 목숨을 잃을 것이 분명하기 때문이었다.

피코는 결심한 듯 보보를 끌고 물가로 걸어가기 시작했다. 두 사람이 물가로 다가가자 웅크리고 있던 개미들의 움직임이 다시 분주해지기 시작했다. 피코는 검을 뽑아 들었다. 검을 크게 휘둘러 모래사장의 맨 앞줄에 모여 있던 놈들을 몇 마리 베어낸 후 그 자리에 보보를 밀어놓았다. 그리고 그 앞을 막아서자 수십 마리의 개미들이 동시에 튀어오르며 달려들었다.

휙휙 바람을 가르는 소리와 함께 퍽퍽 하고 작은 곤충이 터져 나갔다. 그러나 오른쪽에 붙은 놈을 한 마리 베어내면 왼쪽에 두 마리가 달라붙었고 왼쪽 두 마리를 베어내면 다시 다리를 네 마리가 물고 늘어졌다. 제 자신의 몸에 달려드는 놈들을 떼어내기도 바쁜데 보보의 몸에 달려드는 놈들까지 베어내자니 피코는 정신을 차릴 수가 없었다. 더군다나 피코의 몸도 물속에 오래 있어서 근육이 뻣뻣하게 굳어 있었다. 피코의 검날이 점점 느려지고 있었고 보보와 피코의 몸에 붙어 있는 개미의 수도 점점 늘어갔다.

드디어 피코의 몸에서도 여기저기 피가 흐르기 시작했다. 보보가 만들어준 가죽 재킷과 바지는 이미 너덜너덜 다 찢어져 있었다. 피코가 베어버린 개미의 시체가 커다란 더미를 이루며 쌓여 있었지만 놈들의 수는 오히려 더 늘고 있는 것 같았다.

피코가 다시 보보를 돌아보았다. 정신을 잃은 그의 몸 위에 여러 마리의 개미들이 달라붙어서 가죽 옷과 살을 물어뜯고 있었다. 바닥에는 보보의 것인지 개미의 것인지 분간이 가지 않는 피가 흥건했다.

"으으~ 이놈들, 끝이 없군. 나 혼자라면 어떻게 해보겠는데……."

피코가 다시 보보의 몸을 끌고 물속으로 들어갔다. 물가에서는 놈들이 정신없이 흥분하며 뛰어오르고 있었다.

"물속에 있어도 죽고 물 밖에 있어도 죽을 거라면 할 수 없지. 모험을 하는 수밖에……."

피코의 몸은 이제 더 이상 떨리지 않았다. 몇 시간 동인 길을 휘둘렸더니 오히려 열이 후끈거리며 올라왔다. 하지만 보보의 몸은 여전히 차가운 데다가 피까지 흘리고 있었다. 시간이 없었다.

"조금만 내려가면 폭포다. 거길 통과하는 수밖에 없어."

피코가 제 웃옷을 벗어 들더니 칼로 자르기 시작했다. 이미 수십 군데 구멍이 나 너덜너덜해진 제 옷을 여러 번 잘라 길게 이어서 끈처럼 만들더니 그것으로 보보와 제 몸을 단단히 묶었다.

"보보, 조금만 참아. 조금만 더 버티고 있어라. 꼭 살아남을 수 있을 테니까."

피코가 보보를 업은 채로 물을 휘적휘적 저으며 깊은 곳으로 들어갔다. 그리고 빠른 물살을 따라 헤엄쳐 떠내려가기 시작했다.

강가에는 이제 개미들이 제 동료들의 시체를 뜯어 먹는지 움찔거리고 있었다. 달빛에 두 사람이 물살에 휘말려 들어가는 모습이 보였다. 그리고 그들로부터 그리 멀지 않은 곳에는 달빛에 반사된 거대한 물보라가 하얗게 피어오르고 있었다.

제10장 **남과 여**

아직 어두운 새벽, 보름에 가까운 달이 온 산하를 비춰주고 있다. 희미한 그 빛 아래에 빽빽한 숲이 지붕처럼 땅을 가리고 있었고, 그 지붕의 한가운데를 가로지른 채 가느다란 강줄기가 마치 살아 있는 생명체처럼 꿈틀거리며 한 방향으로 달려가고 있었다.

그 꿈틀거리는 강줄기는 화산이 폭발한 것처럼 피어오르는 거대한 물보라를 끝으로 멈추었다. 그 물보라의 소용돌이 아래는 잔잔하고 깊은 호수가 아까와는 다른 물줄기인 양 시치미를 떼고 교교히 돌다가 그 호수의 반대 편 끝에서부터 다시 좁은 깅을 이루며 흐르고 있었다.

"콜록콜록."

기침을 하며 피코가 호수의 한쪽 기슭으로 기어올랐다. 내딛던 피코의 팔이 힘없이 꺾였다. 뒤로 묶었던 머리도 풀려 그녀의 얼굴은 온통 헝클어진 갈색 머리카락으로 덮였고 두 다리는 힘없이 꿈틀거릴 뿐 제대로 땅을 짚지도 못했다.

그녀는 너덜너덜한 바지를 걸치고 허리에 기다란 검을 차고 있을 뿐 상체는 아무것도 입지 않았고 대신 제 재킷으로 만든 가죽끈이 죽은 듯 물에 떠 있는 보보를 매단 채 그녀의 허리에 매어져 있었다.

"제기랄… 우웩, 웩."

피코가 여러 번 물을 게워냈다. 물을 많이 마신 듯 엄청난 양의 물이 피코의 입에서 쏟아져 나왔다. 물을 다 토해내고 나서야 그녀가 힘겹게 땅 위로 기어오르더니 끈을 잡아당겨 보보를 끌어 올리기 시작했다.

달빛에 비친 피코의 상처투성이 몸에는 뽀얀 젖가슴이 흔들리고 있었고 팔과 배에는 젖가슴과 어울리지 않는 울퉁불퉁한 근육이 움직이고 있었다. 강인해 보이는 그녀의 팔과 복부의 움직임과는 달리 보보는 전혀 움직이지 않았다. 그저 피코가 잡아끄는 대로 짐짝처럼 몸을 내맡기고 있을 따름이었다.

겨우 보보를 끌어 올린 피코가 보보의 배 위에 올라앉아 꾹꾹 누르며 물을 빼기 시작했다. 피코가 누를 때마다 보보의 입에서 물이 울컥울컥 쏟아져 나왔다. 피코는 필사적으로 보보의 배를 눌러댔다. 더 이상 물이 나오지 않자 이번에는 보보를 제 무릎 위에 엎어놓고 다시 눌렀다. 그러다가 그의 코에 귀를 대보고 다시 누르기를 반복하였다.

더 이상 물은 나오지 않았지만 보보는 아직도 숨을 쉬지 않았다. 몸은 얼음장같이 차가운데 떨지도 않는 것이 이미 죽은 것 같아 보였다.

당황한 듯 허둥대던 피코는 보보의 코를 막은 뒤 그의 입에 자신의 입을 갖다 대고 숨을 크게 불어 넣었다.

"후우욱!"

그렇게 몇 번을 불어넣고 다시 가슴을 누르자 또 보보의 코와 입에서 물이 울컥 나왔다.

"보보! 정신 좀 차려. 제발!"

피코는 보보의 따귀를 몇 대 세게 때렸으나 아무 반응이 없자 다시 그의 입에 자신의 입을 갖다 대고 불기 시작했다. 그렇게 몇 번이나 했을까?

"컥! 콜록!"

갑자기 보보가 기침을 하더니 움찔 몸을 움직였다. 피코의 얼굴이 환하게 펴지더니 손이 분주해졌다. 보보의 입을 통해 몇 번 더 피코의 숨이 불어넣어지자 후읍 하고 보보가 숨을 내쉬었다. 아직 눈을 뜨지는 못했지만 보보는 이제 숨을 쉬고 있었다.

그러자 이번에는 피코가 보보의 팔다리를 연신 주물러 댔다. 보보의 몸은 얼음장같이 차가웠다. 제 몸도 차갑긴 했지만 피코는 계속 움직였던 덕에 조금씩 온기가 돌아오고 있었다.

그의 팔다리를 주무르던 피코가 무엇인가 생각난 듯 몸을 일으키더니 이미 걸레가 다 된 보보의 옷을 벗겨내기 시작했다. 재킷과 바지를 모두 벗겨내고 알몸을 만들더니 옷의 물을 짜내고 그것으로 보보 몸의 물기를 닦고 다시 짜내고 주무르기를 반복했다. 물이 마르고 어느 정도 피가 돌자 보보의 몸이 심하게 떨리기 시작했다.

'어떡하지? 몸이 너무 차가워. 이러다간 죽겠는데… 몸을 데울 방법이 없을까?'

옷이 모두 젖은 데다가 폭포의 물보라가 너무 심해서 주변의 모든 나무와 풀도 축축이 젖어 있었다. 그런 상태로는 불을 피울 방법이 없었다. 잠시 고민하던 피코가 결심한 듯 보보와 그의 옷을 안아 들고 숲으로 들어가기 시작했다. 아까 그 개미 떼나 다른 짐승이 언제 또 나타날지 모르기 때문에 여간 불안한 것이 아니었지만 방법이 없었다.

폭포에서 상당히 떨어진 곳까지 온 피코가 풀의 마른 상태를 확인하더니 보보를 내려놓았다.

'선택의 여지가 없어. 이대로 놔두면 한 시간도 못 버티고 이 애는 죽고 말 거야.'

피코는 적당해 보이는 바위의 틈을 찾아내더니 그 사이에 좀 마른 풀을 모아서 깔개를 만들었다. 두껍게 깔개가 만들어지자 그 위에 알몸의 보보를 눕혔다. 그리고 검을 뽑아 들고 잠시 돌아다니며 주위를 살폈다. 아무런 기척도, 냄새도 나지 않았다. 일단 주위에 적은 없었다.

"잠시만 아무것도 나타나지 말아라. 이 녀석이 정신을 차릴 때까지만……."

보보에게로 돌아온 피코가 제 바지를 벗었다. 그리고 이제 알몸이 된 제 품 안으로 쓰러져 있는 보보의 몸을 감싸 안았다. 그런 다음 겹쳐져 있는 자신들의 몸 위로 다시 풀을 덮었다. 그녀의 오른손에는 기다란 검이 꼭 쥐어져 있었다.

"체온을 올려주려면 이 방법밖에 없어. 제발… 빨리 눈을 떠야 할 텐데……."

해가 떠오르려면 아직 한참은 더 지나야 할 것이다. 주변의 어둠을 노려보고 있는 피코의 눈이 자꾸만 감겨왔다. 피코는 필사적으로 눈을 뜨려고 노력했지만 어제 아침부터 한 번도 쉬지 않고 걸은 데다가 밤새도록 지긋지긋한 개미 떼와 사투를 벌였고 찬물에 식어버린 몸, 게다가 피도 많이 흘렸다. 이미 그녀는 너무 지쳐 있었던 것이다. 몸의 온기가 살아나기 시작하자 졸음이 쏟아져 오는 것은 당연한 일이었다.

"안 돼……. 정신을 차려야지……. 음……."

피코는 잠들지 않으려고 필사적으로 머리를 흔들고 혀를 깨물며 버텼다. 깜박깜박 정신이 나갔다가 화들짝 놀라 깨기를 몇 번, 그녀의 눈에 무엇인가 움직이는 것이 보였다.

'음… 저것은……?'

그러나 그럴 때마다 깜짝 놀라 눈을 부릅뜨고 살펴보면 아무것도 없었다.

'환각인가?'

그러기를 몇 번 되풀이하던 그녀의 머리가 힘없이 떨어져 내렸다. 손에는 자신의 검을 꼭 쥔 채로……. 다행히도 동쪽부터 어둠이 걷히며 하늘이 파랗게 물들어가고 있었다.

아직 어두운 새벽 하늘을 가르며 하얀 물체가 쏜살같이 날아가고 있었다. 먹이를 낚아채서 날아가는 독수리인가? 그것의 발에 커다란 물체가 매달려 있었다.

날고 있는 새보다 매달린 먹이가 훨씬 커 보이는 것이 이상스러운 분위기를 연출하고 있긴 했지만…….

북쪽 하늘을 향해 날갯짓을 하는 그것은 우레와 치요였다. 우레가 작은 날개를 눈에 보이지 않을 정도로 빠르게 퍼덕이며 강줄기를 따라 북쪽으로 날고 있었고 그 밑에 매달린 치요가 눈을 크게 뜨고 피코 일행을 찾는 중이었다.

우레는 잠깐 사이에 신호가 온 것으로 추정되는 지점으로 들어섰다. 달려서 몇 시간이나 걸릴 거리를 20분도 채 되지 않아 도착한 것이다. 엄청나게 빠른 속도였다.

빽빽이 들어찬 나무들 때문에 숲의 바닥은 전혀 보이지 않았다. 치요는 아까 느낌이 오던 폭포 쪽으로 우레를 재촉하며 어둠에 익숙한 눈을 고정하고 있었다.

"아주 다급한 것 같았는데……. 우레, 좀 더 빨리 갈 수 없어?"

"삐비비비……."

우레가 뭐라고 중얼거리며 더 빨리 날갯짓을 해댔다. 아마 최고 속도라고 말하는 모양이었다. 호수 위를 날고 있는 그들의 눈앞으로 멀리 물보라가 보였다. 하얀 물안개가 하늘로 솟아오르고 있었다. 폭포에 가까이 온 것이 분명했다. 그 부근 어디선가에서 분명히 위험 신호가 전해져 왔다.

"좀 낮게 날아줘. 하늘 위에서 살피는 것보다 좀 가까이에서 찾는 것이 쉬울 것 같다."

그들의 앞으로 폭포가 빠르게 다가오고 우레는 순식간에 아래로 내려가기 시작했다. 물보라를 헤치고 지나가자 바로 커다란 나무들이 엄청난 속도로 그들의 눈앞으로 들이닥쳤지만 우레는 그 사이사이를 하나도 거르지 않고 빠져 다니며 종횡무진 비행하고 있었다. 정말 생긴 것답지 않은 놀라운 솜씨였다.

한동안 숲 사이를 헤매다가 치요가 말했다.

"아까 분명히 폭포 위쪽에서 신호가 왔었는데… 공중에 있으니 신호를 찾을 수가 없네. 우레, 땅으로 내려가자. 신호를 잡아야겠어."

치요의 말과 동시에 우레는 몸을 뒤로 젖히더니 제자리에 멈췄다. 그대로 공중에 멈추어 선 채 피코는 주변을 살폈다. 아무런 움직임도 없다는 것을 확인한 치요와 우레가 바닥에 내려앉았다.

"수고했어, 우레. 이 근처에 있을 거야. 우선 서로 흩어져서 찾아보자."

그 말을 하고 둘은 흩어졌다. 동이 트려는지 나뭇잎 사이의 하늘이 남색으로 물들어오기 시작했다. 아직 어둡기는 했지만 어둠에 더 익숙한 치요의 눈은 날카롭게 빛나며 주변을 훑었다.

치요가 바닥에 손바닥을 대고 주문을 외우기 시작했다. 치요의 중얼거림과 함께 땅의 정기가 손바닥으로 흘러 들어오면서 주변의 미세한 숨소리가 치요의 귀로 느껴졌다. 피코의 구조 신호가 약하게 느껴지기 시작했다. 방향은……?

치요가 방향을 잡으려는 순간 갑자기 신호가 사라져 버렸다.

"어? 이상한데? 왜 신호가 사라졌지?"

치요의 표정이 당황한 듯 일그러졌다. 구조 신호가 사라지는 경우는 몇 가지가 있었다.

첫 번째는 위험이 없어져서 대상이 더 이상 생명의 위협을 느끼지 않는 경우였고, 두 번째는 대상이 목숨을 잃어버리는 경우였다. 세 번째는 대상이 기절하거나 잠들어서 의식이 사라지는 경우였는데 첫 번째의 경우를 제외하면 위험하기 짝이 없는 것이다.

치요는 다시 집중하며 피코와 보보의 위치를 느끼려고 하였지만 좀처럼 그들의 기색을 느낄 수가 없었다.

'이거 큰일이군. 상황이 급하게 된 것 같은데…….'

그새 우레가 날아오며 소리를 질렀다.

"삐비빅! 삐비빅!"

우레의 말은 뭔가를 발견했으니 어서 가자는 뜻이었다. 치요가 우레의 다리에 매달렸고 둘은 다시 숲 사이로 빠르게 날아갔다.

우레가 치요를 데리고 간 곳에 있던 것은 다 찢어진 가죽 배낭이었다. 거의 헤져서 걸레 같은 그 가죽 배낭이 오솔길 주변에 펼쳐져 있었다.

"이럴 수가……. 이건 피코와 보보의 것이 분명해. 그런데 얘들은……?"

치요는 주위를 두리번거리며 동료들을 찾았지만 아무도 보이지 않았고 바닥에 핏자국과 노르스름한 얼룩만이 낭자하게 흩어져 있었다.

"이 얼룩은? 당했나? 설마 피코가……? 그리 쉽게 당할 사람은 아닌데……."

"삐비비~"

우레가 한쪽을 가리키며 코를 킁킁거렸다. 바라보니 강을 향한 방향으로 핏자국이 군데군데 이어져 있었다.

"강이야. 강으로 도망간 거야. 우레, 어서 가보자."

우레는 치요의 어깨를 잡아서 다시 공중에 떠오르더니 강을 향해서 빠르게 날기 시작했다. 그리고 그들이 도착한 강가에서 무엇인가 움직거리는 것이 보였다.

검푸른 새벽빛 아래 어마어마하게 넓은 지역을 형성하며 땅이 꿈틀꿈틀 움직이고 있었다. 그리고 시큰한 냄새와 함께 숨이 막혀왔다.

"저것들은……? 역시 그랬군. 그래서 피코가 당할 수밖에 없었던 것이군."

무엇인가 불룩한 것이 더미를 이루고 있었고 그 위를 개미 떼가 온통 뒤덮고 있었다. 그들이 탁탁거리며 턱을 부딪치는 소리가 무시무시한 분위기를 자아내고 있었다.

"설마 저 더미가 피코와 보보? 우레, 날 땅으로 내려줘!"

"삐비~ 삐비~ 삐비~"

우레가 고개를 도리도리 흔들며 싫다고 했다. 너무 위험하다는 것이다.

"지금은 어쩔 수 없어. 땅에 내려서야 불을 일으킬 수 있단 말야."

개미 떼와 치요의 거리가 약간 떨어져 있기는 했지만 그래도 위험천만이었다. 우레가 계속 거절하며 치요를 내려놓지 않았다.

"야! 이거 안 봐? 피코와 보보를 구해야 해. 그리고 넌 할 일이 있어. 어서 돌아가서 유코를 지켜. 저것들은 굴 속에 숨어 있어도 아무 소용이 없으니까. 잘못하면 유코가 놈들의 먹이가 될지도 몰라."

"삑?"

우레가 흠칫 놀라면서 허둥거렸다. 유코가 위험하다는 말에 엄청 당황하는 것이 틀림없었다.

"치사한 놈, 유코만 중요하고 피코와 보보는 죽어도 괜찮다는 거냐?"

요즘 우레는 유코와 도무지 떨어지려고 하지 않을 정도로 단짝이 되어 있었던 것이다. 우레는 치요를 매단 채로 다시 날아가려 했다. 아마도 유코가 있는 동굴로 돌아가려는 것이 틀림없었다.

"이거 안 봐? 너 혼자 가란 말야, 너 혼자. 여긴 곧 퍼쿵이 올 거니까 난 괜찮단 말야. 이것 봐!"

그러면서 치요가 제 어깨를 꽉 잡고 벌써 몇십 미터나 날고 있는 우레의 발을 꽉 깨물었다.

"깨애액~"

우레가 비명을 지르며 치요를 놓쳤다. 치요는 바닥에 떨어져 뒹굴면서 소리쳤다. 그의 양손에는 우레의 부부수한 흰털이 한 움큼씩 쥐어져 있었다.

"우레, 털 좀 빌리자. 가다가 퍼쿵을 만나면 상대는 개미 떼니까 조심하라고 전해줘. 꼭~"

우레는 공중에서 몇 바퀴 치요의 머리 위를 선회하더니 곧장 왔던 방향으로 사라져 버렸다.

"피코, 조금만 기다려."

치요는 우레의 깃털을 버리지 않고 제 가슴께에 있는 안주머니에 조심스레 넣었다. 그리고는 서둘러 강가로 달려갔다. 개미들이 눈치 채고 달려들기 전에 방어진을 만들어야 했다.

치요는 바닥에 자신을 중심으로 넓게 여덟 개의 큼직한 돌을 놓았다. 정확히 동서남북과 그 사이였다. 그리고 그 돌마다 가슴 속의 우레의 깃털을 꺼내 하나씩 올려놓았다. 그 다음 품 안에서 길쭉한 막대를 꺼내더니 돌들의 사이를 금을 그어 연결했다. 다시 중심을 향하여 여덟 개의 금이 그어졌다. 마치 거미줄과 같은 모양으로 금이 그어졌다.

이어서 이상한 문양을 그리고 있는데 불쑥 개미 한 마리가 금을 넘어 들어오더니 치요에게 달려들었다. 치요는 급히 손바닥 위에 불을 일으켜 달려드는 개미를 향해 던졌다. 순식간에 화염에 뒤덮이며 개미가 타 들어갔다. 그러나 그 뒤로 줄줄이 수십 마리의 개미가 접근해 오고 있었다. 진을 다 완성하지도 못했는데 개미들이 눈치를 챈 것이다.

치요는 방어진을 포기하고 불을 부르는 주문을 외우며 양손을 펼쳤다. 순식간에 치요의 주변에 아지랑이 같은 것이 연기처럼 피어오르더니 별안간 퍼억 하는 폭발음이 들리며 빨갛게 타오르기 시작했다. 그 바람에 달려들던 개미 떼가 한꺼번에 불길에 휩싸이며 타닥 튀어올랐다. 그의 주변에 맹렬히 타오르는 불길 때문에 개미 떼는 더 이상 접근하지 못하고 있었지만 덕분에 만들다 만 방어진도 함께 타버렸다. 얼마나 뜨거운지 돌까지 녹아내리고 있었던 것이다.

"제기랄, 방어진도 같이 태워 버렸네. 너무 급해서 세기 조절을 못했어."

치요는 중얼거리더니 불을 거두었다. 치요를 중심으로 반경 5미터 정도 되는 원이 새까맣게 그을린 채 연기가 모락모락 피어오르고 있었다.

다시 방어진을 만들어야 했다. 왜냐하면 불을 쏘아내는 데는 많은 마력이 소모되었기 때문에 장시간 사용할 수가 없었다. 그래서 지형을 이용하여 땅의 정기를 빌려 방어진을 형성해야만 안전하기도 했고 마력 소모를 최소로 줄이며 장시간 싸울 수가 있는 것이다.

방금도 강한 불을 일으키는 바람에 꽤 많은 힘을 사용했다. 치요는 주위의 불을 최소로 줄였다. 거의 그의 피부 주변에만 열기가 남아 있을 뿐 더 이상 주변의 사물을 태우지는 않았다.

치요는 마음이 더 급해져서 무엇부터 해야 할지 잘 분간이 가지 않았다. 우선 개미 떼가 둘러싸고 있는 불룩한 더미가 무엇인지 확인하기로 결정을 내리자 품속으로 손을 넣어 우레의 깃털 하나를 꺼냈다. 깃털을 든 그의 손에서 파랗고 동그란 불의 공이 떠오르더니 더미로 쏘아져 나갔다. 불은 정확히 그 더미에 맞았다. 그런데 조금 전처럼 순식간에 개미를 태우며 소멸하지 않고 그냥 남아서 더미 주위를 돌며 계속 열을 내고 있었다. 그러자 그 불덩이에 닿은 개미는 몸을 뒤틀며 경련하더니 차례로 하나씩 떨어져 나가는 것이었다.

치요의 주위에도 다시 개미 떼가 모여들고 있었지만 약한 열기가 치요의 몸을 감싸고 있어 함부로 달려들지는 못하고 있었다. 그래도 개미 떼는 겁먹지 않고 꾸역꾸역 치요의 주위로 몰려들었다.

치요는 제 몸에 남아 있는 마력의 소모를 최소한으로 줄이기 위해 정신을 집중하며 쏘아낸 파란 불을 주시했다. 개미가 어느 정도 떨어져 나가고 나더니 더 이상 떨어져 나가지 않았다. 더미는 아직도 개미들에 둘러싸인 채 꼼짝도 하지 않았다.

'이상한데. 저 불에 견딜 놈들은 없을 텐데……'

치요는 불을 하나 더 쏘아 보냈다. 그러나 그 더미를 둘러싸고 있는 개미는 꿈쩍도 하지 않았다. 치요가 고개를 갸우뚱했다. 직접 가서 개미들을 떼어낼 수도 없는 상황이었다.

그 순간에도 개미들은 치요를 물려고 달려들다가 열기에 뒤로 물러나기를 되풀이하고 있었다.

그때였다. 뒤쪽에서 나무들이 툭탁거리며 부러지는 소리가 들리더니 퍼쿵이 성난 멧돼지처럼 달려들고 있었다. 치요를 둘러싼 개미의 일부가 방향을 바꿔 퍼쿵에게 접근하기 시작했다. 퍼쿵은 무식하게 큰 검을 뽑아내더니 주변을 한번 휙 돌렸다. 2미터나 되는 퍼쿵의 검이 돌자 주위에 있던 개미가 한꺼번에 부서지며 날아갔다. 퍼쿵은 개미 떼를 베어내며 약한 화염에 둘러싸인 치요를 보았다.

"치요, 괜찮니? 피코와 보보는?"

"난 괜찮은데 그 애들은 아직 찾지 못했어. 쿵은 괜찮아?"

"난 문제없어. 어서 애들을……"

수백 마리의 개미 떼가 맹렬히 달려들었지만 퍼쿵은 길길이 날뛰면서 바닥을 새까맣게 덮은 개미들을 짓뭉갰다.

"쿵, 조금만 시간을 끌어줘. 내가 방어진을 만들 때까지만."

"염려 말아. 난 아직 문제없으니까."

개미 떼는 치요와 퍼쿵에게 두 패로 나뉘어 달려들었지만 퍼쿵이 치요의 주위에 있는 개미들을 사정없이 뭉개 버리자 치요는 서둘러 다시 방어진을 만들기 시작했다.

다시 주위에 큼직한 돌을 쌓아 그 사이에 금을 긋고 우레의 털을 올려놓았다. 그리고 마침내 방어진이 완성된 듯 치요는 주문을 외우기 시작했다. 서서히 숲과 땅의 정기가 진으로 흘러 들어오기 시작했다.

그리고 개미들은 더 이상 공격해 들어오지 않았다. 이미 들어와 있는 개미는 치요가 불을 일으켜 태워 버렸다. 이제 방어진 안에는 퍼쿵과 치요 이외에는 아무도 없게 되었다. 개미들은 웬일인지 방어진으로 들어오지 않고 주변을 빙 돌아가고 있는 것이었다.

"됐어. 이제 피코와 보보를 찾아보자."

사방에서 방어진 안으로 흘러 들어온 숲의 정기는 진의 안과 주위를 소용돌이치다가 자연스럽게 들어온 반대 방향으로 빠져나갔다. 마치 바람이 거침없이 불어가는 형상이었는데 진의 밖에서는 진의 존재를 전혀 느낄 수가 없도록 하는 방법이었다. 그래서 개미들에게는 치요와 퍼쿵이 갑자기 세상에서 사라진 것처럼 느껴지게 되어 공격이 멈추게 된 것이다.

그것들은 방어진 주위를 빙 돌아서 지나가면서도 자신들이 직진으로 가는 줄 알고 있었고, 진의 양쪽 둘레에 있는 개미들은 서로 바로 옆을 지나는 것처럼 느꼈다. 이 상태의 방어진은 진을 형성한 매개체를 몸에 지니지 않고는 그 누구도 발견할 수가 없었다.

"쿵, 이것을 가지고 있어. 그래야 다시 진 안으로 돌아올 수 있으니까."

치요가 건네준 것은 우레의 깃털이었다. 치요가 방어진을 만드는 데 이용한 매개체는 우레의 털이었던 것이다. 그냥 돌이나 나무 등을 사용해서도 방어진을 만들 수는 있었지만 우레의 털은 주변의 마력을 강하게 흡수하기 때문에 진의 위력을 최대 열 배 이상으로 배가시킬 수 있었다.

"이것만 가지고 있으면 이곳으로 돌아올 수가 있단 말이지?"

"그럼."

"피코와 보보는 어디에 있는 것일까?"

"글쎄, 일단 저 개미 더미 속을 살펴봐야겠는데……."

"좋아. 내게 맡겨줘."

깃털을 가슴 속에 품은 퍼쿵이 검을 치켜들고 쏜살같이 밖으로 달려 나갔다. 갑자기 나타난 먹이의 낌새에 개미들이 다시 흥분하며 방향을 돌렸다. 퍼쿵은 더미에 도달하자마자 더미를 파헤치기 시작했다.

그 뒤로 달려드는 개미 떼는 치요가 다시 날린 파란 불덩이 몇 개가 빙빙 돌며 태워내고 있었다. 퍼쿵은 개미 더미를 조심스레 걷어냈다. 혹시 안에 든 것이 제 검에 의해 다칠까 봐서였다. 그러면서 생각했다.

"이 정도로 개미 떼에게 덮여 있었다면 이미 죽었을 텐데……."

불길한 생각을 떨쳐 버리고 개미를 다 걷어내자 바닥에는 웬 짐승의 뼈가 거의 엎드린 모양 그대로 하얗게 남아 있었다. 그리고 뼈의 사이에 아직도 개미 떼가 들어서 꼼지락거리고 있었다.

퍼쿵이 소리쳤다.

"치요, 이건 사람이 아니야. 멧돼지의 뼈야!"

그 말에 치요가 가슴을 쓸어 내렸다.

"휴우~ 다행이다."

퍼쿵은 다시 방어진으로 달려들어 왔다. 몇 마리가 퍼쿵의 다리에 매달려 들어왔지만 곧 퍼쿵의 손에 으깨져 버렸다.

"저건 피코와 보보가 아니야. 아이들은 도대체 어디로 갔을까?"

"그래도 일단은 다행이네."

치요는 걱정이 되었지만 그래도 일단 안심이 되는 모양이었다. 그때 동쪽 산마루에서 해가 올라오기 시작했다. 정신없이 싸우느라 날이 밝아오는 것도 몰랐던 것이다.

해가 떠오른 데다가 다시 먹잇감이 사라지자 개미들은 숲 속으로 이동하기 시작했다. 워낙 기억력이 없어서 눈앞에 먹이만 없으면 곧 잊어버리는 것이 저놈들의 특징이었다. 야행성인 그놈들은 서둘러 제 집으로 돌아가는 모양으로 땅을 온통 뒤덮을 것처럼 많던 놈들이 순식간에 사라져 버렸다.

이제 바닥에는 그놈들의 시체만이 뒹굴고 있었다. 놈들이 모두 사라지자 치요와 퍼쿵이 방어진에서 나왔다.

"우리가 죽인 것보다 개미의 시체가 훨씬 많은 것 같지 않아?"

"글쎄, 난 몇 마리 안 죽었는데……."

바닥에는 수백 마리, 아니, 그보다 훨씬 더 많은 개미가 토막난 채 뒹굴고 있었다. 두 사람은 개미의 시체를 살피며 상의했다.

"이건 내 칼에 맞은 자국이 아니야. 개미들은 작은 데다가 단단해서 내 칼에 맞으면 베어지지 않고 터져 버리는데 이건 깨끗하게 잘려져 나갔잖아?"

"그래, 이건 피코의 칼에 당한 자국이야. 틀림없어."

"그렇다면 아직 살아 있겠군."

"내가 처음에 도착했을 때만 해도 피코와 보보로부터 들려오는 신호가 분명히 있었어. 하지만 바로 없어졌어. 지금도 전혀 느껴지지 않아."

"도대체 어디에 있는 것일까? 설마 아직 살아 있겠지?"

"피코는 그렇게 쉽게 죽을 사람이 아니야. 보보 혼자였다면 모르지만… 전에도 개미 떼와 싸워서 살아남았었잖아?"

"그래, 그러니까 강으로 도망쳐 온 것일 테고… 그렇다면 강을 따라 내려갔겠군."

"좋아. 강을 따라 내려가면서 찾아보자."

치요가 마법으로 만든 진을 걷었다. 우레의 깃털도 걷어내었다. 진을 걷어내는 것은 바닥의 돌 하나만 걷어차서 제 위치를 벗어나게 하면 되었다. 치요가 돌 하나를 치우고 바닥에 그려진 금과 문양을 지워버리자 순식간에 방어진은 효력을 상실하며 없어졌다.

강을 따라 내려가면서 치요가 말했다.

"설마 물에 빠져 죽지는 않았겠지?"

"피코는 거의 물고기야, 물고기. 그래도 어디 부상을 당했을 수는 있지. 이 아래는 폭포가 있으니까."

"보보는?"

"글쎄… 그 애는 어쩌면……."

퍼쿵은 말을 흐렸다. 불길한 말을 입에 담기에는 상황이 너무 그들에게 불리했던 것이다. 그렇게 두런두런 추론을 해가며 달리는 두 사람 앞에 하얀 물보라를 일으키며 거대한 폭포가 나타났다.

퍼쿵이 치요를 등에 업었다. 그러더니 폭포 옆으로 잘라낸 듯 붙어 있는 바위 벼랑을 기어 내려가기 시작했다. 그들의 모습은 마치 벼랑에 매달린 곰의 등에 새 한 마리가 앉아 있는 것처럼 보였다.

"여기는……?"

보보가 꿈틀거리며 눈을 떴다. 온몸이 쓰리고 아팠지만 춥지는 않았다. 움직이기가 힘들어서 가만히 누운 채로 간밤의 기억을 떠올렸다.

물속에서 피코와 개미들을 바라보고 있던 것, 그리고 피코가 뒤에서 안아주던 것, 너무나 추워서 죽을 것 같던 기억이 났다. 그리고는 아무 생각이 나지 않았다.

눈앞으로 마른 낙엽들이 보이고 무엇인가 따뜻하고 묵직한 것에 깔려 있는 것 같았다. 가만히 밀어내며 몸을 일으키니 눈앞에 피코가 잠들어 있었다. 기다란 팔과 다리로 자신의 몸을 온통 감고 있었다.

피코가 알몸인 것에 놀라 자신의 몸을 내려다보니 자신도 알몸이었다.

"읔!"

제 몸을 내려다보기 위해 고개를 조금 숙인 것뿐인데 목뒤가 뻣뻣한 것이 아파왔다. 손을 목으로 가져가 주무르다가 제 몸이 온통 뜯긴 상처투성이인 것을 알았다. 게다가 상처가 난 곳들이 퉁퉁 부어 있었다. 팔다리는 물론이고 몸통과 얼굴까지 부은 상처였다.

'이 상처는……? 개미에게 물린 상처인가? 그렇다면 피코 누나가…날?'

피코가 자신을 구해낸 것이란 생각이 들자 콧등이 시큰해 왔다. 피코의 팔과 다리에도 여기저기 부은 상처가 많이 있었다. 피코는 잠든 와중에도 손에 검을 꼭 쥐고 있었다.

너무 고맙고 미안하다는 생각이 들어 가슴속에서 무엇이 울컥 하고 올라왔다. 간밤에 피코가 한 말이 생각났기 때문이다.

"그러게 말이야. 나 혼자라면 어떻게 빠져나갈 수 있을 텐데 너까지는……."

'피코가 나 때문에 밤새도록 그 괴물들과 싸웠겠구나. 하지만 어떻게 그 많은 놈들한테서 빠져나왔지? 강물을 따라 도망왔나?'

"그렇긴 한데 이 강 만만히 볼 게 아니야. 깊고 물살도 장난 아니게 빠르거든. 게다가 중간에 커다란 폭포도 있어. 거길 어떻게 통과하지? 너 수영 잘하니?"

기억이 없으니 영문을 알 수 없었지만 간밤에 피코와 나눈 얘기를 토대로 생각해 보면 밤새 싸우다가 결국 강물을 타고 빠져나온 것 같았다.

멀리서 폭포 떨어지는 소리가 콰콰거리며 들려오고 있었다. 서늘한 물보라의 냄새도 느껴졌다. 피코의 몸에 마른 나뭇잎을 잘 덮어주고서 보보가 비틀거리며 빠져나왔다. 호수의 기슭이 틀림없었다. 해가 많이 솟아오른 것으로 보아 정오가 거의 다 된 것 같았다.

바위 위에 펼쳐진 옷이 보였다. 거의 찢어진 걸레 수준이었지만 아직 형태는 남아 있었다. 약간 축축했으나 따스한 햇살을 받아 거의 다 말라가고 있었다. 어쩐 일인지 바지 두 벌에 상의 한 벌뿐이었다. 옷의 크기로 보아서 피코의 상의가 없어진 것 같았다. 보보는 바지를 탈탈 털어 입었다. 그리고 피코에게도 입히기 시작했다. 바지와 제 상의를 입혔다. 그녀는 옷을 거의 다 입히도록 잠에서 깨지 않았다.

'얼마나 피곤했으면……'

생명의 은인이라고 생각하니 알몸의 피코를 보고도 이상한 생각이 들지 않았다.

긴 검을 꼭 쥐고 있었기 때문에 오른 소매를 끼워 넣을 수가 없어서 피코의 손에서 검을 빼내려고 하자 그녀는 손에 힘을 꽉 주더니 흠칫 놀라며 눈을 떴다.

"보보, 깨어났구나. 다행이다."

피코가 미소를 지었다. 갑자기 그 말을 듣자 눈물이 핑 돌았다.

"누나, 고마워요. 나 때문에……."

"울지 마, 보보. 살아나서 정말 다행이다."

그제야 피코는 검을 놓고 보보가 하는 대로 소매에 팔을 끼워 넣었다. 재킷이 작아 단추가 잠기지 않았다. 좀 우스꽝스럽긴 했지만 지금 그런 것이 우스워 보일 감정 상태가 아니었던 보보는 피코의 목 아래로 제 팔을 베어주고 누웠다. 조그만 사람의 팔을 큰 사람이 베고 있으니 뭔가 좀 어색했지만 보보는 피코의 머리를 편하게 해주고 싶었던 것이다. 피코가 몸을 일으키며 주변을 둘러보았다.

"위험한 것은 이제 없나?"

"없어요. 제가 살펴봤어요."

피코가 다시 검을 쥐며 일어서더니 보보를 향해 웃으며 말했다.

"후후, 글쎄… 널 믿을 수가 있어야지."

"괜찮다니까요. 누나… 조금 더 자요."

"그래, 조금만 더 쉬자."

피코가 다시 몸을 누이자 보보가 얼른 그녀의 머리 아래에 제 팔을 끼워 넣었다.

두 사람은 다시 바위틈에서 부둥켜안고 있었다. 이상하도록 포근한 느낌이 온몸을 편안하게 감싸왔다. 목숨을 걸고 지낸 밤이 두 사람에게 엄청난 친밀감을 전해주고 있는 것 같았다.

피코는 금방 잠이 들었지만 보보는 한참 동안 뒤척이며 생각에 잠겼다.

'이 누나는 생각보다 따뜻한 사람이구나. 말을 막해서 무서운 사람인 줄만 알았었는데…….'

얼마간 시간이 지나고 피코의 숨소리만 색색거리며 들려왔다. 생각에 잠겨 있던 보보가 피코의 잠든 얼굴을 그윽하게 바라보더니 얼굴이 빨개지며 갑자기 소리없이 미소를 지었다.

'우훗! 어쩌지? 나 이 누나랑 꼭 안고 있어. 괜히 옷을 입혔나? 여긴 우리 둘뿐인데……. 훗! 아이, 그것 참, 후회가 되네. 옷 입기 전에 좀 자세히 볼걸.'

맘에 여유가 생기자 자연의 섭리란 놈이 또 고개를 내미는 것이었다.

보보는 가슴이 두근거려 피곤한 몸에도 불구하고 잠이 올 것 같지 않았다. 시간이 지날수록 망상은 점점 더 보보를 지배해 정신이 또렷해져 갔다.

너덜너덜한 제 재킷을 입은 피코의 앞가슴이 불룩하게 보였다. 그 하얀 속살이란……. 보보는 제 목을 슬며시 구부려 그것을 바라보았다. 목이 뻣뻣해서 아팠지만 지금 그게 문제가 아니라 들키지 않는 것이 더 문제였다. 몸을 뒤척이는 척하며 슬쩍 자유로운 쪽의 어깨로 피코의 가슴을 건드려 보았다.

'오옷! 이 감촉! 한 번만 만져 봤으면 좋겠다.'

보보는 슬쩍 손을 뻗어 조심조심 피코의 앞자락을 들췄다. 피코의 숨소리에 따라 연분홍색의 유두가 같이 오르락내리락하고 있었다.

'아아~ 어쩐다? 딱 한 번만 만져 볼까?'

보보는 갈등에 싸여서 끙끙 앓고 있었다.

'아, 아니야. 역시 안 돼. 들키면 맞아 죽을 거야. 그래. 그, 그래도 피코는 지금 잠들어 있는데……'

보보의 손이 덜덜 떨며 피코의 가슴으로 다가갔다. 거의 손이 닿으려는 찰나,

"으음~"

갑자기 피코가 몸을 뒤척이며 움직였다. 그러자 거의 닿을 듯이 손을 뻗었던 보보가 소스라치게 놀라며 펄쩍 뛰더니 자는 척 눈을 감으며 몸을 반대 편으로 돌렸다.

"혁! 쿨~ 쿠구울~"

"음~ 얘 왜 이렇게 잠투정이 심하냐?"

피코가 몸을 일으켰다. 그리고는 보보를 밀어놓고 일어섰다.

'허걱허걱, 들키지 않았나 보다. 큰일 날 뻔했네.'

보보는 식은땀을 질질 흘리며 잠든 척을 하고 있었다. 그런데 일어선 피코의 얼굴도 뭔지 어색한 표정으로 발갛게 달아올라 있었다. 벌건 얼굴로 벌어진 앞자락을 추스리며 주위를 둘러보는데 호수 쪽에서 무슨 소리가 들렸다.

"피코~ 보보~ 어니 있냐~"

멀리서 들려오는 외침은 퍼쿵의 목소리였다.

가만히 고개를 돌려 바라보던 피코는 소리가 나는 쪽을 향해 크게 소리쳤다.

"여기야~ 퍼쿵~ 이쪽이야!"

엄청 커다란 목소리였다. 그 정도 큰 소리가 났으면 잠에서 깨지 않을 리가 없는데 보보는 전혀 반응이 없이 계속 잠을 자고 있었다. 아마 일어나기가 무서웠던 것이겠지…….

혼자 소리나는 쪽으로 뛰어가려다가 멈추어 선 피코는 잠시 머뭇거리더니 보보를 흔들어 깨우기 시작했다.

"보보, 일어나! 퍼쿵이 왔어. 어서 일어나 봐."

"으응~ 무, 무슨 일이에요?"

"어, 응. 퍼, 퍼쿵이 우리를 찾아왔어. 어서 일어나야 해. 따라와."

보보가 어리둥절한 척 묻자 피코는 왠지 말을 더듬더니 보보의 시선을 외면하며 앞서 달려갔다.

그 뒤를 보보가 우물쭈물 따라 뛰었다.

"피코, 무사했구나! 보보는?"

피코를 발견한 퍼쿵이 달려오며 외쳤다. 퍼쿵의 어깨 위에는 치요가 올라앉아 있었다.

"퍼쿵! 어떻게 우릴 찾았어?"

"미안. 너무 늦었지? 좀 더 서둘렀어야 하는 건데……. 아무튼 무사했으니 다행이다."

"피코, 미안해. 내가 좀 더 일찍 찾았어야 하는 건데. 옷 꼴을 보니 엄청 고생했나 보네. 야, 보보, 너 거기 숨어서 뭐 하는 거냐?"

치요의 말에 나무 뒤에 숨어 있던 보보가 깜짝 놀라며 걸어나왔다. 걸레 같은 바지만 입고 상의는 벗은 채 엉거주춤한 포즈로……. 피코의 바지도 다 해어져 있었고 상의는 다 찢어진 데다가 작은 것을 억지로 끼워 입어서 우스꽝스럽기 그지없었다.

"우선 내 것을 걸치고 있어라."

퍼쿵이 상의를 벗더니 피코에게 걸쳐 주었다. 퍼쿵의 상의는 피코에게는 거의 코트 같아 보였다. 아무래도 여자인 피코가 거의 헐벗고 있으니 안되고 민망한 모양이었다.

치요가 밝게 웃으며 말했다.

"역시 피코야. 피코가 그 따위 개미 떼에게 당할 리가 없지."

"말도 마라. 거의 죽을 뻔했어. 얘는 기절했지, 놈들은 달려들지 정말 죽을 뻔했다니까. 네 생각이 간절하더라."

"아무튼 미안해, 늦어서."

"아니야. 이렇게 잘 살아 있는걸 뭐."

"그런데 너희들……?"

"응?"

"아, 아냐."

치요가 이상한 듯 고개를 갸우뚱하며 말하다가 그만두었다. 전 같으면, 아니, 어제 아침까지만 했어도 피코가 보보의 어깨를 확 둘러 안으며 자신의 무용담을 자랑하느라 시끌벅적했을 텐데 지금은 왠지 두 사람이 두어 발짝쯤 떨어져서 서로 얼굴도 마주치지 않고 어색하게 서 있었던 것이다. 이상한 표정으로 서로 말도 하지 않고…….

'둘이 싸웠나? 아니, 너무 힘들어서 그렇겠지.'

잠시 갸우뚱하던 치요는 별일 아니겠거니 생각하고 돌아서 걷기 시작했다.

"우선 집으로 돌아가자. 가서 대책을 강구해 봐야지. 이 근처에 개미 떼가 나타났으니 더 이상 여기서 살 수는 없을 거야."

치요가 내려오고 퍼쿵이 보보를 업었다. 보보는 온몸이 퉁퉁 부어서 누가 봐도 환자처럼 보였다. 앞장서서 걷던 치요가 말했다

"어서 돌아가야 해. 개미 떼가 우리 집을 공격할 수도 있으니까. 유코와 우레가 거기에 남아 있어."

"그렇다면 큰일이네. 개미 떼가 거기까지 갈 수도 있니?"

눈을 동그랗게 뜨고 보보가 물었다. 하도 퉁퉁 부어서 남들은 눈치채지 못했지만 제 딴에는 크게 뜬 것이었다.

"모르지. 원래 이 근처에 살던 놈들이 아니니까 어디에 정착할지는……. 우리 집에도 갈 수 있다는 것은 확실해. 어디든지 갈 수는 있어. 만약 그놈들이 이동하는 도중에 걸리는 것은 상대가 누구라도 죽는다고 봐야 해. 특별히 준비하고 기다리는 것이 아니라면."

"유코가 큰일이다. 어서 집으로 가요, 퍼쿵 형. 나도 걸어서 갈래요. 내려줘요."

보보가 당황해서 난리였다. 그러자.

"그냥 그대로 가. 넌 지금 얼마 걸을 수 없어, 보보."

피코가 보보의 등에 손을 얹으며 말했다. 그런데 피코의 표정이 좀 좋지 않아 보였다. 그걸 보고 퍼쿵이 말했다.

"피코, 몸이 안 좋니? 너도 업어줄까?"

"아니, 난 됐어."

피코가 툭 내뱉더니 앞서 걸어가기 시작했다. 그런 피코를 잠깐 바라보던 보보가 말했다.

"피코 누나, 미안해요. 저 때문에 많이 다쳐서……. 그리고 정말 고마워요, 구해줘서."

"됐어. 빨리 가기나 하자."

피코가 퉁명스럽게 쏘았다. 눈길도 마주치지 않고. 그런 모습을 보보가 의아함 반 불안함 반 섞인 표정으로 바라보았다.

'앗! 피코 누나가 갑자기 왜 저러지? 뭣 때문에 화가 난 걸까? 혹시 내가 한 짓을 눈치 챈 것일까?

네 사람은 빠른 걸음으로 집을 향해 돌아가기 시작했다.

제11장 지각 변동

해가 서편에 걸렸을 때쯤 네 사람은 집에 도착했다.

"유코, 유코, 어디 있니?"

보보가 절뚝거리며 소리쳤다. 치요와 퍼쿵도 여기저기 찾아보고 있었다. 근처에 이상한 흔적은 없었다. 나무에 널어져 있는 가죽도 그대로이고 토굴을 막아놓은 바위도 그대로였다.

보보는 유코를 위해 만들어놓은 작은 입구로 달려갔다. 유코와 보보가 바위를 밀어내지 못했기 때문에 나무로 조그만 문을 만들어놓았던 것이다. 몸을 웅크려야 한 사람이 겨우 드나들 수 있는 작은 출입구였다. 물론 퍼쿵은 절대 출입이 불가능했지만.

"안에 아무도 없어요?"

토굴로 들어갔던 보보가 다시 나오며 소리쳤다.

"음… 애들이 어디로 간 거지?"

"우레가 같이 있으니까 별일은 없을 거야."

치요가 보보를 안심시키려고 한 말이었다. 그러나 치요의 표정도 불안하긴 마찬가지였다.

그때 강 쪽에서 무슨 소리가 들렸다. 모두의 시선이 소리나는 쪽으로 돌아갔다. 강 쪽에서 피코가 걸어오며 말하고 있었다.

"걱정들하지 마. 여기 찾아왔으니까."

피코의 뒤에는 유코가 웬 여자 아이와 함께 걸어오고 있었다. 보보가 절뚝거리며 유코에게 달려갔다.

"유코, 무사했구나."

유코도 만신창이가 된 보보를 보고 놀라며 물었다.

"보보, 너 꼴이 그게 뭐야? 무슨 일 있었어?"

퉁퉁 부은 상처로 알아보기도 힘들게 된 보보의 손을 잡으며 유코는 호들갑을 떨었다. 그 뒤에 서서 무뚝뚝한 표정으로 두 아이를 바라보던 피코가 아무 말 없이 홱 돌아서더니 혼자 토굴 안으로 들어가 버렸다. 그러나 유코를 바라보느라 아무도 눈치 채지 못했다.

"소금을 가지고 오다가 개미 떼의 습격을 받았거든. 이젠 괜찮아. 나보다 피코 누나가 많이 고생했어. 피코 누나! 어? 어디 갔지?"

피코가 사라져 버린 것을 그제야 모두들 알아챘다. 치요가 말했다.

"피코가 몸이 많이 안 좋은가 봐. 아까부터 표정이 좀 안 좋았어."

"어디에 가 있었던 거니? 그리고 저 여자는 누구야?"

보보가 유코의 뒤에 서 있는 한 여자 아이를 보며 물었다. 키가 유코보다 좀 작고 귀엽게 생긴 여자 아이였다. 퍼쿵과 치요는 피식 웃었지만 보보만이 어리둥절한 표정이었다.

"누구게?"

유코가 장난치듯이 되물었다.

"글쎄, 처음 보는데……?"

"내 친군데… 알아맞춰 봐."

유코는 계속 장난을 치고 있었다. 그때 그 여자애가 앞으로 나오며 보보에게 손을 내밀었다. 얼떨결에 손을 잡힌 보보가 더듬거렸다.

"어엇? 누, 누구세요? 전 보보라고 합니다만."

"삐비비~"

"엣? 이 목소리는……?"

깜짝 놀라 잡힌 손목을 빼며 보보의 눈이 휘둥그레졌다.

"딩동뎅! 맞았습니다. 우레 양입니다. 하하하!"

"이, 이게 우레라고? 어째서?"

피쿵과 치요도 크게 소리 내며 웃고 있었다. 그리고 우레라는 그 여자애는 갖은 아양을 다 떨면서 몸을 이리저리 꼬아대고 있었다.

"응, 오늘 아침에 우레가 나를 막 깨우더니 데리고 강가로 갔어. 아무도 없어서 다들 어디 갔는지 물었지. 개미가 어쨌느니 피코와 보보가 큰일이라느니 하면서 뭐라고 막 떠드는데 얘 말을 믿을 수가 있어야지. 한참을 있다가 배가 고파서 다시 돌아오려고 하는데 우레가 자꾸만 집으로 못 가게 하는 거야. 물 가까이에 있어야 한다나 뭐라나. 배가 고프다고 했더니 나를 강가에 남겨놓고 제가 가서 고기를 한 덩어리 가지고 오더라. 그래서 그것을 구워 먹으며 계속 강가에 있었는데 갑자기 우레가 몇 바퀴 돌더니 이렇게 여자애로 변하는 거야. 나도 깜짝 놀랐어. 이 애가 변신 능력이 있다는 것은 처음 알았거든. 그런데 목소리는 여전히 삐비비지 뭐니? 그래서 여태껏 둘이 강가에 앉아서 얘기하며 기다리고 있었어."

보보가 믿을 수 없다는 듯이 물었다.

"여태껏 얘기했다고? 너 지금 우레가 말을 할 수 있다는 거니? 말도 안 돼."

"그럼. 난 다 알아들을 수가 있어."

유코가 당연하다는 듯이 말했다.

돌아오는 내내 계속 유코를 걱정하던 일행은 그녀가 무사한 모습을 보고 안심이 되어서 모두 표정이 밝아졌다. 게다가 유코가 우레와 말이 통한다고 하자 그 얘기에 빠져서 위험한 지금의 상황을 잠시 잊은 듯했다.

퍼쿵도 고개를 갸우뚱하며 말했다.

"정말이냐, 유코? 우레의 말은 치요밖에 못 알아듣는데?"

유코가 대답했다.

"그럼요. 저는 우레랑 말이 통해요."

치요도 의외라는 표정이었다.

"우레가 입고 있는 옷은 네 것 같은데?"

그러자 유코가 우레의 가슴 쪽을 잘 여며주며 말했다.

"응. 처음에 변했을 때는 알몸이었는데 내가 어찌나 민망하던지……. 그래서 내 옷을 입혔어. 여자애가 발가벗고 있어서야 되나."

그 말을 한 유코는 문득 전에 제가 발가벗고 굴에서 뛰어나왔던 일이 떠올랐다. 그래서 앞에 서 있는 세 남자를 흘낏 쳐다봤다. 혹시 그 일을 생각하고 있나 해서였다. 그러나 지쳐 보이는 세 남자는 아무 표정도 없었다.

'휴~ 다행이군. 기억하지 못하나 봐. 호호.'

우레는 여전히 비비 꼬며 예쁜 척을 하고 있었다. 그것을 바라보다가 보보가 말했다.

"어째 하는 짓은 너랑 비슷한 것 같다."

"뭐? 내가 저렇게 닭살스럽게 굴었다는 거야?"

"응, 아, 아니, 좀 비슷하다는 거지 내 말은……."

"보고 배운 게 유코니 비슷할 수밖에."

언제 나왔는지 피코가 한마디 했다. 그녀는 벌써 새옷으로 갈아입고 있었고 또한 보보의 옷도 들고 있었다.

"보보, 옷 갈아입어. 그리고 상처를 치료해야지."

"어, 그래요. 피코 누나는 몸 괜찮아요?"

"너나 조심해. 난 괜찮으니까. 이리 와."

피코는 여전히 냉랭한 말투였다. 보보는 참 이상하다고 생각했다. 밤새 잘 지냈고 아침에는 더없이 다정했는데 퍼쿵과 치요가 온 다음부터 왠지 쌀쌀해졌다는 생각이 들었던 것이다.

피코의 변한 행동을 이상하게 생각한 것은 퍼쿵과 치요도 마찬가지였지만 아무도 그에 대해 말을 하지는 않았다. 워낙 피코가 직선적인 성격이라 건드려 봐야 좋을 것도 없기 때문이었다.

피코가 다짜고짜 보보를 한구석으로 데려가더니 직접 보보의 상처에 약초를 발라주기 시작했다. 나머지 네 사람 모두―우레까지―멀뚱히 그 모습을 바라보기만 하고 있었다.

"아~ 아파요. 살살 좀 해요."

"가만히 있어. 개미는 독이 있어서 이걸 바르지 않으면 금방 상처가 곪는단 말야. 바지도 벗어. 얼른!"

그 말에 보보가 몸을 일으키려 하다가 말했다.

"아이~ 바지를 어떻게 벗어요?"

"시끄럿! 이미 다 봤어. 지금 창피한 게 문제야?"

그러면서 피코가 걸레같이 너덜너덜한 보보의 바지를 확 뜯어냈다. 바지가 힘없이 찢어져 나갔고 보보가 펄쩍 뛰었다.

"자, 잠깐만요. 내가… 내가 벗을게요."

얼굴이 새빨개진 보보는 버둥거리며 뒤의 사람들 눈치를 보느라 정신이 없었고 피코는 벗겨진 보보의 엉덩이며 허벅지에다 우악스럽게 약초를 붙여댔다. 다른 사람들은 그 모습을 말없이 바라보다 서로 얼굴을 마주 보다 했다.

"피코가 왜 저래요?"

유코가 기분 나쁘다는 듯이 말했다.

"글쎄……."

퍼쿵도 고개를 갸우뚱하며 유코를 바라보았다. 그때 치요가 사람들의 주의를 모으며 말했다.

"그건 중요한 것이 아니고, 앞으로 어떡할 거야?"

"음… 생각 좀 해봐야지."

"도대체 무슨 일이 있었던 거야?"

영문을 모르는 유코가 물었고 치요가 대충 상황 설명을 해주었다.

"남쪽으로 일주일 정도 내려가면 높은 고원 지대가 있어. 아주 먼 곳이야. 거긴 물도 부족하고 워낙 지대가 높아서 식물도 잘 자라지 않는 황무지지. 그래서 사람은 실지 않는데 무시운 개미가 실고 있었어. 전에 우리도 몇 번 마주친 적이 있는데 아주 위험한 놈들이야. 가끔씩 이동을 하며 주변을 습격하는데 그놈들이 지나간 자리에는 살아 있는 동물이 하나도 남지 않을 정도야. 뭐, 아주 가끔씩 있는 일이긴 하지만……. 그런데 오늘 새벽에 그 개미들을 북쪽 폭포에서 만난 거야. 서

너 시간밖에 걸리지 않는 가까운 곳이지. 남쪽에 살던 놈들이 북쪽에 나타났다면 우리가 있는 이 지역도 거쳐 지나갔을 것이 분명하거든. 그래서 여긴 안전하지가 못해. 언제 놈들이 습격할지 몰라. 피코와 보보도 그놈들을 만나서 죽을 뻔한 거고."

"어머, 그럼 어떡해? 도망가야지."

퍼쿵도 심각한 표정으로 말했다.

"그래. 우선 그놈들이 어디로 이동하는지 알 수 있으면 좋겠는데……."

"어떡하죠, 퍼쿵 오빠? 개미들한테 물어볼 수도 없고……."

유코의 말에 퍼쿵과 치요가 멍청해진 표정으로 마주 보았다.

'개미한테 물어본다고? 유코다운 발상이다.'

"일단 그놈들은 밤에만 나오니까 해가 지기 전에 대비를 해둬야 할 거야. 오늘 밤도 안심할 수 없어."

"창고에 있는 고기도 놈들이 오면 다 없어지겠지. 그놈들이 있는 이상 사냥할 짐승도 부족해질 텐데……."

그러는 동안 해가 서산으로 넘어갔다. 서쪽 하늘에는 빨간 노을이 져 있었고 주위가 퍼렇게 물들어가고 있었다. 곧 어둠이 닥쳐올 것이다.

치요가 결심한 듯 말했다.

"좋아. 우선 퍼쿵은 고기랑 가죽이랑 놈들이 먹을 수 있는 것을 전부 마당 가운데에 모아줘. 난 그 주위로 방어진을 만들어놓을 테니. 오늘 밤은 그 방어진 안에서 보내고 내일 다시 날이 밝으면 생각하자. 유코는 날 좀 도와줄래?"

치요의 말이 끝나자 곧 퍼쿵이 움직이기 시작했다. 같이 돕겠다고 나서는 피코와 보보를 말려 마당의 중앙에 앉혔다.

"너희는 오늘은 쉬고 있어. 너무 체력을 많이 소모했어. 나중에 정말로 필요할 때 도와주려면 좀 쉬어야 해."

그제야 피코와 보보는 마당에 앉았다. 보보가 나무 더미에다 불을 붙여 모닥불을 만들었다. 옷은 다 갈아입었지만 두 사람의 모습은 여기저기 부어 있어서 보기가 꽤나 안쓰러웠다.

어색하게 말도 없이 앉아 있다가 보보가 머리를 긁적이며 말했다.

"누나, 화났어요? 내가 뭐 잘못했어요?"

"아냐, 아무것도. 신경 쓰지 마. 너 때문이 아니니까."

피코가 피식 웃으며 보보를 툭 쳤다. 그제야 보보도 씩 웃었다.

"아무튼 고마워요. 누나 덕분에 살았어요. 그죠?"

피코는 여전히 웃으며 바라보기만 했다. 그 눈빛이 전과는 좀 다른 것 같았지만 보보로서는 정확한 이유를 알 수 없었다.

어느새 퍼쿵은 저장했던 고기들과 가죽을 모두 마당으로 옮겨다 놓았다. 그리고 치요와 유코는 큼직한 돌멩이를 날라와서 치요의 지시에 따라 주위에 진을 만들기 시작했다.

시간이 넉넉해서인지 새벽에 만든 것보다 훨씬 큰 진이 완성되었다. 그리고 치요가 아직도 여자 흉내를 내며 비비 꼬고 있는 우레의 머리털을 하나 뽑았다. 그러자 우레의 주위에 먼지가 퍽 하고 일어나더니 유코의 옷이 푹 구져있으며 우레가 다시 본모습으로 돌아왔다.

옷에서 기어나오며 항의하는 우레를 아랑곳하지 않고 치요가 다시 깃털 한 주먹을 푹 뽑았다.

"깨액~"

갑자기 털을 뽑힌 우레가 비명을 지르며 깡총깡총 뛰었다.

"미안. 좀 빌리자. 대신 유코가 안아준대."

"어머, 내가 언제? 우레는 남자라면서?"

"남자긴 한데 지금은 괜찮아. 지금은 여자니까."

유코가 고개를 갸우뚱거렸다.

"지금은……?"

그 말을 들은 우레가 부르르 떨더니 치요에게 확 달려들었다.

"하하, 미안미안. 말하지 않을게."

마구 달려드는 우레를 밀어내며 치요가 웃어댔다. 그러나 그사이에 치요의 손에는 우레의 깃털이 한 주먹 더 쥐어져 있었다.

"우레는 왜 성별 얘기만 하면 화를 내지요?"

보보가 피코에게 물었다.

"글쎄, 무슨 사연이 있겠지. 킥킥."

피코는 알고 있는 것 같은데도 말은 해주지 않고 웃기만 했다. 우레가 털 뽑힌 자리를 긁적거리며 투덜투덜 유코 쪽으로 걸어가더니 두 날개를 앞으로 내밀며 안아달라는 시늉을 했다.

유코는 수상쩍다는 눈으로 우레를 바라보더니 슬며시 피했다. 그러자 우레는 땅바닥에 엎어지더니 가련한 표정으로 유코에게 손을 내밀었다. 잠깐 뜸을 들이던 유코는 마지못해 안아주었다. 가끔씩 저렇게 무시를 당하면서도 우레는 줄기차게 유코를 따라다녔다.

"정말 이상해, 저 둘의 관계는……."

그것을 보고 있던 피코가 중얼거렸다. 그도 그럴 것이 우레는 치요와 유코 이외에는 아무의 말도 듣지 않았다. 게다가 둘 이외에 아무도 제 몸에 손을 못 대게 하고 있었던 것이다. 더군다나 요즘엔 유코를 치요보다 더 좋아하는 것 같으니 신기한 일이었다.

"다 됐다. 이제 이 깃털을 하나씩 품 안에 간직하도록 해."

치요가 우레의 깃털을 하나씩 나누어 주었다.

"뭘 만든 거니? 그리고 이건 왜 가지고 있어야 하는 건데?"

유코의 질문에 치요가 방어진과 우레의 깃털에 대해 설명해 주었다. 보보는 고개를 끄덕이면서도 놀라움을 금치 못했다.

'정말 저 말이 사실일까? 믿을 수 없는 일이긴 하지만 어쨌든 저 애의 말은 일단 믿고 봐야 해.'

그동안 치요가 신기한 일을 하던 것을 여러 번 목격했기 때문에 무시할 수 없었던 것이다.

어느새 어둠이 주위를 덮어버렸다. 방어진의 한가운데서 모닥불을 피워놓고 둘러앉아 저녁 식사를 했다. 여느 때와 별반 다름없는 저녁 식사였다. 하지만 고깃덩이랑 가죽이랑 무기나 집기 등이 모두 나와 있어서 마치 야영을 하는 기분이 들었다.

주변에는 아무것도 변한 것이 없었다. 유코가 고기를 씹다가 물었다.

"치요, 정말 개미 떼가 오긴 오는 거야?"

치요가 무표정한 얼굴로 대답했다.

"글쎄. 혹시 올지도 몰라서 이렇게 한 거지 꼭 온다는 것은 아니야. 왜? 왔으면 좋겠어?"

"아니, 그게 아니고   궁금해서."

그러자 피코가 예의 내뱉는 듯한 어조로 말했다.

"직접 만나보면 별로 궁금하고 싶지 않을걸."

피코의 말에 유코가 잠깐 변명을 하는가 싶더니 눈을 흘기며 톡 쏘았다.

"내 말은⋯ 그냥 어떻게 생겼나 궁금해서 그렇다는 얘기예요. 피코는 날 미워하지요?"

"그게 무슨 뜬금없는 말이야? 내가 왜 널 미워해?"

"몰라요. 내가 말만 하면 톡톡 쏘니까 그렇죠 뭐."

그러자 보보가 유코를 말리며 끼어들었다.

"왜 자꾸 그러니, 유코? 내가 보기엔 네가 더 그런 것 같다."

유코가 주먹을 치켜들며 보보에게 덤벼들었다.

"뭐? 보보, 너 죽을래? 내가 언제?"

"아니, 그런 게 아니라⋯ 난 그저⋯⋯."

그때 치요가 불쑥 말했다.

"모두들 어젯밤에 무슨 일이 있었는지 알아?"

모두의 시선이 치요에게 돌아갔다. 무슨 일이라니? 간밤에 피코와 보보는 죽을 뻔했고 퍼쿵과 치요는 두 사람을 구하러 갔었고 우레와 유코는 밤새 잘 자고 일어나서 잘 놀지 않았는가? 그것을 말하려는 것은 아닐 터인데⋯⋯.

치요는 잠시 생각을 하더니 말을 이었다.

"서쪽 하늘에서 수십 개의 별이 떨어졌는데 모양이 심상치가 않았거든."

보보와 유코는 무슨 소리인지 알아들을 수가 없었지만 왠지 퍼쿵과 피코는 심각한 표정으로 듣고 있었다. 유코가 생각했다.

'저 애 또 무슨 소리를 하는 거야?'

치요는 막대기로 바닥에 금을 그어 무슨 지도인지 문양인지를 그리는 것 같았다. 그리고는 설명을 시작했다.

"사실은 보름 전부터 새로 발견한 희미한 별 구름이 한 덩어리 있었는데 그것이 매일 조금씩 동쪽으로 이동하고 있었거든. 그게 어젯밤에 떨어진 거야. 보통은 별이 떨어질 때 단순히 직선을 그으며 약간 비스듬히 날아가다 금방 사라지지. 하지만 어젯밤에 본 것은 달랐어. 이런 식으로 떨어져 내렸거든."

치요가 뭐라고 잠시 중얼거리자 갑자기 바닥의 자갈 사이에서 모래가 한 주먹 솟아오르더니 허공에서 한곳으로 모인 채 떠 있었다.

'우왁! 저게 뭐야? 어떻게 공중에 떠 있지?'

보보와 유코는 깜짝 놀라 눈이 휘둥그레졌다. 그런 아이들의 놀람에도 아랑곳없이 이번에는 아이 머리통만한 돌덩이가 조금 떨어진 곳에 떠올랐다. 믿을 수 없는 광경이었다.

치요가 작은 막대기를 들어 허공에 떠 있는 돌덩이를 가리키며 설명했다.

"이게 이동하는 별의 덩어리야. 커다란 한 개의 별이 아니라 작은 것 여러 개가 가까이 모여 있어서 구름처럼 보이는 거야. 그리고 이건 고정되어 있는 큰 별이야. 이건 생긴 지 얼마 되지 않았는데 상당히 큰 데다가 점점 커지고 있어. 하지만 그리 안정적으로 보이진 않아. 어쩌면 이것도 작은 별의 덩어리인지 몰라. 어쨌든 이렇게 동쪽으로 이동하던 작은 별들이 이 큰 별을 통과하면서 부서져 떨어져 내렸어. 그것도 밤새도록 조금씩 따로 떼어져 나와서는 모두 동쪽으로 떨어져 내렸어. 사방으로가 아니라 모두가 동쪽으로, 이렇게."

모랫덩어리는 치요의 말에 따라 돌덩이 쪽으로 슬슬 이동하더니 돌덩이와 충돌하며 동쪽으로 하나씩 하나씩 떨어져 내렸다. 보보는 놀란 마음을 누르며 물었다.

"그게 뭘 뜻하는 건데?"

치요의 설명이 계속됐다.

"별이 불규칙하게 이동하는 것은 누군가가 운명을 거슬러 올라가는 것을 나타내는 거야. 운명이라는 것이 정해져 있지는 않지만 누구나 가는 일반적인 길이 있어. 일정한 순리대로 가야 하는데 그것을 거스르려 하면 그의 별이 움직이는 거야. 그래서 운명은 자신이 만든다고 하는 거고. 누구나 자신의 운명을 바꿀 수 있는 능력이 있거든. 하지만 사람은 앞을 내다보지 못하기 때문에 무엇이 자신의 운명인지도, 자신이 행하는 것이 순리인지 역행인지도 알 수가 없지. 내가 보기에는 어젯밤 모두 자고 있는 사이에 대단히 많은 사람이 죽은 것 같아."

"그래? 어디서?"

퍼쿵이 진지하게 물었다. 피코의 얼굴에도 웃음기가 사라져 있었다.

"강을 따라 서쪽으로 사나흘 정도 걸어 내려가면 되는 거리에 있는 곳이야."

"무슨 일이 일어났는데?"

퍼쿵과 피코는 저 치요의 얼토당토않은 말을 믿는 눈치였다. 그러나 보보와 유코는 영문을 알 수가 없었다. 도대체 별을 보고 사람이 죽었다고 하다니……. 그것도 걸어서 사나흘이나 걸리는 곳에서 바로 어젯밤에 그런 일이 벌어졌다고 말을 하는 것이다.

"큰 싸움이 밤이 새도록 벌어졌었나 봐. 새벽녘에야 끝이 났어."

"음… 그 정도 거리라면… 인간의 마을이 그쯤에 있을 텐데… 어쨌든 가까운 곳이 아니라니 일단은 안심이다."

"많은 사람이 죽은 것은 근래에는 없던 일 아닌가? 몇 명이나 죽은 것 같니? 누구와 누가 싸운 거야?"

퍼쿵과 피코는 번갈아가며 치요에게 질문을 하고 대답을 듣고 했다.

모래는 아직도 공중에 떠 있는 돌덩이에 부딪치며 하나씩 떨어져 내리고 있었다. 그런 모습을 보며 유코는 혹시 무슨 장치가 되어 있나 해서 기다란 나뭇가지로 돌덩이의 위와 아래를 휘저어보았다. 그러나 아무것도 없었다.

유코가 생각했다.

'저게 어떻게 된 거야? 혹시 이 사람들 무슨 사이비 종교 신도들 아니야? 게다가 치요가 무슨 라디오 방송으로 뉴스를 들은 것도 아닐 텐데 뭘 저렇게 믿는 것처럼 묻지? 어디 전화라도 있나? 마법을 한다더니 별 보고 점치는 앤가? 어쨌든 마법이란 정말 대단한 것이네. 배워두면 너무너무 재미있겠다. 나중에 졸라서 가르쳐 달래야지.'

유코는 마법에만 관심을 가질 뿐 치요의 말은 신경 쓰지 않고 있었다. 유코로서는 도저히 믿을 수 없는 말이었다. 사람이 그렇게 먼 곳의 일을 하늘을 보고 점을 친다는 것은. 유코에겐 그저 미신일 뿐이었다.

그러나 보보의 생각은 달랐다. 치요의 말은 왠지 모르게 전혀 말이 안 되는 것이라도 믿음이 갔다.

치요가 또 말했다.

"누구와 누가 싸우는지는 아직 잘 모르겠어. 하지만 아직 별이 안정적이지 않은 것을 보면 곧 더 많은 사람이 죽게 될지도 몰라."

그러면서 치요는 하늘을 바라보았다. 하늘에는 달만 떠 있을 뿐 아직 별은 보이지 않았다. 그러나 치요는 무엇인가를 바라보면서 손가락으로 가리키고 있었다.

퍼쿵도 덩달아 하늘을 올려다보며 물었다.

"언제쯤이 될까?"

"몰라, 나도 아직은……."

애기는 거기서 일단락되었다. 하지만 퍼쿵과 피코는 치요의 애기에 적잖이 동요가 되는 모양이었다.

보보 역시 호기심이 강하게 나고 있어서 무슨 애기인가 자세히 물어 보고 싶었지만 일단은 모두가 어수선해하니까 그냥 두고 보다가 나중에 조용히 물어보기로 마음먹었다.

밤이 깊어갔다. 치요와 퍼쿵을 제외한 모두가 잠이 들었다. 피코와 보보의 몸은 열에 들끓고 있었다. 개미의 독에 의한 것 같았다. 유코와 우레는 세상 모르고 자고 있었다. 그 애들은 언제나 저녁만 먹고 나면 그냥 잠이 들었다. 일도 하지 않는데 저렇게 잘 자는 것을 보면 낮에 얼마나 열심히 뛰노는지 알 수가 있었다. 하지만 아무도 그 애들에 대해서는 뭐라고 하지 않았다. 심지어 피코까지도……. 치요가 걱정스러운 듯이 말했다.

"괜찮을까? 저렇게 열이 나는데……."

"별일없을 거야, 약초를 붙여놓았으니까. 저 약초는 개미 독에는 즉효잖아."

"하긴. 그렇지만 피코는 그렇다고 해도 보보는 좀 위험하지 않겠어? 저 풀 자체에 독성이 있는데……."

"어쩔 수 없지. 일단 주입된 독은 빼내야 하니까. 안 그러면 개미 독 때문에 죽게 될걸."

"저대로 두고 볼 수밖에 없겠지?"

"응, 치요. 너무 걱정하지 마. 곧 괜찮아질 테니까."

두 사람도 피곤하긴 했지만 지금은 앞으로의 일을 상의해야 했다. 피코와 보보도 함께 상의했으면 더 좋았겠지만 그 애들은 쉬어야 할 상황이었다.

"앞으로 어떡하지?"

"그 개미들이 있는 곳에서는 위험해서 못 살아. 짐승들도 전부 떠날 걸. 많이 겪어봐서 알잖아."

이번에는 퍼쿵이 물었다.

"어째서 그놈들이 이쪽으로 이동한 것일까?"

"글쎄, 무슨 변화가 있었겠지. 남쪽 고원 지대는 원래 땅이 살아 있었잖아?"

"하지만 여긴 아니잖아."

"여기도 살아 있어. 잠들어 있어서 우리가 느끼지 못하는 것뿐이야."

"그놈들은 깨어 있는 땅 주변에서만 살지 않았나?"

"그러니까 아마도 그쪽 땅이 죽었거나 잠이 든 모양이야. 그래서 개미들이 열을 찾아서 이동한 것일 테고… 만약 이쪽 땅이 깨어난 것이라면 개미가 없더라도 어차피 우린 여기서 살 수 없어. 언제 불을 내뿜을지 모르니까."

"이곳을 떠나야 하는 건 기정사실이군."

"응. 하지만 며칠 더 두고 봐야 해. 아직 확실히 모르니까."

치요의 대답에 퍼쿵이 고개를 끄덕이더니 다시 물었다.

"혹시 그냥 지나가는 길인지도 모르잖아?"

"그럴지도 몰라. 그러니까 좀 더 두고 보면서 살펴봐야지. 그냥 지나가는 거면 다행이고……."

"이쪽 땅이 잠에서 깨어났는지 알 수는 없는 거야?"

"아직 나도 거기까지는……. 한번 알아는 보겠지만."

달이 중천으로 떠올랐다. 숲은 고요했다. 그 흔한 들짐승의 포효 소리도 들리지 않았다.

"너무 조용한데 ?"

"그러게 말야. 이렇게 조용한 밤이 있었나?"

평소에는 전혀 신경 쓰지 않던 사실이었지만 이 밤은 정말 고요했다. 아무 소리도 들리지 않았고 오직 강물이 흘러가는 소리만이 끊임없이 들려올 뿐이었다. 퍼쿵이 일어났다.

"잠시 좀 다녀올게."

"왜?"

"그냥 볼일 좀 보려고."

"큰 거?"

"응."

"나도 같이 가."

치요도 몸을 일으켰다. 두 사람은 방어진을 넘어 숲으로 들어갔다. 퍼쿵이 삽같이 생긴 도구로 땅을 두 군데 팠다. 한 번 찍으면 거의 치요가 들어앉을 정도의 깊이가 파였다. 단 두 삽으로 둘의 화장실을 만든 퍼쿵과 치요가 서로 돌아앉아서 일을 보았다. 잠시 후 바지를 추스르고 일어나는데 바로 그때였다.

푸드덕~

둘의 고개가 동시에 소리나는 쪽으로 돌아갔다. 좀 떨어진 곳에서 한 떼의 새들이 날아올랐다. 퍼쿵이 말했다.

"뭐지? 이 깊은 밤에 새들이 날아오르다니……?"

"잠깐! 무슨 소리 들리지 않아?"

"무슨?"

두 사람은 가만히 귀를 기울였다.

두두두두…….

어디선가 땅을 울리는 소리가 일정하게 들려오고 있었다.

"무엇인가 달려오고 있어!"

"한두 마리가 아닌 것 같은데?"

퍼쿵이 치요를 번쩍 안아 들고 뛰기 시작했다. 곧장 방어진으로 돌아온 두 사람은 두리번거리며 주변을 살폈다.

검은 밤하늘에 새들이 떼 지어 날아가는 것이 보였고 곧 이어 남쪽으로부터 들짐승들이 달려오고 있었다. 크고 작은 들짐승이 한꺼번에 나타났다. 거대한 공룡들과 그보다 한참 작은 젖먹이 동물들까지 뒤섞여 달려오고 있었다.

숲의 나무들은 심하게 흔들리고 있었다. 바람이 거세게 불어오고 있는 것 같았다.

"뭐, 뭐야, 저것들은? 왜 저렇게 달려오는 거지?"

퍼쿵이 재빨리 큰 검을 뽑아 들었다. 그리고 정면으로 달려오는 용을 향해 검을 번쩍 들었다. 치요가 퍼쿵의 팔에 매달리며 소리쳤다.

"쿵, 진정해. 이곳은 지나가지 못해!"

"아, 그렇지. 깜박했다."

수많은 짐승들이 방어진 주위를 지나 북쪽으로 달리고 있었다. 방어진 안에서 보면 짐승들이 그 주위를 빙 돌아서 지나가는 것처럼 보였다. 물론 정신없이 달리고 있는 짐승들이 그럴 리가 없었지만.

굳어진 얼굴로 그 광경을 바라보며 잠깐 생각에 잠겼던 치요가 갑자기 자는 사람들을 흔들며 소리쳤다.

"큰일이야, 퍼쿵. 애들을 모두 깨워야겠어. 어서 서둘러."

"뭐? 무슨 일인데?"

"지진이야. 이건 지진이 틀림없어. 저 동물들은 그것을 느끼고 달아나고 있는 거야."

"뭐? 그렇다면……?"

두 사람은 정신없이 자는 아이들을 흔들어 깨웠다.

"일어나, 모두! 어서 일어나! 피코! 보보! 유코!"

자던 아이들이 놀라 손으로 비비며 눈을 떴다.

"무슨 일이야? 왜 그래? 개미 떼가 나타난 거야?"

피코가 벌떡 몸을 일으키며 물었다. 보보와 유코도 눈이 휘둥그레져서 일어났다.

"어서 일어나! 지진이야! 지진이 오고 있어!"

아이들이 놀라 일어나자 치요가 다급히 말했다.

"아직 움직이지 마. 지금 나가면 더 위험해."

진 밖으로는 아직도 들짐승들이 뒤섞인 채 떼거리로 달려가고 있었다. 아이들은 짐승들처럼 빨리 뛸 수가 없기 때문에 지금 밖으로 나가면 밟혀 죽을 확률이 더 많았다. 그래서 말린 것이다.

"꺄악! 어떡해? 어떡해? 무서워!"

유코가 비명을 질러댔고 보보가 그 애를 안더니 달래고 있었다.

"괜찮아, 유코. 아무 일도 없을 거야."

모두들 어쩔 줄 몰라서 가만히 상황을 주시하고 있을 수밖에 없었다. 한참을 기다리니 짐승들이 사라졌다. 간간이 뒤처진 놈들이 나타나서 뛸 뿐이었다.

피코가 놀란 표정으로 말했다.

"젠장, 어디서 저 많은 짐승들이 튀어나온 거야? 사냥할 때는 한 마리도 찾아내기 힘들더니."

"가만, 조용히 해봐."

치요와 우레가 땅에 귀를 대고 소리를 듣고 있었다. 갑자기 우레가 펄쩍 뛰어올랐고 치요가 자세를 더 낮추며 말했다.

"온다! 모두들 조심해."

쿠구구구……

천둥 소리 같은 낮은 진동이 땅을 울리며 들려오기 시작했다. 첫 번째 진동이 오며 갑자기 온 천지가 뒤흔들렸다. 달빛 아래 온 산의 나무들이 사시나무 떨듯 떨었다. 그 진동으로 방어진을 만들어놓은 돌들이 굴러가며 진이 파괴되었다.

진이 무너지자 순식간에 진 안으로 바람이 거세게 불어 들어오며 모두를 덮쳤다. 거센 바람에 모닥불과 집기들이 흩트러지며 날아가 버렸고 뒤이어 나뭇가지며 돌멩이들이 사정없이 모두의 몸을 덮치며 날아들고 있었다.

퍼쿵이 외쳤다.

"조심해! 모두들 자세를 낮추고 서로 꼭 잡고 있어!"

잠시 후 강한 진동과 함께 불어온 강풍이 멎었다. 그리고 주위는 섬뜩하리만치 고요해졌다.

"이제 끝난 거예요?"

유코가 엎드린 채로 울먹이며 물었다. 그러나 다른 모든 사람들은 고개를 설레설레 저었다. 보보가 말했다.

"아니야, 유코. 이제 시작인 것 같은데……?"

"그럼 어떻게 좀 해봐. 굴 속으로 들어가 숨으면 안 돼? 날아오는 돌에 맞아 죽겠어."

그 말을 받아 피코가 대답했다.

"안 돼, 유코. 굴 속은 더 위험해. 무너지면 끝장이야."

보보가 물었다.

"왜 이렇게 바람이 부는 거죠? 지진이라면서……."

그러자 피코가 대답했다.

"남쪽 뜨거운 산이 불을 뿜은 모양이야. 전에 겪은 적이 있어. 산이 불을 뿜으면 바람이 몹시 불어."

보보가 생각했다.

'산이 불을 뿜어? 화산을 말하나?'

그 얘기를 듣고 보니 바람이 좀 뜨겁다는 느낌이 들었다. 그리고 멀리 남쪽 하늘이 벌겋게 물들어 있는 것도 보였다.

퍼쿵이 모두를 불러 시선을 모은 뒤 말했다.

"모두들 잘 들어. 여긴 산 아래니까 산사태가 일어날지 몰라. 우리도 아까 그 짐승들처럼 도망을 가야 해. 지금부터 조를 짠다. 우린 체력이 되는 사람과 안 되는 사람으로 나뉘어 있으니까. 그래야 도망을 갈 수 있어. 피코, 몸은 좀 어때? 뛸 수 있겠어?"

"물론. 문제없어. 이따위 상처에 쓰러질 피코가 아니지."

"보보는?"

"글쎄. 하는 데까지 해볼게요."

"유코?"

"모르겠어요. 나 잘 못 뛰는데……."

퍼쿵이 잠시 생각하더니 말했다.

"치요는 우레랑 같이 날아갈 수가 있으니까 됐고 보보는 어느 정도 뛰니까 피코랑 같이 붙어. 그리고 유코는 내가 들고 뛸 수밖에. 자, 유코, 이걸 받아."

퍼쿵이 그 무식한 검을 둘러메더니 유코의 허리에 자신의 단검을 하나 매주었다. 퍼쿵의 단검이 유코에게는 장검같이 보였다. 피코는 자신의 무기들을 모두 챙겼고 보보도 자신의 칼을 잘 붙들어 맸다. 치요와 우레는 원래 도구 같은 것이 필요없는 애들이었고······.

"그럼 준비됐지?"

그러면서 퍼쿵이 치요를 바라보았다. 무엇인가 묻는 표정이었다. 곧 치요가 무슨 말인지 알겠다는 듯 고개를 끄덕이더니 대답했다.

"알았어. 내가 앞장서지. 모두들 잘 따라와."

우레가 치요를 매단 채 날아올랐고 피코와 보보가 그 뒤를 따랐다. 마지막에 퍼쿵이 유코를 들쳐 업고서 또 그 뒤로 붙었다.

치요는 좀 높이 떠서 방향을 살폈다. 어디로 가야 할지 결정하려는 것이다.

잠시 후 또다시 바람이 불어오기 시작했고 높이 떠 있던 우레와 치요가 그 바람에 반대쪽으로 휙 날리며 떠밀려 갔다. 그리고 곧 이어 강풍이 몰아쳤다. 아까보다 훨씬 더 센 바람이었다. 바람에 이어서 하늘이 쪼개질 듯한 굉음이 땅의 진동과 함께 울리기 시작했다.

쿠구웅~!

"온다. 모두 조심해!"

뒤에서 그들의 집인 토굴이 폭삭 무너져 내렸다. 피쿵의 등에 업혀서 그것을 바라본 유코의 등에 식은땀이 흘렀다.

'굴 속으로 도망쳐 들어갔더라면 죽을 뻔했구나. 어?'

"꺄악! 쿵 오빠! 뒤!"

유코가 퍼쿵의 귀에다 대고 비명을 질렀다. 그 소리에 퍼쿵이 뒤를 돌아보았다.

"엇! 위험해!"

퍼쿵이 벼락같이 소리를 지르며 펄쩍 뛰었다. 앞에서 달리던 피코와 보보도 뒤를 돌아보다가 깜짝 놀라서 펄쩍 뛰며 옆으로 굴렀다. 정확히 그들이 뛰고 있는 오솔길을 향해 땅이 갈라지며 따라오고 있었다.

"으아아~"

도약이 약한 보보가 미처 건너뛰지 못하고 갈라진 틈으로 나무, 돌덩이와 함께 떨어져 버렸다. 유코가 비명을 연신 질러댔다.

"까아악~ 보보!"

쿠구구구구~

균열은 이미 그들을 지나 앞으로 계속 뻗어갔고 균열이 지나갈 때마다 그 주변의 나무와 돌들이 무너지며 그 속으로 빨려 들어가고 있었다.

"헉헉, 꽉 잡아!"

"으아~ 누나, 살려줘요~"

피코가 재빨리 몸을 날려 보보의 팔목을 잡았다. 하지만 땅이 심하게 기울어져 있어서 피코의 몸도 그다지 오래 버티지 못할 것 같았다. 균열은 이미 크게 벌어져 검은 아가리를 벌리고 있었고 건너편에 있는 퍼쿵이 뛰어넘기에는 너무 넓었다.

"피코, 조금만 기다려. 내가 갈 때까지만."

퍼쿵이 주변을 둘러보며 갈라진 틈을 가로지를 만한 큰 나무를 찾았다. 그러나 주변에 있는 나무는 그다지 큰 것이 없었다. 그러는 사이에 피코도 보보를 잡은 채로 슬슬 골짜기로 미끄러져 내려가기 시작했다.

"까아~ 어떡해요, 퍼쿵 오빠! 피코도 미끄러지고 있어요. 빨리요,

빨리~"

유코가 발을 동동 굴렀지만 그렇다고 없는 나무가 불쑥 튀어나올 리도 없었다. 그때 치요와 우레가 하늘에서 내려오며 소리쳤다.

"내가 갈게!"

"아아악!"

쏜살같이 내려온 치요가 피코의 목덜미를 잡으려는 찰나 피코와 보보는 주르륵 미끄러져 내려갔고 치요는 헛손질만 한 채 두 사람을 놓쳤다. 두 사람은 시커먼 어둠 속으로 사라져 버렸다.

"으아앙~ 어떡해! 어떡해요!"

유코가 울음을 터뜨렸고 퍼쿵은 커다랗게 갈라진 균열의 어둠 속에서 눈을 떼지 못한 채 아무 말도 못하고 있었다. 아직도 땅은 크게 진동하며 흔들리고 있었지만 모두들 피코와 보보 생각에 정신이 없었다. 그런 와중에도 퍼쿵은 유코를 꽉 잡은 채 떨어지지 않게 조심하고 있었다. 치요가 말했다.

"이 안이 얼마나 깊은지는 모르지만 아직 죽지는 않았을 거야. 걱정 말고 기다려. 쿵, 유코를 잘 데리고 있어. 얘마저 떨어지면 안 되니까."

"할 수 있겠니, 치요?"

"글쎄. 한 번 해봐야지. 우레가 그 애들을 매달고 날아오를 수 있을지 모르겠어. 우레는 그리 힘이 없는데……."

어둠 속으로 내려가던 치요가 발을 구렀다. 세 톰의 두 배가 넘는 지요를 매달고 날아가는 우레가 안쓰럽게 보였다.

유코가 훌쩍이며 퍼쿵에게 물었다.

"우레가 세 사람을 다 매달고 올라올 수 있을까요?"

"글쎄다. 우레 혼자라면 절대로 무리지. 하지만 치요와 우레가 같이

있으면 마력이 몇 배로 증가하니까 어쩌면 가능할지도 몰라. 기다려
보자."

"그럼 우레가 치요를 매달고 날아다니는 것도 마력이 증가하기 때문
인가요?"

"응. 치요가 보통 어린아이였다면 우레가 들어 올릴 수도 없어. 저
둘은 서로 마력을 증가시키기 때문에 가능한 거라고 하더구나."

얘기를 하는 와중에도 땅은 심하게 흔들리고 있었다. 처음에 온 진
동과는 달리 이번 것은 아주 강하고 길게 이어지고 있었다.

퍼쿵과 유코가 서 있는 자리도 슬슬 무너지며 흘러내리고 있었다.
퍼쿵이 유코의 허리를 번쩍 안아 들고 뒤로 몇 발짝 물러섰다. 이제 주
변에 짐승들은 하나도 보이지 않았다. 움직이는 것이라고는 땅과 나무
뿐이었다.

"퍼쿵! 좀 잡아줘! 빨리!"

우레와 치요가 보보를 매달고 안간힘을 쓰며 느린 속도로 날아오르
고 있었다. 유코로서도 우레가 저렇게 진지한 표정으로 열심히 무엇을
하는 모습은 처음 보는 것이었다. 거의 날개가 보이지 않을 정도로 빨
리 움직이고 있었고 우레의 얼굴은 금방이라도 터질 듯한 표정을 하고
있었다.

퍼쿵이 재빨리 보보의 목덜미를 잡아 낚아챘다. 정신을 잃은 보보가
떨어져 나가자 둘은 다시 어둠 속으로 사라졌다.

"보보! 괜찮니? 정신 차려, 보보!"

유코가 훌쩍거리며 보보에게 매달려 깨우려고 애를 썼다. 흙투성이
가 된 채 정신을 잃은 보보는 깨어날 줄을 모르고 있었다. 퍼쿵이 말했
다.

"어제 많이 다쳐서 기력을 잃었는데 이거 큰일이구나. 피코는 어떻게 되었을까?"

그때 우레와 치요가 다시 올라왔다. 피코는 보이지 않았다.

"피코는? 피코는 어떻게 됐어?"

퍼쿵이 다급히 물었고 치요가 심각한 표정으로 고개를 저으며 말했다.

"안 되겠어. 너무 무거워서 끌고 올라올 수가 없어. 하지만 너무 걱정은 하지 마. 아직 무사하니까. 저 아래에 있긴 하지만 다친 곳은 없대. 퍼쿵, 긴 밧줄 없어? 내가 내려가서 피코에게 줄을 전해주고 올 테니까 쿵이 끌어 올려야겠어."

"밧줄은 챙겨 나오지 못했는데… 잠깐만 기다려. 나무 넝쿨이라도 이어서 만들어야겠다."

퍼쿵이 재빨리 숲으로 들어가 나무 넝쿨을 걷어내기 시작했다. 치요가 숲으로 따라 들어가며 말했다.

"꽤 깊으니까 많이 있어야 해."

유코도 넝쿨을 걷으러 숲으로 들어섰다. 보보 옆에는 우레가 지키고 있었다. 별로 믿음직하지는 않았지만 지금은 피코를 구하는 것이 급했기 때문에 유코도 정신없이 넝쿨을 찾아다녔다. 개똥도 약에 쓰려면 없다더니 그 흔하던 나무 넝쿨이 하나도 보이지 않았다. 그때였다. 우레가 퍼느득 날아오더니 발로 유코의 어깨를 잡고 공중으로 떠올랐다.

"어? 어머? 왜 그래?"

유코가 놀라 소리치자 퍼쿵과 치요도 그 둘을 바라보았다. 두 사람의 눈이 휘둥그레졌다. 우레가 치요 이외의 사람을 들어 올린 것은 처음 있는 일이었다.

"어엇? 저, 저것 좀 봐. 우, 우레가 유코를……?"

치요가 놀라서 말을 더듬었다. 우레는 유코를 매단 채 쏜살같이 균열 아래로 내려가 버렸다.

"어떻게 된 거지? 유코는 마력이 없다고 했잖아?"

퍼쿵이 물었다.

"나도 그렇게 알고 있었는데……. 저 애에게서는 전혀 느껴지지 않았어."

그들이 어리둥절한 사이에 우레와 유코가 다시 하늘로 솟구쳐 올라왔다. 피코가 유코와 부둥켜안은 채였다. 그녀 역시 눈이 휘둥그레진 채로…….

"저, 저것!"

놀라는 그들의 앞에 우레가 내려앉았다. 유코 자신도 많이 놀란 것 같았다. 치요가 외쳤다.

"어떻게 된 거지, 유코? 넌 알고 있었니?"

"뭘?"

"우레와 같이 날 수 있다는 거 말야."

"아니, 몰랐는데?"

퍼쿵이 아이들을 불렀다.

"지금 그걸 따질 때가 아니야. 우선은 이곳을 빠져나가야 해. 치요, 어서 길을 안내해."

"응, 그래. 그게 먼저지. 하지만 보보는 어쩌지?"

치요가 정신을 잃고 있는 보보를 바라보며 말했다.

"내가 업고 뛸게."

피코가 나섰으나 퍼쿵이 손을 내밀어 그녀를 막고는 보보를 안아 들었다.

"아니야, 피코. 넌 너무 상처가 심하고 지쳤어. 보보는 나와 간다. 우레의 힘이 증가하는 것이 마력에 의한 거라면 치요와 유코가 다 같이 갈 수 있지 않을까?"

유코가 걱정스러운 듯이 말했다.

"하지만 어떻게 둘씩이나……."

치요가 유코를 유심히 바라보며 말했다.

"아니야. 만약 네가 마력이 있다면 무거운 것은 아무 문제가 되지 않아. 한번 해보자."

치요가 우레를 불러 유코의 어깨를 잡게 했고 치요가 유코의 등에 업혔다. 우레는 쉽게 공중으로 떠올랐다. 아까보다 더 빨라진 것 같았다. 치요가 그것을 보고 생각했다.

'이건 정말이지… 놀랍군. 우레의 힘이 더 좋아졌어. 그렇다면 유코는 분명 강한 마력을 지니고 있는 거야.'

하늘의 세 사람과 땅의 세 사람이 서로에게 소리를 쳐 신호를 보내며 달렸다. 공중에서 보니 커다란 균열은 남쪽에서 북쪽으로 끝없이 이어지고 있었다. 아직도 지진은 멎지 않고 지축을 흔들고 있었고 진동이 있을 때마다 많은 나무와 돌더미가 시커먼 틈새 속으로 무너지며 떨어져 내리고 있었다.

치요는 하늘에서 피콩과 피코를 인내하며 인진한 곳으로 계속 이동했다. 돌아보니 멀리 벌겋게 물들어 있는 남쪽 하늘로 불길이 솟아오르는 것이 보였다. 그 주변에도 산불이 났는지 군데군데 빨갛게 물들어 있었다. 어두운 밤, 하늘과 땅이 잘 구분도 가지 않는 먼 지평선에서 타오르는 불은 점점 번지는 듯 꿈틀거리며 커져 가고 있었다.

치요는 땅에 있는 퍼쿵 일행을 강 쪽으로 인도했다. 어떤 경우든 물이 가까이 있는 편이 생존에 유리하기 때문이었다. 산불이 언제 도달할지 몰랐고 개미의 습격을 대비해서도 그랬다. 그렇게 일행은 밤길을 계속 걷고 달리며 이동했다.

제12장 마족

　지진을 피해 도망쳐 나온 지 이틀이 지났다. 일행은 그동안 변변한 음식을 먹지 못한 데다가 쉬지 않고 걸어서 무척 지쳐 있었다. 사냥할 틈도 없었지만 짐승들이 다 달아나 버려서 잡을 수도 없었다. 그저 나무 껍질이나 연한 풀잎으로 고픈 배를 채우며 계속 걸었다. 퍼쿵이 물었다.

　"치요, 얼마나 더 가야 하지?"

　"글쎄, 한 이틀만 더 걸으면 도착할 것 같아."

　유고는 여전히 불안한 녹소리였다.

　"정말 거기에 가면 안전한 거야?"

　"아마 그럴 거야. 여기보다는."

　그들은 이제 모두 걷고 있었다. 맨 앞에 무표정한 피코가 있었고, 그 다음이 치요, 보보도 깨어나서 걷고 있었고 그 뒤로 오랫동안 날아다녀서 지친 우레를 등에 얹은 유코가 걷고 있었다. 퍼콩은 맨 뒤에서 모두를 챙기며 따라왔다.

유코가 힘이 없기는 했지만 우레가 한사코 다른 사람에게는 가지 않으려 해서 할 수 없이 유코가 업고 가게 되었다. 그날 함께 날아보고 나서야 알게 된 것이지만 유코도 우레가 같이 있으면 피로가 덜하다는 것을 느끼고 있었다. 치요는 아직도 신기한 모양이었다.

"정말 놀랐어, 유코. 네가 우레와 마력이 통할 줄은."

"호홋, 뭘 그걸 가지고. 난 사실은 좀 위대한 사람인지 몰라."

"아니, 장난이 아니라 넌 정말 위대한 마법사의 재능을 가지고 있는 것 같아."

"우홋, 글쎄 그렇다니까~ 오호홋."

유코가 연신 호호거리며 잘난 척을 하고 있었다. 보보는 그걸 보고 속으로 픽 웃었다.

'그래, 이 정도 재난에 풀이 죽을 유코가 아니지. 후후.'

피코는 지진이 나던 그날부터 지금까지 어딘지 좀 기분이 상해 보였다. 모두들 그래서 피코의 눈치를 조금씩 보고 있었다. 그녀는 다혈질이라 화나면 좀 조심해야 했다. 물론 유코도 그렇긴 하지만.

피코가 좀 찜찜하다는 듯이 말했다.

"그런데 치요, 네 고향에 가면 우릴 반겨주기는 하는 거냐?"

"그럴 거야. 걱정하지 마. 우리 마족은 그다지 사교적인 종족은 아니지만 호전적이지도 않으니까 반겨주는 정도가 아니라 피코 같은 미녀가 오면 좋아서 난리가 날걸."

피코의 기분을 살려주려는 듯 치요가 미녀라고 띄워주고 있는 것이다.

"풋, 뭐가 미녀냐? 남들이 남자로 생각하지만 않아도 다행인데."

피코가 오래간만에 웃자 다들 이때다 하고 그녀에게 달려들었다. 제일 처음은 퍼쿵이었다.

"무슨~ 우리 피코가 얼마나 예쁜데. 이젠 시집가도 될걸?"

"웃기지 마."

그 다음은 보보였다.

"정말이에요, 피코 누나. 누난 몸매도 얼마나 멋진데요. 섹시하고⋯⋯."

그러더니 무슨 생각이 났는지 보보의 얼굴이 붉어졌다.

'⋯⋯.'

피코도 잠자코 보보를 보더니 마주 얼굴이 빨개졌다. 치요가 또 한마디 했다.

"아마 우리 마을에 가면 피코는 다신 나오지 못할지도 몰라. 결혼하자고 매달리는 남자가 하도 많아서."

"킥킥, 그만 해라. 누가 나같이 남자 같은 여자에게 결혼을 하자고 그런대?"

그녀는 모두가 서로 질세라 칭찬을 해대자 조금 기분이 좋아진 것 같았다. 더군다나 오늘은 유코도 웬일인지 비꼬지 않고 거드는 것이 아닌가?

"사실은 피코 남자 같지 않아요. 정말이야."

"정말이니, 유코? 하하, 이거 어쩌지? 유코까지 그렇게 말하면 정말인데⋯⋯."

이젠 하하거리며 웃기까지 했다. 그러다가 피코의 눈이 마주 바라보는 우레의 눈과 마주쳤다. 우레는 무슨 생각을 하는지 피코를 뚫어지게 바라보고 있었다.

"하하, 왜 그래, 우레? 너도 내가 여자로 보이니?"

'……'

피코가 농담으로 말하자 우레가 요동도 없이 잠깐 바라보았다. 그러더니 갑자기.

"훙!"

하며 고개를 홱 돌려 버렸다. 피코가 가만히 그 뒤통수를 바라보았다.

'……'

표정에서 웃음이 사라지고 원래대로 돌아온 피코가 돌아서서 걸어가기 시작했다.

"그럼 그렇지. 저 밝히는 우레가 저럴 정도니 나는……."

"저… 그, 그보다 피코, 몸은 좀 어떠냐? 많이 나았지?"

"깨개액~"

퍼쿵이 애써 기분이 좋아지려다 만 피코에게 화제를 돌리려고 말을 시키고 있었고 그 뒤에서는 우레가 치요, 유코, 보보에게 쥐어 터지고 있었다.

여섯 일행은 부지런히 걸었다. 밤에는 교대로 보초를 서가며 잠을 자고 낮에는 식사를 할 때를 제외하고는 쉬지 않고 걸었다. 치요는 밤낮이 바뀌어 무척 피곤한 모양이었지만 잘 버티고 있었다.

어느새 사흘째 해가 넘어가려 하고 있었다. 지진은 이제 멎었지만 지진이 난 지역은 엄청나게 광범위했다. 사흘을 걷도록 지진의 흔적을 볼 수 있었다. 땅의 여기저기가 벌어져 있었고 산사태가 난 곳도 많았다.

지진은 멎었지만 균열된 사이에서는 코를 확 찌르는 냄새와 함께 연기 같은 것이 피어오르고 있었다. 코를 막으며 걷던 보보가 물었다.

"치요, 아직도 멀었냐?"

"뭐야? 어제도 묻고서는……. 어제 이틀 남았다고 했으니까 이제 하루 남았네 뭐."

모두들 지쳐서 툴툴거리고 있었다. 퍼쿵이 다독거리며 말했다.

"조금만 더 참자. 모두 힘들다는 거 다 알잖아. 자, 그럼 오늘은 여기서 자고 내일 아침 다시 떠나도록 할까?"

퍼쿵의 제안에 모두 그 자리에 주저앉았다. 유코가 투덜거렸다.

"배고파. 아~ 배고파요."

"너만 배고픈 거 아니야. 좀 참아."

피코가 말했다. 유코가 눈을 흘기며 종알거렸지만 피코는 상관하지 않았다.

"잠깐 기다려. 뭐 먹을 게 있나 찾아보고 올게."

퍼쿵이 자리를 털고 일어났다. 보보가 따라나섰다.

"저도 같이 가요."

"좀 쉬지 그래? 몸도 성치 않으면서."

"괜찮아요. 다 나았어요."

"그럼 같이 갈까?"

나머지는 앉거나 누워서 눈을 감고 있었다. 두 사람은 짐차 어두워지고 있는 숲으로 들어가며 대화하기 시작했다.

"쿵 형은 힘들지 않아요?"

"난 괜찮아. 너희들이 걱정이지."

"형은 정말 체력이 좋아요. 그죠? 난 언제 형같이 될 수 있을까요?"

"아직 어려서 그래. 좀 크면 좋아질 거야."

"지진은 멎은 것 같은데 다시 돌아갈 수는 없는 거예요?"

"글쎄… 치요랑 상의를 해봤는데 좀 곤란할 것 같아. 그 땅이 잠에서 깨어났거든."

"잠에서 깨어요? 그럼……."

"응. 언제 불을 뿜어낼지 몰라. 게다가 지진도 잦아질 테고."

"땅이 불을 뿜은 적이 있나요?"

"그럼. 몇 년 전에도 남쪽 고원에서 엄청난 불이 쏟아져 나왔었어. 거기서 죽을 뻔했단다."

퍼쿵에게 설명해도 알아듣지 못할 것이기 때문에 잠자코 있었지만 보보는 속으로 생각하고 있었다.

"이 근처가 지진대인 모양이구나. 불을 뿜는다는 것은 화산의 폭발을 의미하는 것이겠고……."

퍼쿵의 말이 이어졌다.

"게다가 땅이 잠에서 깨어나면 그 근처에 개미 떼가 들어와서 살기 시작하거든. 그 개미들과 같이 살 수는 없어. 너무 위험해서. 너도 겪어봐서 알잖아?"

"그렇군요. 맞아요. 그 개미들 너무 끔찍했어요."

"원래 그 개미들은 남쪽 고원에서 살던 것들이야. 우리가 있던 곳에서는 살지 않았어."

"그럼 땅이 깨어나서 개미들이 이동해 온 거예요?"

"그렇다고 할 수 있지."

"그럼 치요의 고향으로 가는 이유가 그것 때문인가요?"

"꼭 그런 건 아냐. 어차피 다른 곳을 찾아가야 하는 데다가 치요가 고향에 들러서 좀 알아볼 것이 있대. 거기에는 여러 가지 능력을 가진 사람들이 있어서 도움이 많이 된다나 봐."

숲에는 지진으로 인해서 도망갔던 생물이 일부 돌아온 것인지 작은 새들이 날고 있었다. 하지만 새를 잡을 수는 없고 해서 보보는 시냇물을 뒤지기 시작했다. 처음 산에서 머물 때 잡았던 집 나온 달팽이라도 찾을 생각이었다.

퍼쿵은 능숙하게 풀 사이를 뒤져 먹을 수 있는 식물의 열매나 나뭇잎을 땄다. 보보가 한참 시냇물을 뒤지는데 뒤에서 부스럭거리는 소리가 났다. 퍼쿵인가 하고 뒤를 돌아보다가 보보는 깜짝 놀라 소리를 질렀다.

"으악!"

"왜 그래, 보보? 무슨 일이야?"

퍼쿵이 달려왔다. 보보의 뒤에는 너댓 명의 사람들이 나무 지팡이를 하나씩 들고 서서 쳐다보고 있었다. 보보의 또래쯤으로 보이는 사내아이들이었다.

"자, 진정들하고……. 우린 싸울 생각 없어. 너희들은 어떠니?"

나무 열매와 잎을 한아름 안은 채 퍼쿵이 웃으며 말했다. 상대가 어떤 종족인지 몰라서 우선 말을 시켜보는 것이었다. 그들이 덤빈다고 당할 퍼쿵도 아니었지만 퍼쿵은 싸우는 것을 대단히 싫어했다.

피부가 유난히 희어 보이는 그들이 퍼쿵을 올려다보며 말했다.

"우리도 싸울 생각 없는데… 너희는 누구냐?"

퍼쿵이 여전히 부드러운 목소리로 말했다.

"우린 미족을 찾아가는 여행자들이야. 그냥 조용히 지나가는 거니까 신경 쓰지 않아도 돼."

"마족?"

그들이 의외라는 듯 눈을 동그랗게 떴다. 마족을 알고 있기라도 하는 것처럼.

"마족을 왜 찾아가는데?"

"지진으로 집을 잃었거든. 우리 가족 중에 마족이 한 명 있어서 잠깐 도움을 청하러 가는 중이야."

"하지만 너희는 마족같이 보이지 않는걸?"

그들이 퍼쿵과 보보를 위아래로 훑어보며 말하자 퍼쿵이 대답했다.

"우린 인간족이야. 마족은 저기에서 쉬고 있어."

그들이 다시 물었다.

"나쁜 일로 찾아가는 것은 아니지?"

"그럼. 그런데 너희들, 마족을 알고 있니?"

그러자 그들이 하하하 하고 서로 마주 보며 웃더니 한마디씩 했다.

"우리가 마족이야."

"제대로 찾아왔어."

"너네 일행에게 가보자."

"마족이 한 명 있다고? 이름이 뭔데?"

"정말 저쪽에서 마력이 느껴지는걸?"

그들은 대답도 듣지 않고 재잘재잘 떠들고 있었다. 퍼쿵과 보보는 그저 잠자코 바라볼 뿐이었다.

"어서 가보자. 너희들, 마족을 찾아왔다면서?"

퍼쿵이 어리둥절해서 그제야 발을 떼었다.

"그, 그래. 이쪽이야."

그들은 재잘거리면서 퍼쿵의 뒤를 따랐다. 퍼쿵은 나무 껍질과 풀잎을 한아름 안은 채로 걷고 있었다. 그중 한 녀석이 물었다.

"그건 뭐냐?"

"응, 배가 고파서 좀 먹으려고."

퍼쿵이 대답하자 그들이 다시 떠들기 시작했다.

"그런 걸 어떻게 먹냐?"

"냅둬, 냅둬. 네가 무슨 상관이야?"

"맛이 없을 것 같으니까 그렇지."

"너보다는 맛있을 거다."

"나도 꽤 맛있다던데?"

"누가 그러냐?"

"니 마누라가."

"확 구워버린다."

퍼쿵의 옆에 바짝 붙어서 걸어가며 보보가 생각했다.

'저 애들 엄청나게 시끄럽구나. 치요는 말이 많지 않은데……'

곧 숲을 벗어나고 일행이 보였다. 모두 시끄러운 소리에 일어나 있었다. 피코가 물었다.

"쿵, 저 애들은 뭐야?"

그러자 피코의 말을 들은 그 애들이 또 재잘거리기 시작했다.

"애들이래, 애들."

"우린 애늘이 아닌네."

"너 몇 살이냐?"

"나? 잘 모르겠는데. 그럼 너는 몇 살이냐?"

"너보다 한 살 많아."

"확 구워버린다."

하도 떠들어서 피코와 유코는 할 말을 잃고 멍하니 바라보았다. 그
때 치요가 말했다.

"아저씨들 마족이네?"

그들은 이쪽에서 한마디 할 때마다 떠들어댔다.

"마족이라는 일행이 너였구나."

"정말 저 아이… 마족이군."

"반갑다, 꼬마야."

"여기서 뭐 하고 있는 거냐?"

"매도 한 마리 있다."

"여자도 한 명 있다."

"냅둬. 무슨 상관이야?"

정신이 하나도 없었다. 어떻게 된 것인지 그들은 남에게 물어놓고
대답도 듣지 않고 다시 떠드는 것이었다. 그들이 계속 떠드는 가운
데 치요가 중간중간 묻고 대답하며 정리를 하고 있었다. 그리고 그
들은 계속 떠들게 놔두고 치요가 퍼쿵 일행에게 돌아와서 설명해 주
었다.

"미안, 정신이 하나도 없지?"

피코가 머리를 설레설레 흔들며 말했다.

"뭐냐, 저것들? 시끄러워서 옆에 있을 수가 없네."

"미안해, 피코. 지금 저 아저씨들 놀고 있는 거야. 자기들끼리."

유코가 끼어들었다.

"무슨 만담이라도 하는 거야? 웬 남자애들이 저렇게 수다야?"

그러자 치요가 말했다.

"애들 아니야. 저 아저씨들 나이 많아."

"몇 살인데?"

"한 서른 살 정도 되었을걸."

유코가 믿지 못하겠다는 듯이 말했다.

"뭐? 서른? 말도 안 돼. 내 또래밖에 안 되어 보이는데?"

그러자 치요가 정색을 하고 말했다.

"정말 그렇지? 너도 서른 정도로 보여."

"뭐야? 내가 그렇게 늙어 보이냐? 이게 꽃다운 청춘을 보고."

그러자 치요가 웃으며 사과했다.

"미안미안, 농담이야. 그건 중요한 게 아니고, 잘 들어. 내가 길을 좀 착각했나 봐. 하도 오랜만이라. 바로 근처에 마족의 마을이 있대."

"하루 더 가야 한다면서?"

"내가 착각했는지도 몰라. 어쨌든 마족의 마을이 꼭 하나만 있는 것은 아니니까 내가 살던 마을인지 아닌지는 일단 가보면 알겠지."

그러자 퍼쿵이 좀 미안한 표정으로 말했다.

"마침 잘됐구나. 무척 피곤했는데. 그런데 신세를 져도 괜찮을지 모르겠다."

"괜찮아. 식사도 준대. 우리가 먹는 것이 너무 맛이 없어 보인다나 그래."

그렇게 해서 모두들 마족의 마을로 가게 되었다.

그 숲을 통과해 한 시간 정도 걸어가니 커다란 바위산이 나왔다. 이미 해가 져 어둑어둑해져 있었다. 바위산은 꽤 컸고 군데군데 구멍이 뚫려 있었는데 각각 동굴의 입구인 것이 확실했다. 며칠 전의 지진에도 별 피해를 입지 않은 모양인지 사람들이 아무 일 없었다는 듯이 들락날락하고 있었다.

그들이 잠시 기다리라고 하고는 바위산의 굴 안으로 들어가자 치요가 말했다.

"여기 내가 살던 마을이 맞는 것 같아. 그런데 이상하네. 왜 길을 헷갈렸지? 분명히 맞게 찾아왔는데……."

치요가 머리를 갸우뚱거렸다. 그러자 유코가 물었다.

"너 살던 마을인데 왜 못 찾았어? 나처럼 기억을 잃은 것도 아니면서?"

"글쎄… 왜 그랬을까?"

그러자 퍼쿵이 전혀 상한 흔적이 없는 동굴을 보며 말했다.

"그보다 이곳은 지진의 피해를 입지 않은 모양이네. 근처까지 땅이 갈라져 있었는데."

"아마도 무슨 장치를 해놓은 모양이야. 방어진 비슷한. 그래서 길도 착각하게 되었던 것 같아."

치요가 대답하자 피코가 물었다.

"하지만 그때 그 지진으로 네 마법진은 깨졌었잖아?"

"난 아직 미숙하니까. 힘도 약하고. 그리고 아까 본 사람들, 그리 만만히 볼 사람들이 아니야. 생긴 게 어려 보여서 그렇지."

이번에는 보보였다.

"그 사람들이 너보다 마력이 훨씬 세니?"

"그럼. 난 아직 어린애인걸. 나랑 비교할 수는 없지."

유코가 끼어들어서 물었다.

"너희 마족은 왜 그렇게 어려 보이는 거야?"

"글쎄, 그건 나도 모르지. 너희들이 늙어 보이는 것 아닐까?"

"혹시 무슨 약 같은 거 먹는 거 아니니? 불로초라든가?"

유코가 눈을 가늘게 뜨고 의심스러운 듯이 말하자 치요가 대답했다.

"그런 거 있으면 나 좀 줘라."

그들이 두런두런 얘기를 나누는 사이에 아까 그 사람 중 한 명이 다시 나왔다.

"들어와라. 모두에게 얘기해 두었어. 그리고 들고 있는 풀뿌리는 이제 버려라."

퍼쿵은 머쓱한 표정을 지으며 들고 있던 나무 열매와 풀뿌리를 버렸다.

그를 따라 들어가며 치요가 주변을 살폈다. 눈에 익은 풍경이 보였다. 조금 변형되어 있긴 했지만 어릴 적 보던 그 산이 틀림없었다.

"너무 오래간만에 와서 찾지 못했나?"

어두운 동굴 안으로 들어가 좁은 통로를 지나자 안쪽에 꽤 널찍한 광장이 있었다. 그리고 광장 주위로는 여러 개의 구멍이 뚫려 있었다. 동굴의 벽은 모두 검은 암석으로 되어 있었는데 군데군데 커다란 문양이 그려져 그어진 선으로 연결되어 있었다. 그리고 거의 빈틈없이 무슨 글씨나 그림 같은 것이 온통 그려져 있었다.

신기한 것은 횃불이 하나도 없어 어두웠는데도 사물이 보인다는 것이었다. 검은색의 바위 벽에 쓰여진 글씨나 그림이 또렷이 보이고 있었다. 마치 그 문양이나 글씨 자체가 발광(發光)하고 있는 것 같았다.

그 광장 가운데에는 돌로 만들어진 커다란 조각이 서 있었는데 무슨 신상 같았다. 그 앞에 몇 명의 사람이 모여 앉아서 이쪽을 바라보고 있었고 수십 개의 다른 통로에서도 사람들이 이따금씩 들락거리고 있었다.

모여 있는 사람들 중에는 온통 흰머리와 수염으로 덮여 꽤 늙어 보이는 사람도 있었다. 그중 중간 나이쯤 되는, 대머리가 벗겨져 진짜 아저씨처럼 보이는 남자가 퍼쿵 일행을 향해 손짓했다.

"이리 내려오게. 이쪽으로 가까이."

숲에서 만난 젊은이의 안내를 받으며 광장으로 내려갔다.

"인사부터 드려. 우리 족장님이야."

그들이 전신이 온통 하얀 노인을 소개하자 퍼쿵 일행은 인사를 했다.

"안녕하십니까? 머물게 해주셔서 감사합니다. 저희는 여행자들이고 저는 퍼쿵이라고 합니다."

"그래, 자네들도 안녕한가? 잘 왔네. 마족을 찾아가고 있었다고?"

"예, 그렇습니다. 여기 이 아이가 마족 출신이라서……."

"어디……?"

퍼쿵이 뒤에 서 있던 치요를 앞으로 데려오자 치요가 족장이라는 노인을 가만히 바라보더니 말했다.

"안녕하세요, 족장 할아버지. 저 모르시겠어요?"

"음… 누구더라? 어디서 본 것 같기도 한데……."

노인은 흰 눈썹을 찌푸리며 기억을 더듬는 것 같았다. 그러더니 얼굴을 확 펴며 말했다.

"오오~ 너… 치요 아니냐? 살아 있었구나. 그동안 어디에서 살고 있었느냐?"

"알아보시는군요. 그동안 건강하셨어요?"

퍼쿵 일행은 놀란 눈으로 치요를 바라봤다. 치요와 살게 된 지 몇 년

이 지났지만 그 아이가 누구에게 존대말을 하는 것은 처음 봤기 때문
이었다. 게다가 마족의 족장이라는 노인과 아는 사이라니……

제일 놀란 것은 유코였다. 유코의 표정이 확 변하는 것이 보였다.

'어머? 저 꼬마가 족장더러 할아버지래. 혹시 왕족이라도 되는 것일
까? 잘 보여야 되겠네.'

족장과 치요의 대화가 이어지고 있었다. 주변에 있는 초로의 노인들
도 치요를 알아보는 것 같았다. 고개를 끄덕이며 두런두런 얘기하고
있었다.

"그래, 네가 이곳을 떠난 것이 언제였더라?"

"오 년 전이에요. 벌써 그렇게 됐네요."

"네 아버지는 어디 계시느냐?"

그러자 치요가 잠시 바닥으로 시선을 내리며 말이 없었다. 곧 다시
밝은 얼굴로 돌아온 치요가 말했다.

"돌아가셨어요."

"흐음~ 것참 안된 일이로다. 고생이 많았겠구나. 쯧쯧."

"괜찮아요. 퍼쿵이랑 피코가 잘 돌봐주었어요."

치요가 퍼쿵과 피코의 손을 잡으며 말했다.

"호오~ 그것참 고마운 청년들이군. 잘 왔네. 아무 걱정 말고 편히
들 지내게."

피쿵과 피고는 족장의 환대에 쑥스러운 듯 얼굴을 붉혔다.

그 모습을 보고 보보가 생각했다.

'정말 순진한 사람들이야, 퍼쿵과 피코는……'

"고맙습니다. 당분간 신세 좀 지겠습니다."

"신세는 무슨… 오히려 내가 고맙지. 정말 훌륭한 젊은이들이구먼.

이 친구들 불편한 것 없도록 잘 보살펴 주도록."

"예, 족장님. 분부대로 합지요."

주변에 있던 노인들이 대답하더니 주변에서 호위하고 있는 젊은이들에게 뭐라뭐라 지시를 내렸다.

족장이 퍼쿵 일행을 자리에 앉히고 이것저것 묻기 시작했다.

"그래, 지진으로 집을 잃었다고?"

"예, 그래서 새로 살 곳을 찾아가는 중이었습니다."

"여기서 살 생각은 없나, 혹시……?"

"아니요. 그러면 좋겠지만 저희는 곧 떠날 겁니다."

"으음, 그런가? 여기서 살아도 되는데. 치요를 생각하면……."

"예?"

"아니, 아닐세. 하긴 자네들이 살기에는 이 굴이 좀 답답할 게야."

"아무튼 감사합니다. 신경 써주셔서."

"치요는 어떻게 만났나?"

"예, 그건 오 년 전에……."

거기까지 말하는데 중년의 사내 한 명이 다가오더니 말했다.

"숙소와 식사가 준비되었습니다."

"오, 그래? 그럼 얘기는 천천히 듣기로 하고 오늘은 우선 식사부터 하고 좀 쉬게."

"예, 감사합니다."

족장이라는 노인이 자리에서 일어나 젊은이들의 부축을 받으며 한 통로로 사라지자 퍼쿵 일행도 안내를 받으며 자리를 떴다.

그들이 간 곳은 광장 주변에 있던 많은 구멍 중의 하나였다. 곁에서 보기에도 제법 큰 바위산이긴 했지만 안은 밖에서 느끼던 것보다 어마

어마하게 넓었고 개미집처럼 많은 터널이 뚫려 있었다. 빛도 없는데 희한하게 어둡지 않았다.

궁금증을 뒤로한 채 꾸불꾸불하고 미로처럼 복잡한 터널을 이리저리 돌며 한참을 걷다가 한 방에 도착했다.

"이야, 맛있겠다~"

방으로 들어서던 유코가 반색을 하며 말했다. 안내된 곳에는 푸짐한 식사가 차려져 있었다. 뭔지 알 수는 없었지만 여러 가지 고기 요리와 처음 보는 오색 야채들이 맛있는 냄새를 풍기고 있었다. 며칠 동안 배불리 먹지 못한 그들은 그것을 보고 눈이 뒤집힐 것 같았다.

"어서 먹게. 그리고 필요한 것이 있으면 부르게나. 문밖에 사람이 있으니."

중년의 사내가 나가자 아이들은 식탁에 달려들어 먹기 시작했다.

"이거 무지하게 맛있다. 뭐지? 처음 보는 음식인데?"

"뭐면 어때? 일단 먹고 보는 거지."

"이런 요리 난생처음이야. 너무 맛있는데!"

"삐비비~ 삐비비~"

퍼쿵부터 시작해서 우레까지 여섯 사람들은 모두 엄청나게 먹어댔다. 그들이 집에서 먹던 음식과는 차원이 달랐다. 그저 고기를 불에 구워서 뜯어 먹고 야채도 생으로 먹던 그들에게 온갖 향료와 조미료로 만든 소스에 절어 있는 고기와 야채는 그냥 음식이라고 부르기에는 너무나 화려했다. 사치스러운 예술품이라고 표현하는 것이 더 옳을 지경이었다.

치요의 말이었다.

"이게 얼마 만에 먹어보는 요리야?"

피코가 치요에게 말했다.

"아, 그래. 치요는 어릴 적에 여기서 살았었으니까 먹어본 적이 있겠구나."

퍼쿵이 입에 하나 가득 음식을 씹으며 피코에게 말했다.

"피코, 너도 어렸을 때는 이것보다 더 좋은 음식을 먹고 자랐어. 기억이 잘 나지 않는 모양이구나. 하긴 그땐 아주 어릴 때니까……."

퍼쿵은 열심히 먹으면서도 아이들에게 음식을 자꾸 밀어주며 챙겨주고 있었다.

"피코, 이것 좀 먹어봐. 많이 먹어야 빨리 낫지. 어, 유코도 이것 먹어라. 맛있다. 보보, 물 좀 마셔가면서 먹어. 체할라. 치요도 많이 먹고. 이건 우레 입맛에 맞을 것 같은데? 자……."

그러자 피코가 말했다.

"우리 걱정 말고 쿵이나 많이 먹어. 덩치도 큰데 우리 먹이느라 며칠 동안 제대로 먹지도 못했잖아. 어서."

"헤헤, 나는 뭐……."

모두들 허기져 있는 데다 음식이 너무 맛있었나 보다. 한 상 가득 차려져 있던 음식이 하나도 안 남고 바닥이 났다. 심지어 접시에 묻어 있던 소스까지 다 핥아먹어 버렸다. 그러고 나니 너무 배가 불러서 움직일 수가 없었다.

"어, 어이구, 너무 먹었나? 죽겠다."

"헉헉, 일어날 수가 없어."

"이제 물도 못 먹겠네."

모두 자리에 앉아서 배를 두드리고 있는데 문이 열리며 젊고 아름다운 여인이 들어왔다.

"더 필요한 것 없어요?"

"돼, 됐어요. 더 이상은 못 먹어요. 헉헉."

그 여인은 상이 다 비워져 있는 것을 보고 눈이 휘둥그레졌다.

"어머, 이걸 다 먹었어요? 정말 대단한 식욕이군요. 젊어서 그런가? 호호."

그 여인이 웃으며 손뼉을 탁탁 치자 식탁이 움찔움찔하더니 문밖으로 나가 버렸다. 혼자서.

"엉? 저게 뭐야? 저절로 움직이네?"

유코가 놀라서 말했다. 보보도 입을 쩍 벌리고 있었고 퍼쿵과 피코는 신기하게 바라보기는 했지만 가끔 치요가 하던 것을 보아와서 그런지 별로 놀라지는 않았다. 대신,

"뭐 마족이니까 그 정도는 하겠지."

하고 말하는 정도였다.

"자, 이제 저를 따라오세요. 잠자리로 안내해 드릴게요."

그 여인은 퍼쿵 일행을 이끌고 어느 방 앞에 섰다. 그리고 말했다.

"잠자리는 여기구요, 그리고 자기 전에 목욕을 하시려면 저를 따라오세요."

여인이 걸음을 옮기자 퍼쿵 일행은 요 며칠 산행을 하는 동안 한 번도 목욕을 하지 못했기 때문에 우루루 여인을 따라갔다. 미로를 따라 내려가니 아까보나 한참 아래쪽에 약간 넓은 공간이 또 나왔다.

"어? 이런 곳에 물이 있네."

동굴의 아래쪽에는 강이 흐르고 있었다. 신기한 일이었다. 동굴은 분명 땅속에 있는데 그 아래에 또 강이 흐르다니. 모두들 신기하여 주변을 두리번거리느라 정신이 없었다. 그러자 유코가 얼굴을 찌푸리며

말했다.

"좀 두리번거리지 말아요. 촌티나게……. 아이, 창피해서 같이 못 다니겠네."

보보는 물을 보고 생각했다.

'이곳 땅속에 지하수가 흐르는구나. 화산 지대에 흐르는 지하수라……. 그러면 광물질이 많이 용해되어 있겠는걸.'

"이곳에서 목욕을 하세요. 아! 그리고 여자 분은 이쪽으로……."

그 여인이 유코만을 데리고 어디론가 가려 했다. 그러자 퍼쿵, 보보, 치요가 순간적으로 피코의 눈치를 살폈다.

아니나 다를까, 피코는 갑자기 발끈하더니 얼굴이 확 달아오르며 말하는 것이었다.

"이봐요, 아가씨. 난 안 보여요? 나도 여자란 말이에요."

의외로 피코는 화를 내지는 않고 혼자 열을 식히느라 식식거리고 있었다. 하긴 남의 신세를 지는 마당에 주인에게 화를 낼 수는 없었을 것이다. 저럴 때 보면 피코도 성질은 급하지만 교양은 꽤 있는 편이었다.

"어머? 미안해요. 난 또 잘생긴 미소년인 줄 알았지. 호호, 자, 화내지 말고 예쁜 아가씨도 이쪽으로……."

그 여인은 아주 젊어 보이는데도 불구하고 참 재치있고 침착하게 말을 하며 사과했다. 그러나 옆구리 찔러 절 받기라고 피코는 썩 기분이 좋지 않은 표정으로 그 여인을 따라갔다. 그 여인은 두 여자를 데리고 남자들이 보이지 않는 모퉁이로 돌아갔다. 사라지는 뒤통수들을 우레가 부러운 듯이 쳐다보고 있었다.

"미안해요. 하도 미인이라 몰라봤어요. 호호, 그리고 난 아가씨가 아니라 아줌마랍니다. 자, 그럼 목욕하고 쉬어요."

여인이 갈아입을 옷을 놓고 사라지자 피코가 투덜거렸다.

"젠장, 왜 다들 나를 남자로 보는 거지? 어휴, 자존심 상해."

"어머, 피코, 너무 미인이라 그렇다잖아요. 부럽다~ 나도 좀 예뻐서 남자로 오해 좀 받아봤으면 좋겠네. 호홋."

유코가 며칠 조용하다 했더니 또 느물거리며 속을 긁어댔다.

"그래, 너 못생겨서 좋겠다."

피코는 이제 유코가 뭐라고 빈정거려도 별로 신경 쓰지 않았다. 그냥 돌아서서 옷을 벗고 물속으로 걸어 들어갔다.

그러자 유코도 재빨리 옷을 벗고는 한 발을 물에 담갔다.

"앗, 차가와! 피코, 춥지 않아요?"

그래도 피코가 대답을 하지 않자 좀 민망한 표정을 짓더니 몸을 웅크리고 천천히 조금씩 몸에 물을 끼얹으며 물속으로 들어갔다.

한편 남자들도 목욕을 하며 이런저런 얘기를 하고 있었다.

"이게 얼마 만에 하는 목욕이야? 정말 좋은데!"

"좀 추운 것 같아."

"한여름에 뭐가 춥다고 그래?"

퍼쿵이 비시시 웃으며 말했다.

"아까 그 아가씨 정말 예쁘지 않냐? 피부가 백옥 같더라."

그러자 지요가 안됐다는 듯이 말했다.

"쿵, 어쩌지? 그 여자 나이가 쉰이 넘어 보이던데."

보보가 깜짝 놀란 표정을 지었다.

"뭐? 그럼 엄마뻘이잖아?"

치요가 미소 지으며 퍼쿵에게 말했다.

"그래도 좋다면 내가 얘기 전해줄게."

"뭐 이쁘다는 거지 사귀고 싶다는 건 아니야."

그러면서 퍼쿵의 얼굴이 빨개졌다. 보보는 마족의 나이가 궁금했다.

"도대체 너희 마족은 몇 살까지 사는 거냐? 아까 그 여자가 쉰이 넘었으면 족장이라는 할아버지는 대체 몇 살이야?"

"그분은 아마 이백 살이 넘었을걸."

"진짜 오래 사셨구나. 그럼 마족은 도대체 몇 살에 결혼하는 거야?"

"보통 퍼쿵의 나이 정도면 결혼해. 아까 숲에서 본 아저씨들 있지? 그 정도면 퍼쿵이랑 비슷하거나 좀 많을 거야."

"퍼쿵 형, 몇 살이에요?"

"스물다섯 살."

"헤헤, 장가갈 나이네요. 아까 그 아줌마가 예쁘게 보일 만해요."

"이 녀석, 놀리지 마."

퍼쿵이 허공을 쳐다보며 슥슥 몸을 닦았다.

"어? 우레가 어디로 갔지? 먼저 돌아가서 자나?"

"설마~ 여자들 엿보러 갔을 거야."

"하여튼 그놈은…… 쯧쯧."

"하긴 그 녀석이 그냥 지나칠 놈이 아니지."

그러나 그런 말을 하고 있는 남자들도 꼭 책망하는 표정은 아니었다. 어딘지 모르게 부러워하고 있는 듯한……

한편 여자들이 있는 곳에서는 기분 상한 피코와 반대인 유코가 아무 말도 없이 각자 몸을 닦고 있었다. 그때.

"삐비비~"

두 여자가 고개를 휙 돌려보니 웬 여자 아이가 물속으로 들어오고 있었다.

"까악~ 우레! 너 왜 여기에 왔어? 어서 나가!"

유코가 가슴을 가리며 소리쳤다. 하지만 피코는 대수롭지 않다는 듯이 물속에 몸을 담그고 바라보고 있었다.

"삐비비~"

"유코, 우레가 뭐라고 하니?"

"자기도 여자니까 남자들이랑은 목욕을 할 수 없대. 하지만 치요가 우레는 남자라고……."

"뭐 어떠니? 짐승인데. 게다가 저 모습으로 남자들이랑 목욕하면 남자들 다 코피 터져서 죽을걸?"

우레는 이미 여자 아이로 변신해 있었다. 정말 여자한테 수작 거는 방법도 가지가지였다.

"그럴까? 그럼 저만치 떨어져서 씻어. 이쪽으로 오면 죽는다!"

허락이 떨어지자 우레가 기분이 좋아서 몸을 비비 꼬며 웃고 있었다. 물론 귀여운 여자애의 모습으로…….

"삐비비~"

목욕을 마치고 모두 방으로 돌아왔다. 여자들은 다른 방을 준다는 것을 괜찮다고 거절하고 한 방에 모였다. 입고 있던 옷을 모두 빨고 마족이 준 것을 입고 있으니 다들 우스워 보였다. 마족의 옷은 가죽이 아니라 식물에서 뽑은 섬유로 만들어서 있었는데 가죽옷보다 훨씬 가볍고 부드러웠다. 상의, 하의가 따로 없이 하나의 가운같이 되어 있었다. 퍼쿵만이 맞는 옷이 없어서 천을 통째로 두르고 있었다.

"에이, 이게 뭐야? 옷도 아니고."

"어머~ 퍼쿵 오빠, 너무 귀여워요."

"놀리지 마, 유코."

"아니에요, 오빠. 정말 귀엽다니까요."

"정말 그러냐? 유코가 귀엽다니까 기분이 좀 낫구나. 허허."

퍼쿵이 얼굴이 벌게져서 웃고 있자 아까 기분이 상했던 피코가 가만히 바라보더니 툭 내뱉었다.

"정말 퍼쿵은 유코만 그렇게 좋아하고……. 에이, 나도 홀딱 벗고 뛰어다니기라도 해야지 이거야 원……."

유코의 얼굴이 새빨개졌다. 그러더니 발끈해서 피코에게 쏘아붙였다.

"뭐라고요? 그거 나 들으라고 한 말이에요?"

피코는 못 들은 척하고 자리에 누웠다. 그러면서 덧붙이듯 중얼거렸다.

"나 내일 아침 늦잠 잘 테니까 깨우지 마. 홀딱쇼하려면……. 음냐, 음냐."

"아앙~ 난 몰라."

유코가 울음을 터뜨렸고 남자들은 얼굴이 벌게져서 각기 무슨 상상을 하는지 허공을 바라보고 있었다.

그렇게 밤은 깊어갔고 모두 잠이 들었다. 모두들 지친 데다가 배불리 먹어서 금방 잠이 들었는데 치요만이 슬그머니 일어나 밖으로 나가고 있었다.

다음날 아침 식사를 마친 후 환자인 피코와 보보는 피로에 지쳐서 다시 잠을 잤고 유코와 우레는 동굴을 여기저기 구경하고 다녔다. 퍼쿵과 치요는 다른 방에 있었다. 그곳은 족장의 응접실이었다.

"그래, 밤새 푹 쉬었나?"

"예, 덕분에 식사도 잘 하고 잠도 편하게 잤습니다. 감사합니다."

"부담 같은 것은 갖지 말게. 난 자네들을 우리 동족처럼 생각하니까."

"고마워요, 족장 할아버지."

"치요는 그동안 정말 많이 자랐구나. 너를 보니 네 부모가 자꾸만 생각난다. 이렇게 부른 것도 그 얘기를 좀 나누고자 한 것이니라. 얘기해 줄 수 있겠느냐?"

원래 차분하고 점잖은 아이이긴 했지만 오늘 치요의 표정은 전에 없이 어른스러웠다. 부모의 얘기를 하기에는 아직 슬픔이 가시지 않았을 것이다. 퍼쿵도 그전의 일은 모르지만 치요의 아버지가 죽던 그 일은 알고 있었다. 바로 그 자리에 같이 있었던 것이다.

"예. 그렇지 않아도 아빠의 일을 할아버지께 말씀드려야 한다고 생각하고 있었어요. 그런데 혹시 저희 엄마는요? 어젯밤에 집에 갔었는데 아무도 살고 있지 않았어요. 저희 엄마는 어디로 가셨나요?"

족장의 표정이 더없이 무거워졌다.

"네 어머니는 돌아가셨단다. 너희가 떠나고 이틀 후였다."

"역시… 그랬군요. 사실이었군요."

"미안하구나. 우리도 살릴 수가 없었단다."

"예……."

"왜 바로 돌아오지 않았느냐?"

"실은… 돌아가신 걸 알고 있었어요. 엿새 만에 우레가 찾아왔거든요. 엄마의 소식을 가지고……. 혹시나 하고 찾아봤었는데……."

"그래도 한 번쯤은 들렀어야지. 네 어미의 묘에 인사라도 하는 게 도리가 아니겠느냐?"

"죄송해요."

응접실에 침묵이 흘렀다. 그리고 잠시 후 치요가 입을 열었다.

"아빠와 제가 처음 간 곳은 남쪽이었어요."

마족의 마을에 새 아기가 태어났다. 오랫동안 새로운 탄생이 없었기에 온 마을은 축제 분위기였다. 근 사오 년 만에 처음 태어난 아기였다. 족장은 아이의 이름을 '치요' 라고 지어주었다. 건강한 사내아이였다.

"여보게, 자네 아들이 아주 잘생겼군. 제 엄마를 꼭 닮았어."

"감사합니다, 족장님."

아기의 아버지인 '샤샤' 가 기쁜 표정을 감추지 못하고 있었다. 샤샤의 나이는 예순이 다 되었고 엄마인 '다나' 는 마흔이 넘었다. 물론 이백 살이 넘은 족장에 비하면 무척 젊은 부부였다.

이 아기는 마족으로서는 그리 늦게 얻은 것은 아니었지만, 워낙 번식력이 약해 평생 아이를 못 갖는 여자도 흔한 형편이었으므로 치요의 탄생은 부족 전체에 있어서도 더없이 기쁜 일이었다.

그러나 족장의 표정이 마냥 밝지만은 않았다.

"그래, 아기 엄마의 건강은 어떤가?"

"썩 좋지는 않지만 곧 회복될 겁니다. 너무 염려 마십시오."

"잘 돌봐주게. 힘든 분만이었어. 정말 수고가 많았구나, 다나."

족장의 격려에 산모가 누운 채 웃음으로 인사를 대신했다. 사실은 말할 힘이 없었던 것이지만…….

다나는 어려서부터 몸이 약했다. 그녀는 염력을 지니고 있었지만 그것과 체력은 아무 상관이 없었다.

다나의 아버지가 족장과 절친한 친구 사이였던 관계로 족장은 죽은 제 친구를 대신하여 다나를 친딸처럼 아꼈다. 다나의 아버지는 백육십 세에 딸 하나를 얻고 백칠십 세에 죽었다.

그때부터 족장은 친구의 딸을 제 딸처럼 돌보며 키워서 마을의 잘나가는 젊은이였던 샤샤와 혼인시켰다. 결혼한 지 몇 년 지나지 않아 어머니도 죽고 고아가 된 다나에게 아기는 이 세상 단 하나의 혈육인 셈이었다.

아기는 무럭무럭 자랐다. 남달리 건강했고 머리도 좋았다. 더구나 족장 할아버지의 사랑을 한 몸에 받으니 부러울 것이 없었다. 다만 엄마인 다나는 치요를 낳은 후부터 기력이 점점 약해져서 거의 모든 생활을 자리에 누운 채 하고 있었다.

샤샤는 불의 마법을 다루는 건강한 남자였다. 다른 마법에 있어서는 그렇지 않았지만 불의 마법을 부리는 데는 샤샤를 따라갈 사람이 없었다.

마족은 모두 마력을 지니고 태어난다. 그 능력은 대대로 피를 통해 유전되었는데 다 같은 것이 아니라 개개인이 모두 달랐고 사용하는 마법도 각기 다른 종류였다.

샤샤는 자신의 마법을 치요에게 가르쳤다. 어린 치요는 어머니로부터 받은 염력과 아버지로부터 받은 불의 마력을 몸 안에 지니고 있었다. 어려서 사용하는 데는 서툴렀지만 장차 자라면 훌륭한 마법사가될 재능을 가지고 있었다.

그렇게 세월이 흘러 치요가 열 살이 되었을 때 치요의 어머니는 몸이 약해질 대로 약해져 아예 자리에 누워서 일어나지 못할 정도가 되었다.

그녀의 몸은 원래 아기를 낳기에는 너무나 약했었는데 자신들의 사랑의 결실을 위해 무리하게 치요를 임신하고 분만하면서 자신의 몸을 지탱하던 생명의 불이 치요에게 옮겨가 버린 탓이었다. 여러 가지 방법으로 치료해 보았지만 죽어가는 사람의 기력을 회생시킬 수는 없었다. 10년이나 더 살아 있었던 것만도 다행이었던 것이다.

그녀를 치료하던 의원도 고개를 설레설레 흔들고 말았다. 대신 그 의원은 한 가지 방법을 제시했다. 그녀의 기력을 회생시킬 수 있을 만한 약을 구해오는 일이었다.

그것은 화충산(火蟲酸)이라는 물질로 어떤 동물의 내부에서 만들어지는 독(毒)이었다. 보통 사람이 그 독에 중독되면 몸 안의 혈액이 급격히 강한 산성으로 바뀌어 높은 열을 발산하며 죽기 십상인 것이었지만 다나의 경우 적절히 사용하면 꺼져 가는 불을 다시 살릴 수 있을지도 모른다는 것이였다.

물론 그 의원도 확신하지는 못하고 있었다. 다만 궁여지책(窮餘之策)으로 내놓은 최후의 방책이었다. 그러나 물에 빠진 사람이 지푸라기라도 붙잡는다는 심정으로 샤샤는 어린 치요를 데리고 길을 떠났다.

위험한 여행길이었지만 샤샤는 염력을 사용하지 못하기 때문에 엄마의 능력을 고스란히 물려받은 치요는 한시도 지체할 수 없는 이 여행을 단축시킬 소중한 조력자가 될 수 있었다.

게다가 샤샤는 어린 아들을 데리고 바깥 세상의 모습과 정기를 보여주고 가르치려는 계획을 오래전부터 가지고 있었기 때문에 이번 기회에 동행을 결심하게 된 것이었다.

"치요, 미안하구나. 이렇게 위험한 길에 너를 데리고 가게 되어서."

아버지 샤샤의 말이었다.

"아니에요, 아빠. 저는 도울 수 있어서 무척 기쁜걸요."

"그래. 그렇게 생각해 주니 고맙구나. 치요야, 이번이 첫 여행이니까 주의 깊게 관찰하고 자연의 정기를 마음껏 느껴보아라."

"예. 돌아가면 엄마께 여행 얘기를 해드릴 거예요. 그러면 엄마도 기뻐하시겠죠?"

"그럼. 엄마는 치요가 얘기해 주는 것을 세상에서 제일 좋아하니까."

어린 치요는 항상 아픈 엄마를 간호하면서 자랐기 때문에 나이보다 심중이 깊었다.

"아빠, 엄마의 병이 그렇게 위중한가요? 족장 할아버지의 표정이 너무 슬퍼 보였어요."

"그래. 하지만 걱정하지 말아라. 엄마는 꼭 나을 수 있을 거야."

"그렇겠죠? 우리가 화충산만 구해서 가지고 가면 꼭 일어나실 수 있는 거죠?"

"물론이지."

샤샤는 그렇게 대답했지만 그리 희망적인 얼굴이 아니었다. 그 약이 아내의 기력을 다시 살릴 수 있을 거라는 확신은 의원도 내리지 못했던 것이다. 그러나 그렇다고 해서 가만히 앉아 아내가 죽어가는 것을 보고만 있을 수도 없었기 때문에 그들은 촌각을 다투어가며 약을 구하러 가고 있는 것이었다.

"그런데 아빠, 화충산이 무엇인지는 알고 계세요?"

"그래. 그건 뜨거운 화산 지대에서만 사는 동물이 가지고 있는 독이지."

"화산에서 어떻게 동물이 살아요?"

"화산처럼 뜨거운 지역에서만 살 수 있는 동물도 있단다. 반면에 얼음으로 뒤덮인 차가운 지역에서만 사는 동물도 있지."

"하지만 화산은 거의 불 속같이 뜨겁다면서요?"

"하하, 화산의 불 속에서 사는 것이 아니라 주변에서 사는 것이야. 지열이 높은 주변 지역에서. 불 속에서는 살 수가 없지. 아무려면……."

"그렇군요. 저는 또 불 속에서 사는 동물인 줄 알았어요."

샤샤는 바쁜 걸음을 옮기며 주변의 숲에서 불어오는 정기를 느끼고 있었다. 그리고 치요에게 계속 설명을 했다.

"치요, 이 아빠가 불의 마법을 사용하는 것을 가르쳐 주었지? 그런데 네가 사용하는 그 마법은 어디에서 오는 거냐?"

"그야… 잘은 모르지만 제가 기를 모으면 주위에서 뜨거운 불의 기운이 몸 안으로 흘러 들어오고……."

"그래. 우린 마력을 가지고 있지만 정작 우리 몸 안에 불은 없이. 이주 조금의 생명을 유지시키는 불이 있을 뿐이야. 너와 아빠가 마법에 사용하는 불은 사실은 우리 것이 아니란다. 자연의 힘을 빌리는 것일 뿐이지."

"자연의 힘이요?"

치요는 어리긴 했으나 불에 있어서는 이미 중급 마법을 사용할 정도로 강한 마법사였다. 하지만 그 근원에 대해서는 잘 모르고 있었다. 타고난 능력에다가 아버지의 뛰어난 교육으로 다만 남들보다 어린 나이에 그 정도의 능력을 가지고 있는 것이다.

"그래. 이 세상은 공기와 물과 땅으로 이루어져 있어. 우리가 숨 쉬고 있는 공기도 파헤쳐 보면 그 세 가지 물질에 지나지 않지. 공기와 땅과 물은 사실은 같은 거란다. 상태에 따라서 달라 보이는 것뿐이야."

"그래요? 하지만 전혀 다른 성질을 가지고 있지 않나요?"

"그래, 그렇게 같은 물질이 서로 다른 성질을 가지도록 해주는 것이 바로 불이란다."

"그렇군요. 그럼 사람이나 짐승이나 나무는 어때요?"

"그것도 결국에는 공기와 물과 땅으로 이루어져 있단다. 불이 그것을 사람으로, 또는 나무나 짐승으로 만드는 거야."

"정말 신기해요. 그러면 불은 무엇으로 이루어져 있나요?"

"불은 어떤 물질로 이루어진 것이 아니야. 그것은 물질에서 나오는 에너지란다. 그리고 그 에너지는 결코 사라지지 않는 거야."

"하지만 모두 타버리고 나면 불은 사라지고 마는걸요."

"사라지는 것이 아니라 옮겨가는 거란다. 그건 사라지는 것과는 다르지."

바삐 걷고 있는 두 부자의 얘기는 계속 이어지고 있었다. 아버지의 알 듯 모를 듯한 설명에 치요는 고개를 끄덕이기도 하고 갸우뚱하기도 하며 귀 기울이고 있었다.

샤샤는 어린 치요에게 모든 것을 물려주고 싶었다. 영특한 아들이 훌륭한 어른이 되기 위해서는 교육이 필수였기 때문에 이렇게 급한 와중에도 그의 설명은 계속되고 있었다.

"네가 기를 모을 때 주위에서 오는 그 뜨거운 기운이 불의 기운이야. 그걸 할 수 있는 사람은 그다지 많지 않아. 우리 마족은 그런 면에서 타고난 종족이지. 마족 중에서 나와 너는 특히 불의 기운을 모으는 데 타고난 사람이고."

"그렇군요. 전 남들도 다 그런 줄 알았는데……. 그럼 엄마는 어떤 가요?"

"네 엄마가 가지고 있던 능력은 염력이란다. 그것이 네 몸으로 고스란히……."

거기까지 얘기하던 샤샤는 말꼬리를 흐렸다. 분만 중 아내의 염력이 치요에게 옮겨올 때 그녀의 몸을 지탱해 주던 생명의 불도 통째로 아이에게 옮겨왔다는 것이 생각나서 더 이상 말을 할 수가 없었던 것이다.

아기가 태어난 후 아내에게는 목숨을 겨우 연명할 쥐꼬리만한 불밖에 남아 있지 않았다. 그러나 자리에 누워서나마 십 년을 버티게 해주던 그 가냘픈 불이 이제 꺼지려고 하는 것이다.

"아빠?"

말이 없어진 아버지를 의아하게 쳐다보던 치요가 대답을 기다리고 있었다.

"응, 그래. 잠깐 딴생각을 했단다. 어디까지 얘기했지?"

"엄마의 염력이요. 하지만 전 엄마가 염력을 사용하는 것을 한 번도 본 적이 없는걸요."

"그건… 엄마는 지금 몸이 너무 아파서……. 그건 그렇고, 화산에서 어떻게 동물이 사는가에 대해서 물었었지?"

"예. 뜨거운 화산에서 어떻게 동물이 살죠?"

"우리가 불의 기운을 빌려서 마법을 발현하듯이 그 동물도 아마 그 불의 기운을 몸 안으로 끌어들여야만 살 수가 있는 것이겠지. 자세한 것은 나도 잘 모르겠구나."

"아빠는 그 동물을 알고 있어요?"

"그래. 그 동물은 개미란다."

"개미라면 우리 마을 근처에도 많이 있잖아요?"

"보통 개미와는 달라. 화산에만 살고 있는 무서운 개미지."

"그럼 그 동물만 찾으면 엄마는 살 수 있는 것인가요?"

"그럴 거야. 그러니 어서 가자. 빨리 돌아가야 하니까."

"그래요, 아빠."

두 사람은 서둘러 남쪽으로 걸음을 옮겼다. 하루가 지나고 이틀이 지나 엿새째가 되었다. 화산이 있는 곳은 남쪽으로 어드레나 걸리는 먼 길이라고 했다. 아버지인 샤샤는 몇 번인가 갔었던 곳이라고도 했다.

젊었던 시절 샤샤는 자신에게 있는 불의 마법을 완성시키기 위한 수련의 목적으로 화산을 찾아 여행을 떠나곤 했었다. 물론 치요는커녕 아내를 만나 결혼하기도 전의 일이었다.

화산 속으로 직접 들어간 것은 아니었지만 화산 근처에만 가도 엄청난 불의 기운을 흡수할 수가 있었다. 강한 불의 기운을 끌어들이면서 그는 그것을 모으고 운용하는 방법을 터득해 나갔던 것이다.

지금의 샤샤는 누구보다 강한 불의 마력을 사용하는 고수가 되어 있지만 당시에는 그 힘을 얻기 위해서 목숨을 걸고 한 여행이었다. 그래서 만약 시간이 있다면 어린 치요에게도 그 기운을 느끼고 운용하도록 해주고 싶었지만 지금은 우선 아내의 약을 구하는 것이 급선무였다.

서둘고 있다고는 해도 두 사람의 걸음은 그다지 빠르지가 않았다.

길을 걷는 내내 샤샤는 어린 치요가 다치지 않도록 주의를 다하고 있었다.

원래 마족이란 체구가 작고 몸이 약한 종족이었다. 태양 아래서는 오래 버티지도 못했고 체력도 약했다. 대신에 정신력의 일종이라 할 수 있는 마력이 있었고, 또 성장이 느린 반면에 수명이 길었다.

만약 적절한 장소에서 외부의 위협과 스트레스를 받지 않고 살 수만 있다면 그들은 이백 살을 넘게 살 수 있었다. 가끔 다른 종족들과 만나는 일이 있었는데 다른 종족의 수명은 오십 년을 넘기기 힘들다고 하니 마족이 얼마나 오래 사는지는 비교할 수도 없는 일이었다.

예를 들어 칠십이 다 된 샤샤의 외모는 인간족과 비교하면 그들의 서른 살이나 되어 보일 정도였다. 하지만 그것도 환경이 따라주어야만 가능한 일이었다.

외적이 없더라도 태양에 오래 노출된다거나 하면 그들의 몸은 쉽게 상했다. 그래서 이 여행도 해가 떨어진 밤 시간을 주로 이용해서 이동하고 있었고 낮에는 바위틈이나 나무등걸 아래서 풀잎을 덮고 잠을 잤다.

그날도 그들은 바위틈에서 잠을 자고 있었다. 주위에는 샤샤가 만들어놓은 방어진이 둘러쳐 있어서 맹수를 걱정할 필요는 없었다.

"어어… 엄마, 엄마… 안 돼요."

갑자기 잠을 자던 치요가 심하게 잠꼬대를 했다. 그 소리에 눈을 뜬 샤샤가 치요를 흔들어 깨웠다.

"치요, 왜 그러니? 무슨 나쁜 꿈이라도 꾼 거냐?"

"헉! 엄마가……. 아빠, 이상해요."

소스라치게 놀라며 잠에서 깬 치요가 땀을 흘리며 말을 더듬었다.

"무슨 일이냐, 치요? 아빠한테 얘기해 봐라."

"엄마가 사라졌어요. 매일매일 느끼던 엄마의 느낌이……."

"악몽을 꾸었나 보구나? 괜찮아. 괜찮을 거야. 진정해라, 치요."

악몽을 꾼 아들이 울먹이고 있었다. 비록 꿈이긴 했지만 너무나 생생하게 엄마가 사라지는 느낌을 받아 치요의 충격은 컸다.

샤샤는 그런 치요를 보고 마음이 너무 무거웠다. 어서 서둘러서 화충산을 구해 돌아가야겠다는 생각에 마음이 급해졌지만 아직 해가 너무 뜨거웠기 때문에 움직이기는 힘들었다. 다만 그늘에 웅크리고 앉아서 겁에 질려 있는 어린 아들을 달래고 있을 뿐이었다. 하늘에서 귀에 익은 소리가 들려온 것은 그때였다.

"삐비비~"

그 소리는 몇 번이나 되풀이되면서 다급하게 들려오고 있었다.

"우레!"

치요가 소리쳤다. 샤샤는 서둘러 만들어놓은 방어진을 걷었다. 방어진이 존재하는 한 우레가 그들을 발견할 수 없을 것이기 때문이었다. 그러자 하늘에서 울던 새는 쏜살같이 아래로 떨어져 내려왔다.

"우레! 어떻게 된 거니? 여기에 왜 왔어?"

샤샤는 내려앉는 새를 팔뚝으로 받아 안고 물었다.

우레는 마조(魔鳥)였다. 그 종류의 새는 마족과 함께 오랜 세월을 살아온 가축이었는데 지금 내려앉은 녀석은 알에서 태어나자마자 샤샤가 아들에게 선물한 것이었다.

치요는 이제 한 살이 된 자신의 매에게 '우레'라는 이름을 붙여주었었고 여행을 떠나며 꺼져 가는 생명의 불을 증폭시키도록 엄마 곁에 붙여두었었다. 그런데 그 우레가 엿새가 걸리는 먼 길을 날아온 것이다.

치요도 다급히 물었다.

"엄마는 어떻게 하고 너만 여기에 온 거야?"

"삐비비~ 삐비비~"

아직 어린 우레는 숨을 헐떡이며 소식을 전해주고 있었다. 샤샤와 치요의 표정은 거친 숨 사이로 전해져 오는 우레의 말이 진행될 때마다 점점 굳어갔다.

"뭐, 뭐라고……? 그런……?"

"안 돼. 안 돼, 엄마가……. 거짓말이지? 으아앙!"

"삐비비~"

짐승은 거짓말을 하지 못하는 법, 두 사람은 마법의 새가 전해준 소식에 비통한 심정으로 절망에 잠기고 말았다. 다나가 숨을 거두었다는 소식이었고 이미 죽은 지 나흘이나 지나 시체가 썩기 시작하여 매장까지 끝났다는 것이다.

죽은 지 나흘이나 지났다니. 게다가 이미 땅에 묻혀 버렸다니. 그동안 고생하며 걸어온 길이 너무나 허무했다. 그럴 바에는 마지막 임종이라도 지키는 것이 백 번 나았을 텐데…….

그렇게 두 부자(父子)는 아내가, 엄마가 가는 마지막 길에 인사도 나누지 못하고 말았다. 우레는 어서 돌아오라는 족장 할아버지의 소식도 가져왔지만 두 사람에게는 이제 서둘러 돌아갈 필요가 없어졌다. 망연하게 허공을 바라보며 슬픔에 잠겨 있을 뿐이었다.

"자, 치요, 늦었지만 엄마에게 인사를 하자꾸나."

얼마의 시간이 지나자 샤샤는 슬픔을 감추고 아들에게 말했다.

"흑흑, 아빠, 엄마가 보고 싶어요……."

"나도 그렇단다. 하지만 이제는 엄마를 편안하게 보내주어야 해. 어서 인사를 하려무나."

두 사람은 그렇게 슬픔에 잠겨 하늘을 바라보며 마지막 인사를 했지만 대답해 주는 이 없는 공연한 메아리가 되어 되돌아올 뿐이었다.

다시 이틀이 지났다. 어둠이 내리고 산길을 걷는 일행은 이제 셋으로 불어나 있었다. 샤샤와 치요, 그리고 우레까지. 그들은 여전히 남쪽 화산을 향해 걸음을 옮기고 있었다. 특별한 일이 없이는 잘 날지 않는 우레가 샤샤의 어깨 위에 앉아 있었다.

샤샤는 아내가 죽고 없는 마을에 되돌아가는 것 대신에 치요에게 강한 불의 기운을 전해주리라고 마음먹었다. 자신은 소년 시절 혼자서 그 수행을 했었다.

그러나 그것은 목숨을 건 위험한 길이었다. 몸이 약한 마족이 혼자서 먼길을 여행한다는 것은 더군다나 위험하기 그지없었다. 하지만 지금 치요는 아버지와 함께했으므로 그보다는 수월한 수행이 될 것이고 수행이 끝나고 나면 보다 강한 마법사가 될 것이다.

"치요, 잘 들어라. 마법이란 내 몸 안에 있는 마력을 이용해서 자연의 정기를 빨아들이는 거야. 그리고 그것을 다시 밖으로 방출할 수 있어야 해."

"알고 있어요."

이미 설명을 들은 뒤였으므로 치요는 전보다 좀 더 잘 이해할 수 있었다.

"강한 정기를 빨아들이는 것은 아주 중요하단다. 겪어보지 않은 사람은 결코 그것을 운용할 수 없어."

"하지만 그저 빌리는 것이라면서요? 우리는 이미 외부의 정기를 빌려서 마법을 발현하는 방법을 알고 있잖아요?"

"보통은 그렇지. 하지만 화산에서 뿜어 나오는 열기란 그것과는 차원이 다르단다. 잘못하면 목숨을 잃게 되는 아주 위험한 일이야."

"조심할게요."

"그래. 절대로 방심하거나 자만하면 안 돼. 화산의 열기를 받아들이다가 아빠도 어릴 적에 여러 번 죽을 고비를 넘겼어."

"그래서 지금 아빠가 그렇게 강한 거예요?"

"그래. 다른 마법사들이 아빠만큼 불을 다스리지 못하는 것은 그런 이유란다. 그들은 화산의 열기를 받아들이는 방법을 몰라. 받아들이지 못하면 이용할 수도 없는 거야. 게다가 그만한 스케일을 겪어본 적이 없어서 상상도 못할걸."

"그렇군요."

그들은 이제 더 이상 슬퍼하지 않았다. 아니, 내색하지 않았다는 것이 옳을 것이다. 화산이 가까워졌는지 주위는 이상한 열기로 후끈 달아올라 있었다. 구름 한 점 없이 맑은 밤이건만 연기인지 안개인지 알 수 없는 것에 산 전체가 휩싸여 달도 흐릿해 보이고 있었고 코를 확 찌르는 매캐한 냄새가 온통 신경을 자극해 왔다.

"아빠, 왠지 무시무시한데요."

"그래, 이곳은 위험한 곳이지. 사람이 살 수 없는 땅이야."

"정말 이런 곳에 개미가 살고 있다니 믿어지지 않아요."

그도 그럴 것이 땅은 썩썩 갈라져 있었고 나무들도 바싹 말라 거의 살아 있는 것으로 보이지 않았다.

"나무가 다 말라 죽었나 봐요."

"그렇게 보이지만 이것들은 살아 있어. 이곳에서 살 수 있도록 만들어진 나무야. 아니, 여기서 살다 보니까 이렇게 된 것이라고 해야 옳겠구나.”

그때였다. 어디선가 다급한 비명 소리가 들려왔다.

“아빠, 무슨 소리가……?”

“나도 들었다.”

그 소리는 짐승의 울부짖음이 아니었다. 분명 사람의 목소리였다. 샤샤와 치요는 소리가 나는 곳으로 달려갔고 우레는 하늘로 날아올랐다. 잠시 후 우레가 소리치고 있었다.

“삐비비~ 삐비비~”

“저쪽이에요, 아빠!”

샤샤는 치요를 뒤로 제치고 앞서 달려나갔다. 작은 언덕에 올라서자 그 아래 골짜기의 어둠 속에서 두 사람이 칼을 휘두르며 소리를 질러 대고 있었다. 상대는 보이지 않았고 희미하게 휘두르는 칼만이 달빛을 반사해 번쩍거리고 있었다.

“저런, 위기에 빠졌구나.”

“아빠, 저 사람들 무엇과 싸우고 있는 거예요?”

칼을 휘두르는 대상이 보이지 않자 묻는 말이었다. 그들은 마치 허공에다 대고 칼을 휘두르는 것처럼 보이기 때문이었다. 주위는 시큼한 공기로 덮여 있었다.

“조심하거라, 치요. 뒤로 물러서 있어.”

샤샤는 치요를 뒤로 물리더니 두 손바닥을 붙이고 주문을 외웠다. 그러자 샤샤의 손에서 희미한 빛이 일어나더니 한 덩이, 두 덩이, 세 덩이… 차례로 일어난 파란 불꽃이 계속해서 공중으로 떠올랐다. 그는 손가락으로 치요의 몸 주위에 동그란 원을 그렸다. 그런 다음 다시 두 손을 뻗어내자 불꽃이 치요 주위의 원을 따라 돌기 시작했다.

"여기 꼼짝 말고 있어야 한다. 아빠가 하는 것을 잘 보고 있어."

"예."

"무엇이든 접근하면 불을 일으켜 태워 버려. 알겠지?"

샤샤는 말을 던지면서 골짜기를 향해 달리고 있었고 세 개의 불꽃은 치요의 주위를 떠나지 않고 점점 빠른 속도로 돌았다. 치요는 회전하는 불꽃 사이로 비탈길을 미끄러져 내려가는 아버지의 모습을 바라보고 있었다. 골짜기에서는 두 사람의 외침이 계속해서 들려오고 있었다.

"쿵, 어떻게 좀 해봐! 이놈들 끝이 없어!"

"피코! 어서 이쪽으로 와! 어서!"

큰 사람이 외치며 주위의 바닥으로 정신없이 칼을 휘둘러 댔다. 그러자 무엇인가 퍽퍽 터지는 소리가 들렸다. 작은 사람도 가느다란 칼을 휘두르고 있었지만 목소리로 보아 무척 괴로워하는 것 같았다.

"조금만 더 버티시오. 곧 도와주겠소!"

샤샤의 목소리였다. 말과 동시에 골짜기 아래서 불이 번쩍하더니 펑 하며 폭발음이 일었다. 커다란 불기둥이 잠깐 동안 보였고 그 가운데에 샤샤가 서 있었다. 그의 주변에는 불에 탄 작은 덩어리들이 타닥거리며 날리고 있었다. 이윽고 불기둥은 사라졌지만 샤샤를 둘러싸고 있는 큰 원은 주위를 따라서 계속해 불이 타오르고 있었다.

"어서 이쪽으로 들어오시오. 어서! 서둘러요!"

밀을 마침과 거의 동시에 두 사람의 그림자가 불타는 원 안으로 뛰어들어 오는 것이 보였다.

"고맙습니다, 정말⋯⋯."

"자, 인사는 천천히 하도록 하지요."

샤샤는 그렇게 말하고는 두 사람을 제 몸에 바짝 붙이고 다시 손을 뻗어 올렸다. 하늘을 향해 들려진 손에서 다시 파란 불기둥이 줄줄이 나오고 있었다. 그 불은 차례로 날아가더니 주위를 돌며 달려드는 검은 점들을 태워내기 시작했다.

빠직! 탁! 타닥!

움직이는 수많은 점들이 불길에 닿자마자 경쾌하게 터지는 소리가 나며 노린내를 풍겼다.

"아빠, 조심하세요!"

치요가 외쳤다. 샤샤는 아직도 주위를 새까맣게 둘러싸고 꿈틀거리는 점들을 태우느라 정신이 없었는지 대답하지 않았다.

딱! 따다닥!

"엇?"

갑자기 치요가 깜짝 놀라 주위를 둘러보았다. 주변에서 무엇인가 터지는 소리가 요란하게 들렸기 때문이다. 저만치서 아버지가 태우고 있는 것과 같은 것들이 틀림없었다. 놀라서 자세히 보니 어둠 속에서 수많은 검은 동물들이 꿈틀거리고 있었다. 그리고 그것들이 달려들다가 치요 주위에 돌고 있는 불에 충돌해 터지고 있었던 것이다.

"아악! 아빠! 무서워요!"

치요가 소리치자 곧 샤샤의 목소리가 들렸다.

"치요! 무서워하지 말고 불을 일으키거라. 네 몸에 불막을 만들어!"

치요는 이미 불을 불러낼 수 있는 중급 마법을 알고 있었다. 다만 실제로 맹수와 싸워본 적이 없어서 놀라고 겁먹을 뿐이었다. 다행히 그놈들은 함부로 접근하지 못하고 있었다. 주위를 돌고 있는 세 개의 불꽃이 달려드는 놈들을 정확히 태워내고 있기 때문이었다.

"이야압!"

치요가 주변의 자연에서 힘을 모으더니 주문을 외우며 기합을 넣자 아이의 몸 주위가 발갛게 달아오른 듯이 밝아지며 불막이 형성되었다. 불막은 주변에 있는 나무나 풀잎을 태우기 시작하더니 달려드는 놈들을 멀리 쫓아낼 정도로 뜨겁게 열을 내고 있었다.

그러는 가운데 샤샤가 두 사람을 데리고 치요의 앞에 나타났다. 그들은 곧 샤샤가 만든 원 안으로 들어왔고 치요는 불막을 거두었다. 우레만이 하늘에 떠 있는 채로 내려다보고 있었고 샤샤의 커다란 원에는 그들 부자와 낯선 두 사람이 들어와 있었다.

더 이상 개미들은 들어오지 않았다. 불을 뚫을 수가 없었던 모양이다. 비로소 여유가 생기자 그들은 샤샤에게 인사를 했다.

"정말 고맙습니다. 뭐라고 감사드려야 할지……."

두 사람 중 큰 사람이었다.

"아니오. 당연히 도와드려야지요. 그런데 두 분은 어째서 이런 위험한 곳에 있는 것입니까?"

"저희는 어제 오후에 사냥감을 쫓아 이 고원 위로 올라갔었지요. 날이 저물어 내려오다가 그만 그 괴물들을 만난 것입니다."

"이곳에는 처음 오신 모양이군요."

"예. 저희는 이리저리 떠돌며 살고 있는데 이곳은 처음이라서……."

"아직 두 분 다 어려 보이시는데……?"

샤샤는 의아하다는 듯이 말했다. 두 사람은 모두 젊은 사람이었다. 덩치는 엄청나게 컸지만 순한 얼굴을 한 큰 사람이 말했다.

"저는 퍼쿵이라고 합니다. 나이는 열여덟이고요. 이쪽은 제 동생 피코입니다. 열두 살이지요. 정말 저희들 목숨을 구해주셔서 어떻게 은혜를 갚아야 할지……."

"하하, 그러실 필요 없습니다. 저희도 화산에 올라가는 길인데 우연히 보게 되었을 뿐인데요."

"그런데 정말 대단하십니다. 어떻게 그런 불을 일으키시는지 저는 정말 놀랐습니다."

"별로요. 저희는 마족이거든요."

"마족이요?"

"예. 그런데 두 분의 칼 솜씨가 대단하던데요? 그렇게 떼 지어 달려드는 놈들을 모조리 베어낼 수 있다니."

"별말씀을요. 하마터면 죽을 뻔했는걸요. 도와주지 않으셨다면 오래 버티지 못했을 겁니다."

그러고 보니 두 사람은 다친 곳이 하나도 없었다.

"치요, 인사드리거라. 이 아이는 내 아들 치요입니다. 열 살이고요."

"아, 예. 안녕, 치요? 반갑다."

"안녕? 난 치요야. 만나서 반가워."

두 사람은 열 살이라는 치요가 너무 작은 것을 보고 약간 놀라는 것 같았다. 치요는 인간족으로 치면 다섯 살 정도밖에 보이지 않았다. 반면에 치요는 열여덟과 열두 살이라는 두 사람이 너무 크고 늙어 보여서 놀라고 있었다. 치요의 눈에는 두 사람이 어른처럼 보였던 것이다. 서로 의아해하는 것을 눈치라도 챘는지 샤샤가 웃으며 말했다.

"하하, 마족을 처음 만나신 모양이군요?"

"아, 예. 처음입니다."

"그래서 그렇게 놀라시는군요. 마족은 나이를 천천히 먹는답니다. 제가 올해로 예순일곱입니다. 하하하!"

"예? 설마요!"

퍼쿵이라는 자가 눈이 동그래져서 반문하는 것이었다.

피코라는 작은 아이는 별로 말이 없었다. 수려한 외모이기는 했지만 어딘지 무척 날카로워 보이는 눈매를 지니고 있고 키는 아버지인 샤샤만큼이나 컸다. 퍼쿵이라는 자는 그보다도 목 하나는 더 컸고.

"정말입니다. 마족은 그래요. 이 아이가 열 살이라니까요."

두 사람이 다 믿어지지 않는다는 듯이 쳐다보고 있었다. 일흔이 다 되었다는 샤샤가 열여덟이라는 퍼쿵보다 몇 살 많아 보이지 않는 데다가 열 살이라는 치요는 열두 살이라는 피코의 허리에도 오지 않는 작은 키에 얼굴은 완전히 아기의 얼굴 그대로였으니 그럴 만도 했다.

네 사람이 얘기를 하고 있는 중에도 주위에서는 계속 따닥거리며 그 괴물들이 타고 있었다. 하지만 달려드는 놈만 타고 있을 뿐 전체가 타지는 않았다. 샤샤가 주위를 새까맣게 둘러싸고 있는 그 괴물들을 보고 말했다.

"오늘은 여기서 날을 새워야 할 것 같군요. 이놈들은 해가 뜨면 물러가거든요."

그러더니 손을 뻗으며 공중에서 빙빙 돌고 있는 우레를 불렀다. 우레는 사뿐히 샤샤의 어깨에 내려앉았다.

"이놈도 저희 일행입니다. 우레라고 하지요."

"아, 예. 이 새는 무슨 종류지요?"

"이깃은 마족과 같이 사는 매입니다. 한가족이지요."

"예. 반갑다, 우레야."

퍼쿵이라는 청년이 손을 뻗어 만지려고 하자 우레는 푸드덕 날아 피하며 치요의 머리 위로 옮겨 앉았다. 청년이 민망한 듯 손을 거두자 샤샤가 말했다.

"우리는 마족이 아니면 상대를 않거든요."

"그런데 저것들은 도대체 무슨 괴물입니까?"

"저것들은 화산 개미입니다. 뜨거운 땅에서만 사는데 아주 위험한 것들이에요. 무서운 육식용도 순식간에 뼈만 남기고 먹어버리지요. 이 주변에는 특별한 일 아니면 오면 안 돼요."

"정말 죽을 고비를 넘겼어요."

샤샤는 퍼쿵에게 화산 개미에 대해서 설명해 주었다.

"인간은 마법이 없으니까 저걸 만나면 대개는 죽을 수밖에 없어요. 저것들은 끝도 없이 덤비는 데다가 무서운 것도 모르거든요. 만약 다음에 다시 마주치면 무조건 물속으로 들어가세요. 절대로 물속까지 따라 들어가지는 않으니까요."

"아, 그러면 되는군요. 잘 알겠습니다."

"가능하면 마주치지 않는 게 더 좋구요."

'저게 화산 개미였구나…….'

치요는 유심히 그 개미들을 바라보며 눈을 떼지 못하고 있었다. 며칠 전에 죽은 엄마 생각이 나서였다.

'저 개미의 화충산을 조금만 더 일찍 구했더라면 엄마가 살 수 있었을 텐데…….'

치요의 눈에 눈물이 맺혔지만 얼른 눈가를 훔치고는 곧 표정을 지웠다. 이미 엄마는 죽고 없기 때문이었다. 영특한 치요는 이미 허튼 감정을 잘 표현하지 않을 정도로 철이 들어 있었다.

제14장 샤샤의 죽음

날이 밝자 개미 떼는 거짓말처럼 사라졌다. 그것을 확인하고 불을 거둔 샤샤는 몹시 지쳐 있었다. 밤새도록 마법을 발현시키느라 마력과 체력이 많이 소진되어 있었다.

그는 눈에 띄게 핼쑥해진 얼굴로 퍼쿵 일행과 작별 인사를 했다. 퍼쿵은 몇 번이나 고맙다고 인사를 하고 피곤해 보이는 샤샤를 걱정하면서 산을 내려갔다.

아침 햇살을 뒤로 받으며 산길을 걸어 내려오다가 퍼쿵이 말했다.

"참 고마운 사람들이지?"

피코도 고개를 끄덕이며 대답했다.

"그래, 하마터면 죽을 뻔했잖아."

"그런데 정말 신기한 재주지 않았냐?"

"뭐가?"

"불을 일으키는 거 말야."

피코가 갸우뚱하더니 피식 웃으며 말했다.

"그래. 이상했어. 혹시 그 사람들 귀신이 아닐까?"

"하하하!"

피코의 농담에 두 아이는 크게 웃었다.

피코가 뒤를 돌아보았다. 피코는 걷는 내내 자꾸만 뒤를 돌아보고 있었다.

퍼쿵이 물었다.

"왜? 뭐 따라오는 것이라도 있어?"

"아니, 그냥……."

잠시 생각하던 피코가 말했다.

"퍼쿵, 그 말 정말일까?"

"뭐?"

"그 사람이 예순일곱이라는 거 말야."

"정말이겠지. 왜 우리한테 거짓말을 하겠어?"

"하지만 너무 젊어 보이잖아?"

"마족은 그렇다잖아."

그러다 피코가 또 뒤를 돌아보았다.

"왜 자꾸 그래? 뭐라도 있어?"

"아니… 그 아저씨 너무 지쳐 보이지 않았어? 곧 쓰러질 것 같던 데……."

퍼쿵이 잠시 피코를 바라보더니 말했다.

"걱정되니?"

"뭐… 그냥……."

그러나 피코의 표정에는 적잖이 근심이 서려 있었다. 그러자 퍼쿵이 미소 지으며 말했다.

"그럼 돌아가자. 다시 가서 그 사람이 괜찮은지 보고 오면 되잖아? 뭐 그 사람 일 다 볼 때까지 동행해도 되고."

"그럴까? 그래도 돼?"

"그럼. 남는 게 시간인데 뭐……. 급한 일도 없잖아? 어차피 사냥감도 놓쳤고……."

"그래, 그러자."

그제야 피코가 마음이 놓이는 듯 좋아했고 두 사람은 오던 길을 되돌아 올라가기 시작했다.

두 사람을 내려 보내고 나서 샤샤는 곧 방어진을 만들어놓고 치요와 우레를 재웠다. 자신도 잠을 자야만 했던 것이다. 방어진은 주변 사물을 이용해 자연으로부터 정기를 빌리는 것이라서 마력의 소모가 전혀 없었고 그 안에서 그들은 안심하고 잠을 잘 수가 있었다.

낮 동안 죽은 듯이 잠을 잔 샤샤 일행은 어두워지자 잠에서 깨어나 방어진을 걷었다. 몸은 완전하지는 않았지만 많이 나아진 것 같았다. 마족은 체력이 너무 약해서 쉽게 회복이 되지 않았다. 하지만 샤샤는 해가 지자 서둘러 걸음을 옮기기 시작했다. 거의 목적지에 가까이 왔기 때문에 하루라도 빨리 일을 보고 내려가는 쪽이 몸을 회복하기에 더 유리했기 때문이다.

밤이 깊었고 고원으로 올라갈수록 점점 주위의 풍경이 황폐화되어 있었다. 게다가 온도는 점점 더 뜨거워졌다.

어린 치요는 강한 열기에 놀라고 있었다. 아직 눈에 화산이라는 것이 보이지도 않는데 온통 주위가 열로 들끓고 있는 것이다. 그런 일을 처음 겪는 어린 치요로서는 놀라지 않을 수가 없었다.

"아빠, 너무 더워요. 목이 말라요."

"그래, 잠시만 참아라."

샤샤는 물통을 꺼내 치요와 우레에게 조금씩 먹였다. 양껏 먹이고 싶었지만 그러기엔 물을 넣은 주머니가 너무 작았고 갈 길은 멀었다. 자신도 목이 말랐지만 약간 입술만 축이고는 뚜껑을 닫았다.

이곳은 항상 물줄기나 시냇물을 찾을 수 있는 보통 산과는 다른 곳이었다. 열기가 너무 심해서 웬만한 물은 모두 증발해 버렸고 간혹 발견되는 지하수는 알 수 없는 물질을 가득 용해한 채 절절 끓고 있었다. 물론 그 뜨거운 물에서 강한 독성이 느껴지지는 않았지만 먹기에는 어딘지 좀 적당하지 않았다.

"조금만 더 올라가면 화산이 보인다. 힘내라, 치요."

샤샤는 서둘러 산길을 걸었다. 이미 밤이 깊었고 오래 머물 수가 없는 위험한 곳이었기 때문에 서둘러 화산에 당도해야만 했다. 그래야 가능한 많은 열기를 흡수하고 다시 해가 뜨기 전에 내려갈 수 있기 때문이었다.

초저녁부터 시작한 산행이 한밤중이 되어서야 끝났다. 그들이 도착한 고원의 한가운데에는 움푹 패인 거대한 구덩이가 자리하고 있었는데 그 구덩이의 중심에서 누런 안개가 피어오르고 있었다. 그곳이 바로 숨 쉬고 있는 화산의 분화구인 것이다.

분화구를 내려다보던 샤샤가 두 팔을 옆으로 뻗고 잠시 침묵에 잠겼다. 그의 주위에 이상스런 바람이 소용돌이치고 있었다. 뜨거운 소용돌이는 분화구의 중심 쪽에서 불어오고 있었는데 샤샤의 몸을 돌아 다시 흩어졌다. 잠시 그러고 섰던 샤샤가 눈을 뜨더니 말했다.

"음~ 이 정도면 그리 위험하지는 않겠군. 자, 내려가도록 하자."

샤샤는 우레를 내려놓고 어린 아들만을 데리고 조심스레 비탈을 내려가 화산의 중심부로 향했다. 우레는 데려갈 수 없었다. 그 새에게는 화산의 열기가 필요없는 데다가 잘못하면 깃털이 몽땅 타버릴지도 모르는 까닭이었다.

그들 역시 천으로 몸과 얼굴을 거의 가리고 있었다. 직접적으로 그 열기를 받기에는 너무 온도가 높았다. 열기 때문에 공기도 희박해서 숨 쉬기 힘들 정도였다.

언제 불길이 솟구쳐 올라올지 모르는 위험한 모험이었다. 바닥에는 이제 아무런 식물도 없었다. 대신 검고 구멍이 나 있는 뜨거운 돌 바닥의 군데군데에 노란 바위와 돌덩이들이 넓게 퍼져 있거나 커다란 무더기로 쌓여져 있었고 여기저기서 연기인지 증기인지가 끊임없이 솟아나고 있었다.

"아빠, 이 노란 돌덩이는 뭐예요?"

치요가 신기한 듯이 바라보며 만지려고 하자 샤샤가 얼른 나서며 막았다.

"함부로 만지면 안 돼! 이건 유황이야. 잘못 만지면 화상을 입는단다."

"이거 뜨거운 거네요?"

"뜨겁게 할 수도 있고 불을 붙일 수도 있는 물질이란다. 독성이 강해서 아주 위험하지."

"하지만 너무 아름다운 색이에요."

"그래, 나중에 돌아갈 때 아빠가 좀 가지고 갈 거야. 집에 돌아가서 이것으로 무엇을 할 수 있는지 가르쳐 주마."

말을 마친 샤샤는 치요를 데리고 바삐 걸음을 옮겼다.

멀어지는 그들의 뒤에서 치요가 바라보던 노란 유황 덩어리가 꿈틀하고 움직였다.

하지만 그들은 눈치 채지 못하고 있었다, 여기저기서 미세하게 유황이 꿈틀거리고 있다는 것을.

"자, 여기에서 화산의 정기를 받도록 하자."

온도가 너무 높아서 더 이상 접근하기가 어렵게 되자 샤샤가 말했다. 자신도 견디기 어려운데 어린 치요는 더욱 괴로울 것이었다. 자리를 잡기 위해 주위를 둘러보던 샤샤가 고개를 갸우뚱했다.

'이상하군. 아까보다 더 뜨거워진 것 같은데? 너무 오래간만에 접하는 열기라 그렇게 느껴지는 것인가?'

잠시 의아해하던 샤샤는 시간이 없음을 깨닫고 서둘러 주위에 방어진을 만들더니 그 한가운데 치요를 앉혔다. 방어진은 그 일대의 땅과 바람 등의 정기를 빌려서 만드는 것이기 때문에 웬만한 충격이나 위험에서는 보호받을 수가 있었다.

언덕 위에서는 우레가 두 사람의 모습을 바라보려고 고개를 기웃거리고 있었다. 하지만 자욱한 안개 때문에 두 사람의 모습은 보이지 않았다.

치요와 나란히 앉은 샤샤가 두 손을 모으고 정신을 집중하기 시작했다. 그리고 치요에게 말했다.

"자, 이제 시작하거라, 치요. 마음을 가다듬고 네 주위에 있는 화산의 힘을 느껴보는 거야."

"아빠, 엄청난 양의 에너지가 쏟아져 들어오고 있어요."

"다 받아두어라. 분화구 안에 들어왔으니 당연하지 않겠느냐?"

샤샤는 열기를 받아들이는 치요의 등에 손을 갖다 대며 주문을 외우고 있었다. 화산에서는 가끔 열기가 폭발하듯 한꺼번에 방출되는 경우가 있었는데 능력이 되지 않는 사람이 그 많은 열을 거르지 않고 몸으로 끌어들이면 몸이 터지면서 타 죽게 되기 때문에 그것을 방지하기 위해서였다.

그래서 지금 샤샤 자신은 열기를 받아들이지 않은 채로 치요의 열이 나가는 방출구 역할을 하고 있는 것이었다.

치요가 괴로운 듯이 땀을 비 오듯 쏟으며 말했다.

"뜨거워요. 너무 뜨거워요, 아빠. 가슴이 터질 것 같아요."

"그래, 알고 있다. 우선 그 열기를 저장하지 말고 모두 밖으로 흘려보내거라."

치요는 아버지의 말대로 쏟아져 들어온 열기를 모두 밖으로 내보냈다. 바람이 불어가듯 열을 통과시킨 것이다. 그러자 아까 같은 고통은 사라졌다. 다만 엄청나게 빠른 무엇인가가 온몸을 구석구석 훑고 지나가는 느낌이었다.

"자, 이제 지나가는 열을 일부만 네 몸에 받아보거라. 할 수 있지?"

"예, 해보겠어요."

치요는 말을 시작하고부터 아버지로부터 열을 다루는 훈련을 받아왔다. 주변에서 느껴지는 미세한 열기를 모두 몸 안으로 끌어들인 다음 그것을 다시 내보내거나 몸 안에 저장하는 훈련이었다.

그때의 열기는 너무나 미세했기 때문에 아주 오랫동안 저장하지 않으면 사용할 수 없을 만큼 적은 것이었다. 일단 열기를 어느 정도 수준으로 모은 다음에야 그것을 사용해 약한 마법을 일으킬 수 있었다.

그러나 지금 느껴지는 열기는 그것과는 차원이 달랐다. 치요가 태어난 후 십 년 동안 모은 열기를 다 합해도 지금 흘러드는 열기 일부분에도 미치지 못할 정도였다. 말 그대로 불속에 들어앉아 있는 격이었다.

온몸이 타버릴 듯한 느낌에 가슴이 섬뜩했지만 치요는 침착하게 정신을 집중하며 열기를 조금씩 받아들이기 시작했다.

물론 그 지대의 온도 자체가 그렇게 높은 것은 아니었다. 보통 사람이 그냥 지나다녀도 좀 뜨겁다고 느낄 정도의 온도였으나 마족이 마력을 이용해 느낄 때는 달랐다.

화산에 잠재되어 있던 에너지가 출구를 찾은 듯이 자신을 끌어들이는 물체로 한꺼번에 몰려들어 오기 때문에 그것을 통과시키지 못하면 겉으로는 아무런 이상이 없어 보여도 내측으로부터 열이 폭발하여 터져 버리는 것이다. 그러므로 보통 사람으로서는 절대로 겪을 수 없는 그런 현상이었다.

"아빠, 열기가 모아지고 있어요."

"그래, 잘하고 있구나. 아빠도 네 몸에서 일어나고 있는 일이 느껴진다."

두 사람은 조용히 앉아서 서로의 몸으로 열기를 보내거나 받으며 조용히 열기를 저장하고 있었다. 화산의 열기가 치요의 몸 안을 돌아 샤샤의 몸을 통해 빠져나가는 동안 샤샤는 아들의 등에 손을 대고 혹시나 일어날 사고를 대비해 열을 조절하며 정신을 집중하고 있었다.

시간이 갈수록 적지 않은 양의 열기가 치요의 몸에 모아지고 있었다.

한편 서너 시간이나 그대로 앉아서 화산의 정기를 받기에 몰두하고 있는 두 사람의 뒤로 무엇인가 꿈틀거리고 있었는데 그들은 전혀 눈치

채지 못하고 있었다.

그것은 지속적인 것이 아니라 한 번 톡 튀어 오르고는 멈추었다. 대신 다른 곳에서 또 무엇이 톡 튀고, 그렇게 작은 움직임이 여기저기서 계속되는 것이었다. 시간이 지날수록 그 움직임의 간격이 좁혀져 갔다.

샤샤가 갑자기 눈을 번쩍 떴다.

"엇?"

"……?"

치요도 얼굴을 찡그리며 눈을 떴다. 무척 괴로운 표정이었다. 그와 동시에 두 사람이 앉아 있던 방어진 주위에서 불기둥이 솟아올랐다. 그 불기둥은 두 사람을 날려 버리고는 방어진으로 쓰여진 돌을 녹여내고 있었다.

"와아아악!"

"악!"

치요의 등에 손을 대고 있던 샤샤가 불기둥 밖으로 치요를 밀어 던지며 나가떨어졌다. 놀라 나동그라진 치요의 눈에 아버지가 피를 토하며 쓰러져 있는 것이 보였다. 마치 샤샤의 온몸에서 불길이 솟아 나오는 것처럼 보이고 있었다.

"아빠!"

"으으, 지요, 피해라. 화산이 폭발하려는 것 같다."

"아빠, 어서 일어나요. 어서요."

치요가 피를 흘리고 있는 샤샤를 일으켜 세우려고 했지만 무리였다. 작은 꼬마가 어른을 들고 갈 수는 없었다.

치요는 주문을 외우며 아빠의 몸에 손을 뻗었다. 그러자 샤샤의 몸이 약간 떠올랐다. 염력을 사용한 것이다. 땅바닥에 닿을 듯이 얕게 떠 있는 샤샤를 끌고 작은 치요가 분화구의 가장자리를 향해 걸음을 옮기고 있었다.

샤샤는 불기둥이 솟아오름과 함께 순식간에 증폭하며 치요의 몸으로 빨려 들어가는 어마어마한 열기를 순간적으로 제 몸으로 끌어들였기 때문에 내장이 다 파열되어 있었다.

그나마 몸이 터져 버리지 않은 것은 불에 있어서는 최고의 마법사인 샤샤가 제 몸 안에서 폭발하는 열기를 재빨리 체외로 방출해 버렸기 때문이었다. 하지만 아무리 뛰어난 실력자라 하더라도 한 인간이 화산이 가지고 있는 엄청난 에너지를 다 소화해 낼 수는 없었다.

어린 아들에 의해 질질 끌려가는 샤샤의 몸에서 연기가 풀썩풀썩 피어오르고 있었다.

'어째서… 어째서 갑자기 화산이 터져 나온 것일까……?'

샤샤는 고통을 참으며 생각하고 있었다. 분명히 처음에는 폭발할 정도의 에너지를 느끼지 못했었다.

'처음에 분화구로 내려올 때 이미 충분히 에너지를 살피고 들어왔는데… 어째서?'

치요는 어렵게 한 발 한 발 내딛고 있었다. 염력에 의해 아버지의 몸을 띄웠지만 너무 어린 치요에게는 오랫동안 마력을 감당할 힘이 부족했다. 그때였다.

콰아아~

다시 불기둥이 솟으며 두 사람을 덮쳐 왔다. 치요는 순간 염력을 최대로 올려 옆으로 튀어 올랐다. 그리고 두 사람은 다시 바닥에 내동댕이쳐졌다. 샤샤가 힘겹게 속삭였다.

"치요, 어서 가거라. 나는 이제 틀렸다. 어서 너 혼자 가."

"안 돼요, 아빠. 같이 가야 해요. 혼자서는 절대로 안 가요. 죽어도 요!"

치요는 다시 염력을 일으키려고 주문을 외웠다. 그러는 도중에도 불기둥은 맹렬한 기세로 여기저기서 솟아오르며 두 사람을 향해 덮칠 듯이 날아오고 있었다. 그러자 샤샤가 죽을힘을 다해 치요의 뺨을 갈겼다.

짝!

놀란 치요가 멍하니 서서 샤샤를 바라보고 있는 가운데 샤샤는 힘없이 떨리는 손으로 품 안에서 칼을 꺼내더니 자신의 목으로 가져가 그어버리는 것이 아닌가! 순식간의 일이었다. 말릴 틈도 없었다. 동시에 두 사람을 막 덮치려던 불기둥이 사라져 버렸다.

"아빠! 안 돼요!"

울부짖으며 달려드는 치요의 눈앞에서 샤샤의 목이 툭 떨궈지며 그 아래로 붉은 선혈이 콸콸 쏟아져 나오고 있었다.

"어째서? 왜? 왜 그랬어요, 아빠? 눈을 뜨세요, 아빠~"

샤샤는 이미 숨이 끊어져 있었다. 아무 대답도 하지 않는 샤샤의 얼굴이 아들에게 미소 짓고 있었다.

그 뒤로 두 사람이 달려오고 있었다. 가까이 다가온 사람들은 퍼쿵과 피코였다.

멈춰 선 두 사람은 죽어 있는 샤샤와 그 옆의 치요를 번갈아 바라보다가 갑자기 둘을 모두 번쩍 안아 들고 분화구를 벗어나기 위해 달리기 시작했다. 엄청난 속도였다. 맹렬히 터져 나오던 불기둥은 더이상 솟구치지 않았다. 다만 달리는 사람들의 모습이 안개에 가려지고 있었다.

날이 밝았지만 해는 보이지 않고 어둑어둑했다. 새로 만들어진 무덤 앞에 세 사람과 우레가 서 있었다. 하늘에는 샤샤의 죽음을 슬퍼하기라도 하듯이 꾸물거리며 구름이 몰려들고 있었다.

"그만 가자, 치요. 비가 오려나 보다."

퍼쿵이 아무 말 없이 서서 무덤을 바라보는 치요에게 말했다. 치요는 눈물을 닦았다. 그리고 중얼거렸다.

"아빠, 편히 쉬세요. 엄마 곁에 가서서… 엄마와 함께……."

"울지 마. 아빠에게 씩씩한 모습을 보여 드려야지."

치요는 고개를 들어 하늘을 바라보다가 퍼쿵과 피코에게 눈길을 돌렸다.

"고마워, 너희들. 도와줘서."

그러자 퍼쿵이 쓴웃음을 지었다.

"무슨 말이야. 오히려 우리 생명을 구해준 것은 너희 아버지잖아. 난 그저 미안하구나. 좀 더 일찍 달려갔었어야 하는 건데……."

"아니야. 일찍 와도 소용없었어. 아빠는 이미 가망이 없었어."

퍼쿵과 피코는 아무 말도 못하고 어린 치요를 바라보았다. 네댓 살밖에 안 되어 보이는 아이가 하는 말로는 왠지 어울리지 않아서였다. 열 살이라고는 하지만 너무 작아서 아기처럼 보이는 치요였다.

게다가 치요는 덩치 큰 퍼쿵과 피코에게 반말을 하고 있었다. 그러나 퍼쿵과 피코는 개의치 않았다. 산에서 둘이 생활하는 동안 예의니 뭐니 그런 것을 따지지 않는 생활에 젖어 있었기 때문이다.

피코가 불쑥 말했다.

"너희 아버지가 왜 그러셨을까? 왜 칼로 자기 목을……."

그러자 퍼쿵이 좀 당황한 표정을 지었다. 그런 질문을 하기에는 치요의 슬픔이 너무 컸을 것이기 때문이었다. 그러나 치요는 담담하게 말했다.

"아빠는 마지막 순간에 깨달았던 거야. 화산이 터진 이유를……."

"화산이 터진 이유?"

두 사람은 궁금해서 되물었다.

"그래. 화산은 아빠 때문에 터진 것이었거든. 아빠가 불의 기운을 강하게 끌어들였기 때문에……. 그래서 아빠는 스스로 목숨을 버린 거야. 날 살리기 위해서."

퍼쿵과 피코는 무슨 말인지 알아들을 수가 없었다. 사람이 불을 끌어들이다니……. 치요의 말이 계속해서 이어졌다.

"보통 사람이나 마력이 약한 사람은 불가능하지. 하지만 아빠는 불에 있어서만큼은 세상에서 가장 강한 마력을 가지고 있어. 보통은 마법사가 자연으로부터 힘을 빌려오지만 마법사의 마력이 너무 강하면 반대로 자연의 힘이 그 몸으로 끌려들어 오게 되기도 해. 어젯밤 나 혼자 내려가서 열기를 받았더라면 화산은 터지지 않았을 거야."

"그럼 네 아빠는 그걸 깨닫고 자살을 하신 거로구나."

"응. 아빠만 없으면 화산의 열기가 빨려 나오지 않을 테니까……."

"그랬구나."

"그때 아빠가 죽자마자 불기둥이 사라진 것이 그 증거야."

세 사람은 산을 내려오기 시작했다. 우레는 치요의 어깨에 매달려 있었다. 너무나 작은 아이가 제 머리통만한 새를 얹고 산길을 걷는 것이 안쓰러웠던지 퍼쿵이 치요와 새를 한꺼번에 어깨에 얹었다. 거구인 퍼쿵에게는 거의 없었다고 할 수도 없는 무게였지만……

중간쯤 내려오자 빗방울이 떨어지기 시작했다. 제법 굵은 소나기였다. 치요가 서두르며 바위틈을 찾아냈다. 퍼쿵이 그 밑을 좀 파서 작은 토굴을 만들었고 모두 그 밑에 들어가 비를 피했다. 곧 하늘이 터진 듯이 비가 쏟아져 내리기 시작했다. 조금씩 흘러내리던 물이 금세 불어 계곡을 만들어 '콰콰' 거리며 흘렀다.

앉은 지 얼마 되지 않았는데 치요는 졸고 있었다. 무척 피곤한 모양이었다. 퍼쿵이 안타까운 눈으로 바라보다가 살며시 치요를 바닥에 눕혔다.

"하긴 밤을 새운 데다가 그런 일을 당했으니… 불쌍한 것. 쯧쯧."

피코가 걱정스러운 눈으로 퍼쿵을 올려다보며 말했다.

"이제 어떻게 하지?"

"글쎄, 네 생각은 어떠냐?"

피코는 한숨을 푹 내쉬었다.

"휴~ 일단 이 애를 제 집에다 데려다 주어야 하지 않을까? 집에서 기다리는 가족도 있을 테고."

"그렇겠지? 그런데 이 애가 길을 기억할 수 있을지 모르겠구나. 너무 어린데……"

"이래 보여도 열 살이라지 않아? 말하는 것도 무척 영리해 보이던데……. 정 기억을 못하면 이 맛있게 생긴 새라도 앞장세우면 되지 않겠어? 짐승은 제 집을 잘 찾아가잖아."

그러면서 피코가 우레를 돌아다보았다. 그런데 우레의 모습이 보이지 않는 것이었다.

"어라? 통닭 어디 갔지? 어이, 통닭!"

우레를 부르던 피코가 코를 벌름벌름하더니 입구 쪽으로 고개를 돌렸다.

"야! 거기서 뭐 하는 거야? 이리 들어와. 비를 쫄딱 맞고 있네. 저 통닭이 튀기기 전에 목욕이라도 하려는 건가?"

그러자 입구에서 흠뻑 젖은 우레가 고개를 살짝 내밀고 들여다보다가 피코와 눈이 마주쳤다. 피코가 들어오라고 손짓을 하자 후닥닥 뒷걸음질치며 달아나 버렸다.

"저거 왜 저러지? 내가 무섭나?"

"네가 잡아먹을 것 같은가 보다. 아까 통닭이라고 해서."

퍼쿵이 웃으며 말했다.

"무슨 소리야? 짐승이 어떻게 말을 알아들어? 야, 안 들어오냐? 싫으면 말아라. 저거 저대로 삶으면 국물 잘 나오겠다."

피코가 군침을 꿀떡 삼키며 말했다. 그러자 우레는 그나마 조금 보이던 모습을 아예 감추어 버렸다.

"피코, 배가 많이 고픈 모양이구나. 알았어. 내가 먹을 것을 좀 구해올게."

퍼쿵이 일어서자 피코가 말렸다.

"됐어, 퍼쿵. 배고프기는 쿵이 더할 거면서."

그때 치요가 잠에서 깨어났다.

"너무 그러지 마. 우레는 사람의 말을 알아듣는단 말야."

"어? 일어났구나?"

퍼쿵이 민망한 표정을 지었다. 자신들이 한 말을 치요가 다 듣고 있었을 것이라 생각해서였다.

"뭐야? 다 듣고 있었냐? 그냥 농담한 거야. 신경 쓰지 마."

피코가 피식 웃으며 말했다. 치요는 쪼그려 앉은 채 졸던 자세가 불편했는지 몸의 여기저기를 두드렸다. 그러더니 묻는 것이었다.

"비 많이 와? 오래 머물 거면 나 좀 자고 싶은데……."

"그래, 좀 자라. 한참 올 것 같은데 나도 좀 자야겠다."

피코도 자리에 누우며 말했다.

치요가 누운 채로 물었다.

"그런데 한 가지 궁금한 게 있어."

"뭔데?"

"어젯밤 너희들 왜 돌아온 거니?"

퍼쿵이 가만히 밖을 내다보며 말했다.

"응. 실은 아침에 너희와 작별하고 산을 내려가다가 곧 다시 올라갔지. 우리 피코가 너희 아버지 몸이 너무 약해 보인다고 하도 걱정을 하길래 좀 도와주려는 생각으로……. 그런데 산을 아무리 뒤져도 보이지가 않더구나. 그래서 화산 꼭대기까지 다시 올라갔던 거야."

치요가 고개를 끄덕였다.

"그래? 낮에는 방어진을 치고 그 안에 들어 있었으니까 우릴 찾을 수 없었을 거야. 방어진은 아무도 발견할 수가 없거든."

"응, 그랬구나. 어쩐지 아무리 찾아도 없더라. 하여튼 그렇게 하루 종일 찾아 헤매다가 또 날이 저물었지 뭐야? 날이 저물면 산 아래에는 무서운 화산 개미가 나오잖아. 그래서 아예 거기서 자고 날 밝으면 내려간다고 화산에 머물렀지 뭐. 자고 있는데 갑자기 불기둥이 솟아오르기에 바라보았더니 너와 네 아버지가 오고 있었던 거야."

"그랬구나. 그래서 너희가 달려온 거구나. 아무튼 고마웠어."

"그나저나 너 앞으로 어떻게 할 거냐, 치요?"

"뭘?"

"집으로 돌아가야 하잖아? 우리가 데려다 주려고 하는데 괜찮지?"

퍼쿵의 말을 듣는 치요는 표정이 없었다. 퍼쿵은 걱정이 되었다. 어린 치요가 너무 큰 충격을 받았으리라고 생각되었기 때문이다. 그러나 치요는 고개를 저으며 말했다.

"나 집으로 돌아가지 않을 거야."

"뭐? 왜? 엄마가 기다리지 않니?"

퍼쿵이 눈을 크게 뜨며 물었다. 치요는 여전히 무표정한 얼굴로 말했다.

"엄마는 일주일 전에 돌아가셨어."

"뭐? 저, 정말?"

"응. 나와 아빠는 엄마의 약을 구하러 화산에 가던 길이었어. 엄만 약을 찾기도 전에 돌아가셨지만."

퍼쿵은 마음 아픈 얘기를 꺼낸 것이 미안해서 고개를 들지도 못하고 말했다.

"미, 미안하다. 난 그것도 모르고."

그러나 치요는 별로 신경 쓰지 않았고 미소를 짓기까지 했다.

"괜찮아. 이미 지난 일인걸. 어쨌든 이제 난 고향에 가족이 아무도 없어. 그보다 너희는 어디로 갈 거니?"

"우린 이리저리 떠돌고 있는데……."

그때 옆에 누운 채 조용히 둘의 대화를 듣고 있던 피코가 불쑥 끼어들었다.

"뭐 그럼 고민할 것 없이 우리랑 같이 다니자. 네 마법도 꽤 쓸 만할 것 같은데. 안 그래, 퍼쿵?"

퍼쿵은 좀 고민이 되는 것 같았다. 잠시 생각하더니 말하기를,

"나야 상관이 없지만 치요에게는 좀 무리가 되지 않을까 싶어서. 그게… 우리의 생활이 아주 험하거든……."

그러자 치요가 표정이 확 밝아지면서 벌떡 일어났다.

"정말 그래도 되니? 나도 끼워주는 거야? 부탁이야. 꼭 데려가 줘."

그러면서 퍼쿵과 피코의 손을 잡았다.

"그, 그래. 너만 괜찮다면 뭐……."

더듬거리며 망설이는 퍼쿵과는 달리 피코는 치요의 손을 마주 잡으며 시원스럽게 말했다.

"자식, 화끈하네. 마음에 들었어. 좋아. 너도 이제 우리 가족이다."

언제 들어왔는지 우레가 치요의 뒤에 숨어서 피코의 눈치를 보고 있었다.

"야, 통닭, 너도 이제 우리 식구야. 잡아먹지 않을 테니까 안심하라구."

"삐비비~"

피코가 손을 내밀자 우레가 깜짝 놀라며 다시 치요의 등 뒤로 몸을 숨겼다.

이렇게 해서 세 아이와 새 한 마리가 가족이 되었다. 그들이 웃고 떠드는 가운데에도 비는 세상을 쓸어버리려는 듯이 내리고 있었다.

"…아버지는 그렇게 돌아가셨어요. 여기 있는 퍼쿵이 무덤을 만들어주었고요."

치요의 얘기가 끝났다. 조용히 듣고 있던 족장은 고개를 끄덕였다. 그리고 퍼쿵을 돌아보더니 살짝 고개를 숙여 인사를 했다.

"고맙네, 젊은이. 샤샤를 묻어줘서."

퍼쿵은 손을 내저으며 족장의 치하를 사양했다.

"아, 아닙니다. 오히려 은혜를 입은 것은 저희들입니다. 그분이 아니었으면 저희들은 그때 죽었을 텐데요 뭐. 그까짓 일을 한 걸 가지고……."

"아니네. 그래도 자네들이 아니었으면 치요까지 죽고 말았을 거야."

치요가 말했다.

"맞아요. 아버지야 어차피 그때 돌아가실 수밖에 없었지만 제가 살아난 것은 퍼쿵과 피코 덕분이에요. 이들이 아니었으면 저는 그 화산에서 헤매다가 죽었을 거예요."

퍼쿵은 몸 둘 바를 몰라 했다.

"아니야, 치요. 우레가 있었잖아. 우레가 널 데리고 날아서 빠져나왔을 거야."

"그렇지 않아. 그때 우레는 어렸어. 게다가 우레가 날 구하려고 그 화산 가운데로 날아왔더라면 우린 둘 다 죽었을 거야. 그 정도 열기면 우레의 깃털이 다 타버렸을 테니까."

그 말은 사실이었다. 우레는 보통 모닥불에도 깃털이 탈까 봐 잘 접근하지 않았다.

치요가 말을 이었다.

"나는 지금도 퍼쿵과 피코에게 진심으로 고맙게 생각하고 있어. 그 뒤로 나를 데리고 다녀준 것도 말야."

그러자 퍼쿵이 말했다.

"하지만 그 뒤로 네가 우리의 목숨을 구해준 적도 많았잖아."

치요가 웃었다.

"당연하지. 우린 한가족이니까."

족장이 아주 흐뭇한 듯이 미소 지으며 말했다.

"치요가 아주 좋은 사람들을 만났구나."

"맞아요, 할아버지. 이제 제가 이들과 헤어질 수가 없는 이유를 이해하시겠죠?"

"그래, 알겠다. 하지만 네가 마족이라는 것은 잊지 말아라. 마족은 동굴 밖에서는 정상적으로 살 수가 없어. 우린 조상 대대로 굴 속 어둠에 적응해 온 종족이란다. 태양 빛은 우리의 생명을 깎아버리지."

"걱정 마세요. 저는 낮에는 어두운 곳에서 잠을 자니까요."

"그렇지만……."

무슨 말인가 더 하려던 족장이 치요의 확고한 표정을 보더니 한숨을 쉬고 말을 돌렸다.

"휴~ 그래, 앞으로는 어쩔 생각이냐?"

"곧 떠나야지요. 여긴 몇 가지 필요한 것이 있어서 들른 거예요. 마침 살던 곳에서도 지진과 화산 개미 때문에 떠나야 했고요."

족장이 고개를 끄덕였다.

"그래, 필요한 것이 뭐냐?"

"예, 점을 치는 법을 배웠으면 하고요."

"점이라고?"

"예, 예언의 능력을 가진 분들이 계시잖아요. 그분들에게 배우고 싶은 게 많거든요."

"예언가라면 몇 사람이 있지. 그런데 넌 불의 마법을 타고난 아이가 아니었더냐? 샤샤로부터 그 능력이 전수된 것으로 아는데……."

"맞아요. 아버지로부터 불의 마법, 그리고 어머니로부터 염력을 받왔어요."

"그러면 예언의 능력을 가지고 있지는 않을 텐데?"

"그런 능력은 없어요. 그래서 배우려고요. 안 될까요?"

그러자 족장이 잠시 생각하더니 물었다.

"배우지 말라는 법은 없단다. 잘 배워지지 않는다는 것이 문제지. 그런데 그 예언술은 왜 배우려고 하는 거냐?"

치요가 진지한 얼굴로 대답했다.

"실은 저는 몇 년 전부터 별을 관찰하면서 미래를 예측하는 법을 연구하고 있었어요."

족장이 감탄하며 말했다.

"오오… 정말이냐? 너 혼자 예언술을 연구했다고?"

"예. 그다지 실력이 좋지는 않지만… 대충 별자리를 읽을 정도는 되었거든요."

"정말 기특하구나. 혼자서 그런 공부를 하고 있었다니."

"그런데 얼마 전 하늘에서 생명성이 떨어지는 것을 보았어요. 한두 개가 아니라 수십 개, 아니, 백 개는 될 것 같았어요. 위치는 인간족이 사는 곳 정도 되는 것 같았고요."

족장의 표정이 변했다. 무척이나 놀라는 듯했다.

"그게 정말이냐? 네가 그것을 읽었다는 말이냐?"

"예. 더군다나 그 별들의 이동은 아직 끝나지 않았어요. 앞으로도 계속될 것 같거든요. 그래서……."

족장이 감탄한 표정으로 말했다.

"그래, 대단하구나. 그것을 읽어내다니……. 얼마 전에 있던 별의 이동은 일부분에 불과하단다. 실은 그 별은 네가 태어나기 훨씬 전부터 움직이며 충돌해 왔지. 우리는 그것을 늘 주시하고 있었어. 앞으로 더 큰 충돌이 있을 거라는 것도 알고 있느냐?"

"아직 거기까지는… 못 알아냈어요. 그래서 예언술을 배우려는 거예요."

"누가 죽었는지는 알아냈느냐?"

"모르겠어요. 인간족이 아닐까 생각하고 있는데……."

그러자 족장이 퍼쿵을 바라보았다.

"내가 보기에 자네는 인간족이 분명한 것 같은데… 그렇지 않나?"

퍼쿵이 대답했다.

"예, 저는 인간입니다."

족장이 지그시 퍼쿵을 바라보며 말했다.

"자네는 과거에 큰 시련을 겪었구먼. 자네가 어렸을 때일 게야… 약 이십여 년 전에도 많은 별들이 떨어진 적이 있었지. 그때 그 별들이 떨어지는 자리에 자네도 있었던 것으로 보이네만……. 물론 자네의 별이 떨어지려면 아직 멀었지만."

"……?"

퍼쿵은 무슨 말인지 잘 알아듣지 못했다. 다만 족장이 어떻게 자신의 어린 시절을 알고 있을까 궁금할 뿐이었다. 그래서 아무 말도 하지 않고 족장의 다음 말을 기다렸다.

"자네라면 그때 그 일을 겪었으니까 이번에도 누가 어떻게 죽었는지 짐작하겠구먼. 치요가 인간족이 죽은 것까지는 알아낸 모양이니까. 인간족과 같이 죽은 종족이 있었는데……."

그러면서 퍼쿵의 눈을 뚫어지게 바라보았다. 족장의 눈길이 어찌나 깊고 심오한지 퍼쿵은 마음속을 읽히고 있는 듯한 느낌을 받았다.

퍼쿵이 더듬거리며 대답했다.

"제, 제가 그걸 어떻게……. 저는 점에 대해서는 전혀 모릅니다. 그러니 당시에 누가 죽었는지는……."

그러자 족장이 눈길을 거두며 조용히 말했다.

"그냥 자네의 마음에 떠오르는 생각을 말해 보게."

"글쎄요… 전 도무지."

족장의 표정이 부드럽게 바뀌었다.

"깊이 생각할 것 없네. 그냥 떠오르는 생각을 말하면 되네."

그러자 퍼쿵은 막연하게 떠오르는 생각을 말했다.

"잘은 모르겠지만 제 생각으로는 상대가 들개족이 아닐까 합니다. 어렸을 때 들개족에게 침략을 당했죠. 지금도 이 일대에서 인간족과 싸울 수 있는 부족은 들개족밖에 없을 겁니다."

퍼쿵의 대답을 듣고 족장이 고개를 끄덕였다.

"그래. 이 주변에서 강한 증오심을 가지고 있는 두 부족은 바로 들개족과 인간족이지. 가장 호전적이고 힘이 강한 부족들이기도 하고."

치요가 물었다.

"그럼 지난번 떨어진 별들은……?"

"그렇다. 들개족과 인간족의 별이다. 앞으로 훨씬 더 많은 사람이 죽을 거야."

"그렇군요."

족장이 자리에서 일어나며 말했다.

"내가 예언술을 하는 사람을 소개해 주마. 가서 네가 배우고 싶은 것을 배워보거라. 그가 가르쳐 줄지는 모르겠지만… 그건 네 노력과 정성에 달린 일이지."

"정말요? 고맙습니다, 할아버지."

"난 단지 소개해 줄 뿐이야."

"열심히 할게요."

치요는 기쁜 얼굴로 연신 인사를 했고 늙은 족장은 치요의 머리를 쓰다듬으며 대견스러운 듯이 웃었다.

제15장 들개족

동쪽으로부터 이어진 험준한 산맥은 서쪽으로 갈수록 점차 낮아져 평야를 이루었고 그 옆에 산맥을 따라 흘러온 거대한 강이 고요히 바다로 흘러 들어가고 있었다. 강 한 옆의 야산에는 나무 기둥이 일렬로 늘어서 있는 게 보였는데 마치 주변과 경계를 짓기 위해 일부러 박아놓은 말뚝 같았다.

넓은 갈대밭이 펼쳐져 있는 강 하류에 한 사나이가 비틀거리며 걷고 있었다.

사나이의 인상은 조금 사나워 보였다. 찢어진 눈매에 약간 돌출되어 나온 턱 끝으로 힘겨운 듯 입을 벌린 채 가쁜 숨을 몰아쉬고 있었는데 벌어진 입술 사이로 날카로운 송곳니가 언뜻언뜻 보였다. 그는 멀리 보이는 야산에 일렬로 박아놓은 말뚝 쪽을 향해 느릿느릿 이동하고 있었다.

가끔씩 고개를 갈대 숲 위로 내밀어 주위를 살피던 사나이는 가늘게 입꼬리를 올리며 미소를 지었다. 그의 송곳니 사이에서 가는, 그러나 확신에 찬 목소리가 흘러나왔다.

"다 왔다. 이제 조금만… 조금만 더 가면 돼."

그러나 그의 미소와는 달리 그의 갈색 동공은 거의 풀려가고 있었다.

아마도 들짐승의 공격이라도 당한 듯 심하게 만신창이가 된 이 사내는 들개족 병사였다.

이 일대에는 감히 들개족을 공격할 종족은 없었다. 들개족이 유난히 강한 육체를 지녔기 때문이기도 했지만 이미 주변의 모든 종족을 정벌하여 굴복시켜 놓았기 때문에 들개족을 해치면 반드시 보복이 뒤따른다는 것을 아는 까닭이었다.

그런데 이 들개족 병사는 온통 상처투성이에 한 발짝을 옮기는 것도 힘겨워 보였다. 창을 지팡이 삼아 겨우 걸음을 떼고 있었고 그의 오른팔은 축 늘어진 채 시꺼멓게 썩어 들어가는 것 같아 보였다.

다 찢어진 갑옷 사이로 그의 오른팔에서 파리와 구더기가 꾸물거리는 모습이 보였다. 어찌 보면 시체가 걸어다니고 있는 것처럼 보였다.

그가 자꾸만 날아가려는 의식을 놓치지 않으려는 듯이 중얼거렸다. 그는 정신이 나가려 할 때마다 자신에게 말을 걸고 있었다.

"헉헉, 조, 조금만… 어서 이 사실을… 알려야……."

그러나 의지와는 달리 말뚝과의 거리는 좀처럼 좁혀지지 않았다. 마치 걷는 시늉만 하며 제자리걸음을 하는 것 같았다.

갑자기 주변 갈대밭에 몇 개의 빠른 움직임이 보이더니 그를 둘러쌌다. 그는 피딱지가 두껍게 낀 눈으로 자신을 둘러싼 사나이들을 한 번

둘러보고는 그대로 쓰러져 버렸다. 쓰러진 그의 귓가에 몽롱하게 말소리가 들려오고 있었다.

"어휴, 이거 완전히 시체 아냐?"

"어이, 어서 옮겨야겠는걸. 아직도 죽지 않은 것이 이상하군. 어서 그쪽을 들어. 조심조심."

그리고 몇 개의 움직임은 그를 조심스레 들것에 실은 후 갈대 숲을 가로질러 빠져나가고 있었다.

자신의 몸이 흔들리는 것을 느끼며 그는 의식을 잃어버렸다.

얼마의 시간이 지났는지 모른다. 그의 눈에 가장 먼저 들어온 것은 어딘지 눈에 익은 움막의 지붕이었다.

두개골이 양쪽으로 쪼개지는 듯한 통증이 느껴졌다. 어렵사리 통증을 참으며 주위를 둘러보았다. 나무로 된 기둥이 세 귀퉁이에 세워져 한곳으로 모아져 있었고 갈대를 이은 이엉으로 지붕과 벽이 얹어져 있었다. 푹신한 바닥이 느껴졌다.

주위엔 아무도 없었다. 가까스로 고개를 든 그는 자신이 알몸으로 누워 있는 것을 알았다. 몸의 곳곳에 약초 같아 보이는 풀이 덮여 묶어져 있었다. 누군가 자신을 치료한 모양이었다. 기억을 더듬어보았다.

"그래, 마지막으로 갈대 숲에서 동족들을 보고 쓰러졌었지. 그들이 나를 치료한 모양이군."

그때 움막으로 두 사람이 들어왔다. 노인 한 명과 부족의 최고 권력자 중 한 명인 젊은 장군이었다. 장군은 병사의 의식이 되돌아온 것을 보고는 갈색의 눈을 치켜뜨며 대뜸 물었다.

"이제 깨어났군. 어떻게 된 건가? 왜 그런 몰골로 혼자 돌아다니나?"

질문을 받은 그가 경직된 표정으로 자리에서 일어나려 하자 노인이 그를 지그시 눌러 도로 눕히고는 입을 막았다. 노인은 부족의 이름난 의사였다. 기억나는 얼굴들을 보자 그는 겨우 안심이 되었다. 천신만고 끝에 고향으로 돌아온 것이었다.

"일단은 안정이 좀 필요하니 질문은 나중에 하시는 게 좋겠습니다."

"물론 그것은 나도 알고 있지만 저 병사는 한 달 전 강의 상류를 따라 원정을 나갔던 원정대의 일원이란 말이오. 원정대에 무슨 일이라도 생긴 것이 아니고서야 저런 몰골로 혼자 돌아올 리가 없을 것이고……."

"글쎄, 알고 있습니다만 저 친구는 나흘이나 사경을 헤매다 이제 막 깨어났습니다. 지금 무리하게 되면 죽을 수도 있습니다."

"알겠소. 그럼 몸이 회복되는 대로 연락해 주시오. 가능한 한 빨리!"

"그러죠."

군인이 움막을 나가자 노인이 부드럽게 미소를 지으며 말을 했다.

"하여튼 군인들이란 성질이 급하단 말이야. 자네도 군인이니 마찬가지겠지? 자네 표정을 보니 지금이라도 전쟁에 나가고 싶어하는 것 같은 얼굴이군. 어때? 내 말이 맞지? 하지만 우선은 좀 쉬어두게. 뭐 이미 일어날 수 있을 정도로 회복은 되어 있지만 말이야."

"고맙습니다."

"고맙긴 뭐. 이게 내 일인걸. 그리고 솔직히 말하면 자네는 이제 전쟁에 나가지 않는 것이 좋아."

이제 노인은 웃음기를 거두고 진지해진 어조로 말하고 있었다.

"예? 그게 무슨 말씀… 이신지……."

그는 무슨 말인지 알아들을 수가 없었다.

'군인보고 전쟁에 나가지 말라니 대체……?

노인은 잠시 말이 없었다. 그리고 다시 말을 시작했을 때는 조금 더 말투가 비장해져 있었다.

"자네 오른팔을 잘라냈네."

"예에?"

그는 자신의 귀를 의심했다. 도대체 무슨 말을 들은 것인지 잠시 이해할 수가 없었다.

"무슨 말씀이십니까? 저는 지금도 이렇게 오른손을 움직이고 있는데……."

그가 자신의 오른손을 들어 보였다. 그러나 들어 보인 손은 어디에도 보이지 않았다. 느낌만이 살아 있을 뿐 정말 움직이는 것은 없었던 것이다.

그는 잠시 멍하니 있다가 왼팔을 뻗어 오른팔이 있어야 할 자리를 더듬더니 비명을 지르기 시작했다.

"으아아아~ 내 손! 내 팔이! 내 팔 어디 갔어요? 어디다 뒀어요!"

그런 그를 노인은 가만히 내려다볼 뿐 더 이상 말을 하지 않았다. 소리 지르며 몸부림치는 병사와 그것을 바라보고 있는 노인 사이에 비통한 공기가 흐르고 있을 뿐이었다.

"무슨 일입니까? 이봐! 진정해. 진정하라구!"

소동을 듣고 달려온 젊은 병사가 환자의 뺨을 후려졌다.

철썩!

그는 아픈 줄은 모르겠지만 그 소리에 정신이 번쩍 났다. 그리고 더 이상 소리를 지르지는 않았다. 낮게 흐느끼고 있을 뿐이었다. 그런 그의 귓가에 젊은 병사의 말이 파고들었다.

"자네 오른팔은 이미 모두 썩어 있었어. 그걸 잘라내지 않았다면 자네는 필시 죽고 말았을 거야. 받아들여. 받아들여야만 해. 내 말 알겠어?"

노인이 조용히 말을 이었다.

"미안하네. 자네 팔을 살려내지 못해서. 하지만 어쩔 수 없었어."

움막 안에는 흐느끼는 병사와 달래는 병사, 그리고 의원인 노인이 말없이 눈빛을 교환하고 있었다.

"이제 상황을 설명해 봐."

젊은 장군은 가타부타 말도 없이 단도직입적으로 질문을 던졌다.

그가 노인의 움막을 나와 장군의 거처로 불려간 것은 깨어나던 그날 밤이었다. 노인이 뒤에서 혀를 찼지만 군인들은 들은 척도 하지 않았다. 그는 아직 팔을 잃은 슬픔에서 헤어나지 못했지만 군인의 신분으로 사정이란 있을 수 없었다.

"저희 원정대는 성을 출발하여 강의 상류를 향해 계속 이동했습니다. 강의 지도를 작성하며 강변에 자리 잡은 소수 종족에 대한 기록과 세력을 기록했고 때로는 전투도 치러 항복을 받아냈습니다. 자세한 기록을 모두 해놓았습니다."

"그래? 그럼 기록은 어떻게 되었나?"

장군은 날카로운 눈으로 병사를 쏘아보았다. 그의 눈이 대답을 요구하고 있었다. 병사의 등에 식은땀이 흘렀다.

서 있는 병사의 모습은 어딘지 인간의 모습을 많이 닮아 있었고 그의 모습과는 달리 앞에 앉아 있는 장군의 모습은 마치 야수와 같았다. 앞으로 길게 돌출된 주둥이에 길고 뾰족한 송곳니가 숨겨질 곳이 없어

밖으로 드러나 있었고 그 위에 기다란 코와 어둠 속에서도 빛을 발하는 두 개의 갈색 눈이 정면을 향해서 달려 있었다.

육식 동물의 눈은 정면만을 바라본다.

들개족 원주민들은 머리부터 등 아래까지 검거나 갈색의 짧은 털이 갈기처럼 돋아나 있었다. 꼬리마저 있었다면 완전히 야수 그 자체였지만 그들도 영장류의 인간인지라 몇 개의 야성적인 특징을 제외하면 인간과 크게 다를 것이 없었다.

다만 그들은 인간보다 더 청각과 후각이 발달했고 순발력과 근력 등 신체적인 면에서 월등히 앞섰다. 매우 호전적이며 돌발적인 성질이 문제였지만 지능 자체는 그다지 인간에 뒤진다고 할 수 없는 강인한 종족이었다.

그런 들개족은 어찌 된 일인지 부상당한 채 서 있는 병사와 같이 인간을 닮아 있는 일부분의 부류와 앞에 앉아서 심문을 하고 있는 장군과 같이 야수에 더 가까운 대다수의 부류로 크게 나뉘어져 있었다.

"어서 대답해 봐. 기록은 어디에 두었나?"

장군의 목에서 그르릉 하며 목청이 울리는 소리가 낮게 들려오고 있었다. 병사의 대답이 늦어지자 점점 화가 나고 있는 것 같았다. 병사는 목소리를 떨지 않으려고 목에 힘을 주었다.

"옛! 기록은… 기, 기록은……."

쾅!

장군이 벌떡 일어나며 주먹으로 탁자를 내려쳤다. 그리고는 소리쳤다.

"빨리 대답하지 못하나, 이 멍청한 자식아!"

탁자가 반으로 쪼개지며 주저앉아 버렸다. 장군은 주저앉은 탁자를 걸어차 내며 머뭇거리며 서 있는 병사를 향해서 달려왔다. 눈앞에 불이 번쩍 튀었다. 장군의 억센 주먹이 병사의 왼쪽 뺨을 갈긴 것이다. 병사는 억 하는 외마디 소리와 함께 바닥에 쓰러졌다. 그 위로 발길질을 하려던 장군이 가까스로 참아내는 듯 이를 악물더니 한 걸음 물러서며 말했다.

"일어나! 어서!"

아직 몸이 정상이 아니었지만 병사는 용수철처럼 튀어 일어나 부동자세를 취했다.

"내가 너무 흥분했던 것 같군. 자넨 아직 환자였지? 좋아. 여기 앉게."

장군이 목소리를 애써 가라앉히며 의자를 내주었다.

"괜찮습니다."

병사는 부동 자세에 힘을 주며 대답했다. 그러자 장군이 차가운 목소리로 다시 말했다.

"앉으라면 앉아. 네가 서 있으니까 내가 더 흥분이 되어 그러는 거다."

"옛! 알겠습니다."

이제 두 사람은 탁자도 없이 마주 앉게 되었다.

"자, 마음 편하게 갖고 상황을 설명하도록 해."

병사가 너무 겁을 먹고 있자 장군은 스스로 마음을 가라앉히고 말을 시작했다.

"예, 저희 원정대는 기록과 전투를 병행하며 열흘 동안 강의 상류를 향해 올라갔습니다. 그러다가 강의 중간쯤 된다고 추정되는 곳에서 야영을 하던 중 습격을 받았습니다."

"그래? 상대는 누구였지?"

장군이 눈을 빛내며 물었다.

"예, 인간족인 것 같았습니다."

장군의 눈썹이 크게 뒤틀어지더니 시선이 왼쪽으로 약간 돌아갔다. 잠시 왼쪽의 허공을 바라보며 생각에 잠겼던 장군은 다시 병사를 바라보며 나직하게 되뇌었다.

"인간족이라고……?"

병사는 당시의 전투를 생각하고는 몸을 부르르 떨었다. 모든 동료들과 자신의 한 팔을 앗아간 끔찍한 전투였다.

"좋아. 전투 결과 패했다는 거군."

병사는 어떤 처벌이 기다리고 있을지 겁이 났다. 들개족의 군법은 매우 엄격했다.

"우리 병사는 몇이나 있었고 적은 몇이었지?"

장군은 예상과 달리 차분한 목소리였다.

"당시 우리 대원은 사십 명이었고 적의 수는… 야… 야간에 기습을 당하였기 때문에 정확한 수를 파악하지 못했습니다."

"그럼 적의 본거지는 파악이 되었나?"

"그, 그것도… 미처……."

갑자기 장군이 고함을 버럭버럭 질렀다.

"그럼 노대체 파악한 게 뭐야? 적의 수도 모르고, 본거지도 모르고 그냥 속수무책으로 당했다는 거야? 그것도 나약한 인간족 따위한테? 그럼 기록은 어쨌어? 지도와 기록 말야!"

장군의 인상이 험악해졌다. 금방이라도 칼을 뽑아 휘두를 것 같은 표정이었다. 병사는 긴장한 채 이를 악물고 대답했다. 언제 또다시 주먹이 날아올지 몰랐다.

"죄송합니다. 모두 전사하고 저만 겨우 빠져나와서… 미처 빼내오지 못했습니다. 그 소식을 알리기 위해 필사적으로 돌아왔습니다."

장군은 의외로 화를 잘 참고 있었다. 움켜쥔 주먹이 부르르 떨리고 있었다.

"기록과 지도까지 빼앗겼다? 좋아. 그럼 습격당한 위치는 찾아갈 수 있겠지?"

"예. 그것은 확실히 기억해 두었습니다. 언제든지 출발할 수 있습니다."

장군은 그 말을 듣고 고개를 한번 끄덕이더니 시선을 돌려 버리며 말했다.

"알겠다. 네 위치로 돌아가라. 차후에 지시가 있을 때까지 몸을 회복시키며 기다리도록."

"옛! 이만 돌아가 보겠습니다."

병사가 뒤로 돌아 나가자 장군은 그 뒷모습을 바라보며 이를 부드득 갈았다.

"바보 같은 녀석들, 인간족 따위에게 습격당해 전멸했단 말이지? 게다가 중요한 기록마저 빼앗기다니……."

들개족 장군은 턱을 괸 채 침묵에 잠겼다.

턱을 괸 그의 오른손에는 길게 흉터가 나 있었다. 손등에서 시작하여 팔꿈치까지 칼자국으로 보이는 금과 꿰맨 모양이 선명하게 남아 있었다.

그의 눈이 무엇인가를 찾아내려 열심히 굴러가고 있었다.

인간족을 이 땅에서 몰아낸 지 이십 년이 지났다.

그 뒤로 간혹 몇 명씩 모여 떠돌아다니는 인간들을 발견한 적은 있었지만 그들은 절대로 위협적인 존재가 못 되었다. 그래서 해치지 않고 그들의 존재를 인정해 주었던 것이다.

인간들이 대규모로 집단을 이루고 있다는 것은 근 이십 년 동안 한 번도 본 적도 들은 적도 없었다. 그런데 들개족의 원정대 일 개 소대가 습격을 받아 전멸했다면 그것은 보통 심각한 일이 아니었다.

그가 알고 있는 인간족이란 머리는 뛰어났지만 육체는 그다지 강한 존재가 아니었다. 들개족과 인간족이 일 대 일로 싸운다면 당연히 들개족이 이긴다고 봐야 했다. 인간족 서너 명이 달려들어야 겨우 들개족 한 명과 대등하게 싸울 정도였다. 그러니 들개족 일개 소대를 전멸시켰다면 적어도 인간족 일 개 중대 이상의 병력이 있어야 가능할 것이란 계산이었다.

그가 어린 소년이었던 당시, 이십 년 전까지는 사흘이 멀다 하고 인간과 들개와의 전투가 벌어졌었다.

인간과의 전쟁은 그가 태어나기 훨씬 전부터 이어져 오던 것이었다. 마지막 큰 전쟁 이후 인간족은 극히 소수를 제외하고는 자취를 감추어 버렸다.

게다가 마을에 있는 인간 포로들도 그에겐 장난감에 불과했다. 따라서 거의 염두에 두지 않고 있었다. 차라리 위협이 될 수 있는 것은 다른 들개 십단이었나.

들개족이란 통일된 집단이 아니었고 몇 개의 커다란 집단으로 세력이 나뉘어져 있었다. 각 집단이 일정한 지역을 차지하고 세력권을 다투고 있었다.

그런데 이런 일이 일어나다니 아무리 생각해도 실마리가 잡히지 않았다.

장군이 자리를 털고 일어났다. 그리고 방 안을 서성거리기 시작했다. 진정이 되지 않는지 계속 왔다 갔다 하며 천장을 보았다가 바닥을 보았다가 하고 있었다.

'이대로 가만히 있을 수는 없어!'

문득 멈추어 선 장군이 소리쳤다.

"부관!"

곧바로 문이 열리며 두 사람의 장교가 뛰어들어 왔다.

"옛, 장군님. 부르셨습니까?"

그들이 부동 자세를 취하며 장군의 앞에 서자 장군이 말했다.

"방금 나간 녀석에게 보고서를 작성하도록 지시해. 원정대가 지나간 행로에 대해서도 자세히 지도로 만들도록. 그리고 내일 아침 각 부대 지휘관들을 집합시키도록."

"예, 알겠습니다."

장군이 허리에 칼을 차며 말했다.

"바로 전쟁에 돌입할 수 있도록 준비를 시켜. 시간은 사흘을 주겠다. 각 장군들의 휘하 부대에서 백 명씩 병사를 지원받도록!"

그러자 한 부관이 말했다.

"그, 그러나 다른 부대의 병사들을 징발하려면 왕의 재가가 있어야 합니다."

장군이 창밖을 바라보며 낮은 목소리로 말했다.

"그건 염려하지 말고 지금 즉시 파발을 띄워. 왕의 재가는 내가 알아서 하겠다. 당장 말이야!"

"옛! 지시대로 시행하겠습니다."

장군의 말에 부관들이 대답하고 그대로 달려나갔다.

　두 명의 부관이 나가자 장군은 잠시 더 서성거리더니 허리에 찼던 칼을 다시 풀어 내려놓았다. 그리고는 자신의 오른팔을 들어 바라보았다. 깊게 패인 상처가 뚜렷이 보였다.

　장군은 한동안 그 상처를 살피며 이리저리 팔을 움직여 보았다. 그러더니 상처난 오른팔을 주먹 쥐어보았다. 확실히 왼팔보다 가늘어져 있는 그 팔을 살피던 장군이 낮게 신음했다.

　'으음……'

　장군이 벽에 걸어놓았던 망토를 집어 들었다. 그리고 방을 나서며 보초에게 말했다.

　"여기서 있었던 일은 아무에게도 말하지 마라. 아직 왕의 귀에 들어가선 안 돼. 난 잠시 장로들을 만나보고 오겠다."

　"옛, 장군님. 다녀오십시오."

　장군은 망토를 걸치고 비무장인 채로 건물을 빠져나갔다.

　어두운 밤하늘에 꾸물꾸물 먹구름이 몰려오고 있었다.

〈1권 끝〉